ジャマイカの恋人たち

SHORT STORIES OF ANTHONY TROLLOPE III

アントニー・トロロープ短篇集III

市川　薫・谷田恵司編訳
遠藤利昌／高倉章男
津久井良充／戸田　勉訳

鷹書房弓プレス

まえがき

本書は先に刊行された『電信局の娘』（二〇〇四年）と『ピラミッドに来た女』（二〇〇八年）に続く、イギリスの小説家アントニー・トロロープ（一八一五〜八二年）の三冊目の邦訳短篇集である。訳者一同はすでに先の二冊で合計一三篇の短篇小説を翻訳し、短篇小説作家としてのトロロープを我が国に紹介してきた。しかし、彼の合計四二篇に及ぶ短篇作品には、翻訳紹介せずにおくにはもったいないような、実に多彩で興味深く、読んで面白いものがまだまだ数多く残っており、この第三集に集めた作品も編者らが苦心の末に独自に選び抜いたものである。

先の二冊と同様に、本書も訳者一同の恩師である都留信夫先生（明治学院大学名誉教授）を中心とした小説研究会が母体となって生まれたものである。この研究会は、都留先生のご自宅にお邪魔してイギリス作家の小説を読み、徹底的に討論するという形で、三〇年以上にわたって続けられてきた。そこでは長篇小説の輪読と同時に、ある時期からは短篇小説の翻訳も研究会メンバーの共同作業として行ってきた。この第三集も、これまでの二冊同様に、訳者一同が実際に顔を合わせたり郵便やメールを使って意見を交換したりして、幾度となく訳稿の検討を重ね、最終的にここに読者のお手元にお届けすることになったものである。

第一短篇集である『電信局の娘』の「まえがき」で都留先生は「この作家の四十七に及ぶ長篇小

説が一点も訳されていない」と嘆いておられた。それから一〇年以上が過ぎた現在では、ありがたいことに、トロロープの長篇の中で最も知られている「バーセットシャー年代記」の長篇小説全六作品が、木下善貞氏の畢生の訳業ですべて日本語に訳されている。ちなみに、イギリスではトロロープは依然として高い人気を誇っており、本が読まれ続けているのはもちろん、テレビやラジオで多くの作品がドラマ化されており、最近では二〇一六年春に「バーセットシャー年代記」の一つである『ソーン医師』が、『ダウントン・アビー』の脚本家ジュリアン・フェローズによりテレビドラマ化され、好評を博した。

『ソーン医師』と言えば、小説家グレアム・グリーンはメキシコを訪れた際に、旅行中に読む本の一冊としてこの長篇小説を持参した。彼は『掟なき道』（一九三九年）というメキシコ旅行記の中で「私は『ソーン医師』を読むページ数を制限しなければならない。一日に二〇ページを超えないようにしなくては」と述べている。英語の本がまったく手に入らない土地で、まるで食糧難の家庭が配給の米を少しずつ食べるかのように、大事に一ページずつなめるように読んでいったのである。また彼は「トロロープは異国の地で読むには大変良い作家だ。特にメキシコのような、自分が慣れ親しんだものから遠く離れた土地で。彼の本は懐かしいものを身近に感じさせてくれる」とも言っている。異国を旅するグリーンに、トロロープという作家がいかにイギリス的なものを思い起こさせたかがよくわかる言葉である。

グリーンは『ソーン医師』という長篇小説について語っているのだが、これが短篇ならどうだっただろうか。読者にとって長篇小説の醍醐味は、ある一つの架空世界に没入して、ページを開くたびにその世界に吹く風を肌に感じ、そこの住民たちの会話に耳を澄ませ、彼らの運命に一喜一憂する感覚であろう。短篇小説の場合の喜びはそれとは違い、通りすがりに街角でちょっとした会話を耳にしたり、旅先で不思議な光景を見かけたりするような、人生や世界のほんの一端を覗き見て、名もなき人々の営みの哀しさをひそかに感じ取るようなものであろうか。とりわけトロロープの短篇の場合には、表面に現れた物語の裏側に、異国を舞台にする作品の場合でさえも、一九世紀イギリスの時代精神や倫理観が、そして時には現在にまで通じるような問題提起が、地下の岩盤のように確固として潜んでいる。物語自体の多様な人物像やストーリー展開を楽しんでいるうちに、いつしかそうしたものの存在に気づかされることも、トロロープの短篇小説を読む醍醐味であろう。

様々な事情により、二冊目のトロロープ短篇集『ピラミッドに来た女』を出版してからかなりの年月が経過してしまい、第三短篇集をお待ちいただいていた読者の皆様にはまことに申し訳なく思う。この三冊めの短篇集が、作家アントニー・トロロープの日本での再発見・再評価をさらに促す一端ともなれば、訳者一同これに勝る喜びはない。

谷田恵司

アントニー・トロロープ短篇集Ⅲ『ジャマイカの恋人たち』　目次

ジャマイカの恋人たち

国家が衰退することほど哀れなものはないが、さらに哀れなのは国民の無気力である。私が知るかぎり、アングロサクソン人のせいで国民が無気力になってしまった国は世界のどこを探してもないようだが、どうもジャマイカ島のイギリス植民地にはその不幸が降りかかってしまったようである。

ジャマイカは運命の女神が眩しい真昼の太陽の光をふんだんに注いだ地域だった。いまはその太陽が沈んでしまっている。永遠に沈んだままかどうかは予言者にしかわからない。少なくとも普通の人間の目には、夜明けや夏の到来を知らせる兆しはいまのところほとんど見えない。

この島に美しいサバンナ、豊かな森林、緑の山々、そして渓流があるからといってことさらその不幸を嘆くのはよろしくないが、わからぬでもない。これほど美しい土地が不運に見舞われれば、哀れみを誘うのも道理だからだ。平坦で凡庸な土地であるギアナが困窮したとしても、ジャマイカの場合ほど同情を寄せられることはあるまい。

景色の素晴らしさから、ジャマイカ島はカリブ海の宝石と讃えられている。この地球上に、ブルーマウンテンの山頂から海に向かって南西に伸びる峡谷ほど目に鮮やかな緑はない。美しさにおいてそれに続くのが、島の西方でハノーバーとウェストモアランドを分ける、豊かな樹木に覆われた丘陵である。これからお話しする物語の主人公のうち男性は、この丘陵で砂糖キビ農場を営んでおり、女性はブルーマウンテンの頂を見上げる地に暮らしていた。

ジャマイカの砂糖キビ農場主と聞くと、つい、徒労、破産、絶望という言葉が浮かんでしまう。

ジャマイカ島

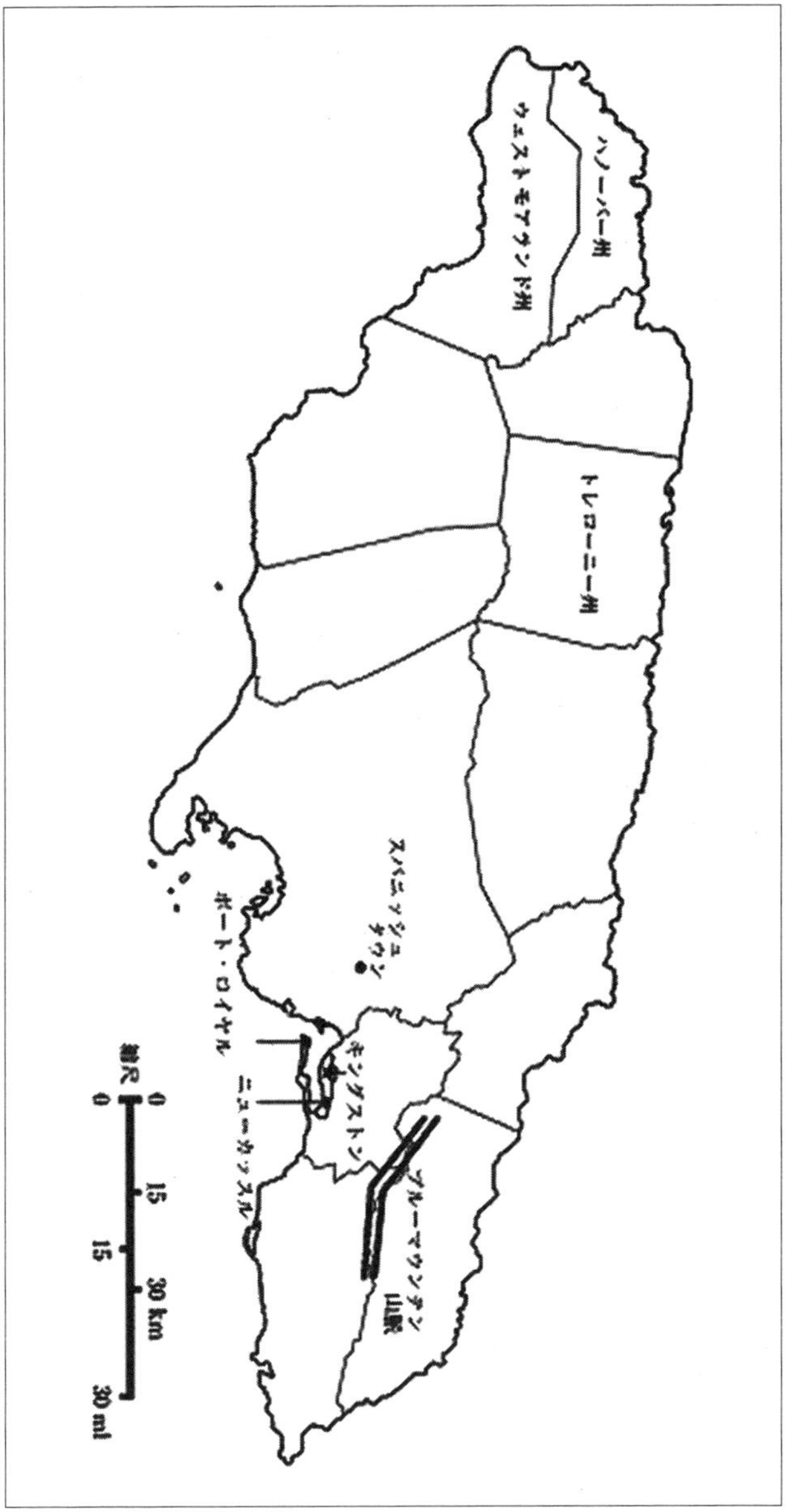
ハノーバー州
ウェストモアランド州
トレローニー州
スパニッシュタウン
ポート・ロイヤル
キングストン
ニューカッスル
ブルーマウンテン山脈
縮尺
0 15 30 km
0 15 30 mi

それは、モーリス・カミングにとって物心ついたころからの宿命だった。彼は、父親が死ぬと、一八歳のときにマウント・プレザントの地所をひとりで受け継いだ。かつて農場が栄えていたころ、この地域はジャマイカでもっとも繁栄していた。しかし、そのような日々は、父親のロジャー・カミングが亡くなる前に過ぎ去ってしまっていた。

　災難が二、三年おきに降りかかり、父親は失意の末に命を落とした。彼の農場も、そして周りの地主たちのところでも、雇っていた奴隷が蜂起し[1]、家や砂糖キビの圧搾機、農場や事務所を焼き払ってしまった。砂糖キビ農場主がこのような施設にどれほどの投資をしなければならないか知っている人間であれば、被害の大きさがわかるはずだ。そして、奴隷たちは解放された。たぶん、今日の私たちがこれを災難だと見なすことはできないが、当時のジャマイカの一地主に同じ考え方を求めるのは酷というものだ。人間は博愛の気持ちから多くのことをするものだし、しっかり働いて他人のためにひと肌ぬぐ、いや、すべてを投げ出してしまおうとさえする。しかし、自分の仕事場が破壊されても、あくまで我慢して、顔色ひとつ変えない人間はめったにいるものではない。

　カミング氏はこのような目に遭いながらその後もじっと耐え、頑張り続けた。だが、努力の甲斐もなく、三つ目の不幸に襲われてしまった。ジャマイカ産の砂糖に対する保護税が撤廃されたのだ[2]。そうして、引きこもりがちになり、なすすべもなく死んでいった。

　このとき息子はまだ成人に達しておらず、父親が遺してくれた土地は以前にくらべてずいぶん小さくなっていた。それでも農場はまだ広大であったが、結局のところ三年間は管財人の手に預けられることとなった。モーリスは未熟ながらも農場経営を続けた。砂糖キビを育てたのも、それを精製したのも彼だった。そうでなければ、砂糖はできなかったはずだ。自由になった黒人たちが彼を「ダンナ」と呼んだのは、彼のところにいればなんとか生活していけるからだった。とはいえ、自由であるがゆえに、人手が足りずに親方がよほど困らないかぎり、進んで働こうとはしなかった。

マウント・プレザントの地所は広大だった。父親のカミング氏は砂糖キビに加えてコーヒー豆も栽培していた。地所はトレローニーの丘陵地帯にまで広がっていて、そこは熱帯でコーヒー豆を育てるのにじゅうぶんな高所にあった。しかし、まもなくして二種類の作物を育てるだけの労働力が得られないことがわかると、コーヒー農園は断念した。草や低木が生え放題となって、多くの収穫をあげていた丘も荒れてしまった。そして、さらに追い打ちをかけるようなことが起きた。黒人たちが、放棄した土地に不法に住みついてしまったのだ。奪った土地で楽に暮らせるので、彼らは以前にもまして砂糖キビ畑で働くことを嫌がるようになった。

こうして、事態はいよいよ悪化していった。古き良き時代には、カミング氏の砂糖生産は毎年のように伸びて畑も三〇〇エーカーを超える勢いだった。しかし、徐々に縮小して面積も半分になった。また、生産量は、最盛期には常に一エーカーあたり約二四〇リットル、いやたいていはそれ以上であった。地所全体で時には一年に九六、〇〇〇リットルにも達した。しかし、この話をしている現在、収穫量は一、二〇〇リットルにも満たなかったのである。

モーリス・カミングは二八歳になった。これまでの災難によって押しつぶされたとしてもおかしくはなかった。しかし、彼は踏ん張った。あきらめず、恵み豊かだったこの島に期待をつないできたのだが、それは誰にでもできることではなかった。父親が死んだときに資産を売っていれば、じゅうぶんな生活の糧を得られたかもしれない。イギリスには貯えがあったし、父親の遺した大きな財産も残っていた。しかし、マウント・プレザントを売ることも、ジャマイカを離れることも考えられなかった。そして、一〇年の苦闘ののち、彼は相変わらずマウント・プレザントを保有し、粉砕機も稼働していた。しかし、それ以外の資産はすべて手放してしまっていた。

モーリス・カミングはもともと明朗快活、陽気で気さくな男だった。しかし、苦労の末に、気難しいとはいえないまでも口数が少なく、不機嫌というわけではないが沈みがちな男になってしまった。マウント・プレザントの家にひとりで暮らし、客もほとんどなかった。どれほど働いても収入は乏しく、しかも、慢性的な労働力不足のために、通常の若い男の楽しみに回す時間はほとんどなかった。華やいだ女性たちと語り合う楽しさともほとんど縁がなかった。周囲の土地は彼のコーヒー農園と同様に多くが放棄されてしまっており、そうでない農場でも妻や娘たちは本国に送り返された。いや、たいていは地主本人も、土地からの収入は少ないながらもすべて管財人に預けて帰国してしまった。そして、これもたいていの場合、農場の収益は管財人の要求にこたえられるものではなかった。

マウント・プレザントの家は天井が低い平屋建てで、周囲を広いベランダで囲まれた美しい住まいだった。かつては隅々まで手入れが行き届いていたが、いまはまったくくちがっていた。そもそも若い独身の男は整理整頓が苦手である、ましてや年齢にかかわらず、モーリス・カミングのような悲運の憂き目をみた独身男がそんなことをできるはずがない。彼がこつこつと貯めた金はすべて黒人たちに仕事をしてもらうための報酬として使われた。とはいえ、金銭で誘ってみても彼らは働こうとはしなかった。「ダンナ、オレ、ココガイタイ。ダカラ、ハタラカナイ」、そう言って黒人たちは肉付きのよい手で太鼓腹をさすった。

先ほど、彼がほとんど客もなくひとりで暮らしていると言った。そのマウント・プレザントの家も、ときたま伯母の訪問があると活気づいた。母方の独身の姉で、ふだんはスパニッシュ・タウンに住んでいた。言うまでもないことだが、ジャマイカでは昔も今も変わりなくスパニッシュ・タウンに議会が置かれている。(3)

しかし、モーリスはこの親戚を特に好いているわけではなかった。この点、彼は間違っていたし、思慮が足りなかった。というのもミス・セアラ・ジャック――これが彼女の名前である――は多くの点で立派な女性であり、裕福であることは疑いようもなかったからだ。なるほど美人ではないし、おしゃれでもなく、とりたてて好感が持てるわけでもなかった。また、長身で痩せ型、所作は女らしさを欠き、肌の色もうす黒かった。耳ざわりな声でよくしゃべった。政治に強い関心があり、愛国者だった。イギリスはもっとも偉大な国であり、ジャマイカはもっとも偉大な植民地だと考えていた。しかし、イギリスを愛してはいたものの、まるで決まり文句のように、植民地ジャマイカの輝きを奪ってしまう母親、すなわちイギリスの背信行為について激しく非難を浴びせた。そ

スパニッシュ・タウンにある旧議会

して、ジャマイカを心から愛していたので、この島が父親の代のころの繁栄を取り戻すかもしれないと言っても信じようとしない同胞たちも、同様に厳しく責めた。

「おまえたちのように国に本分を尽くさない人間がいるからいけないのですよ」と何度もモーリスに言ってきたが、仕事に追われる彼の苦労を思えばいささか厳しすぎるものだった。

しかし、モーリスには彼女の言わんとするところがわかっていた。「僕なんかがスパニッシュ・タウンの議会でなにができるというのですか。あんなでたらめな議員たちにまじって。僕は僕なりにここで頑張っているのです」と彼は答えたものだ。

すると伯母は声高にまくしたてた。「おまえたちが自分のことばかり考えて、ジャマイカのことを考えないから、この国はこんなことになってしまったのです。でたらめな議員たちだとおまえは言うけど、どうしてそんな連中が名誉ある議会にいるのですか。この島のすぐれた人たちがどうして議員になっていないのですか。英国議会にはイギリスの立派な人たちがいるのに。本当に、ここはできそこないの議員たちばかりです。わたしの父は議員であることに誇りを持っていました。それにモーリス、おまえのお父さまもご自分の教区を代表して議員になりましたよ。そのことを不名誉だなんて思っていませんでした。おまえのようにこの国の利害に関わりを持つ人が議会に出ないと、当たり前だけど、無責任な議員ばかりになってしまいます。駄目な政治家だとしても、その連中を議会に送っているのはおまえたちじゃないの。そうよ、おまえたちみたいな人がいけないのです」

これは効き目があったが、このときのモーリスは肩をすくめ雨あられのように降りかかる言葉から顔をそむけようとした。だが、ミス・ジャックは、あまり好かれてはいなくとも、たいへん尊敬されていた。モーリスは彼女の話に心を動かされたと認めるつもりはなかったが、最終的には、自分の教区から立候補することを了承し、やがて名誉あるジャマイカ議会の一員となった。

この名誉によって、当の本人は年末の一〇週間ほどをスパニッシュ・タウンかその近郊で過ごさなくてはいけなくなった。この地上に神に見捨てられた場所があるとしても、スパニッシュ・タウンほど見るべきものがなく、黄泉の国にある忘却の川を思わせるような、生気がなくて、青ざめた死者のような場所はどこにもない。政府があり、議会があり、総督も住んでいる。にもかかわらず、そこは、いわば、まさに死者たちの町であった。

先ほども書いたように、ミス・ジャックはそのスパニッシュ・タウンにある大きくてさびしいお化け屋敷のような家に暮らしていて、そこにはかつて父親をはじめ家族みんなが住んでいた。モーリス・カミングは、議員としての務めを果たしにやってきたときには、もちろんそこに滞在した。

さて、これから読者とともにひとつの物語を追いかけることになるのだが、実は、この段階でモーリスは一年目の議会を終えていた。気が進まないながらも植民地議会にひととおり出席して国への務めを果たし、口先だけの議員とは距離を置くのがいちばんだとつくづく感じていた。それでもなお、来年もまた今回と同じような犠牲を払ってもよいと思ったのは、国を愛すればこそのことだった。ミス・ジャックからはそっけない褒め言葉しかなかったが、モーリスは自分なりによく頑張ったと我が身を讃えた。

「マウント・プレザントには、僕にできることがあるのです。それなのに、こんな議会に出席したところで、いったいなにができるというのですか」と彼は何度も口にした。

「国への責務を果たすことができます。この植民地を繁栄に導いた先人たちのように」とミス・ジャックは答えた。そうしてふたりは自由労働や保護税について長く話し合った。しかし、このときモーリス・カミングにはもうひとつ頭を悩ませていることがあり、それはスパニッシュ・タウンでの無駄な時間やマウント・プレザントでの報われない仕事よりもずっと重大なことだった。彼は恋をしていたのだ。そして、その恋する娘の振る舞いに不満があったのだ。

ミス・ジャックにはモーリス・カミングのほかにも甥がいたが、姪も数人いて、メアリアン・レズリーはそのひとりだった。レズリー家はニューカッスル近郊の山間に住んでおり、そこからはキングストンの街を見渡すことができた。キングストンからは一八マイルほどの距離なのだが、ナポリとベルリンほどに気候はちがう。キングストンの暑さは一年中、昼夜を問わず、家の中であろうと外であろうと我慢できないほどだ。海抜四、〇〇〇フィートの高さにあるニューカッスル周辺の山々では、昼間は暖かいという程度で、夜になると毛布がほしいほど涼しい。

このような緑の山々に囲まれて暮らすのはとても心地よい。そこには車輪のついた乗物用の道はなく、いや、車輪がついていようがなかろうが、乗物そのものがない。移動はすべて馬に跨って行われる。隣家を訪問する際も同様だ。高齢の女性も若い女性も夕食まではずっと乗馬服姿だ。そして、いつでも気楽に人をもてなしてくれる。周辺の景色も格別だ。熱帯植物は並外れて豊かで野性的である。そこでは南方の気候が与えてくれる喜びがすべて満喫できるし、かといってその対価を支払う必要はない。

レズリー夫人はミス・ジャックの異母妹であり、ミス・ジャックはモーリスの母親のカミング夫人の異父姉だった。そのため、レズリー夫人とカミング夫人とは血のつながりはなかった。また、議会に上がるまでモーリス・カミングはレズリー家とはまったく面識がなかった。スパニッシュ・タウンに到着してほどなくして、ミス・ジャックに連れられてシャンディ・ホールを訪れ――レズリー家の屋敷はそのように呼ばれていた――、そこで三日間過ごすうちにメアリアン・レズリーに恋をしてしまったのだ。西インド諸島では若い娘たちは戯れの恋が好きである。天性といってもよいほどだ。そして、メアリアン・レズリーほどそれが巧みで、コツを心得ている若い女性はほとんどいなかった。

モーリス・カミングはすっかり恋のとりこになってしまった。シャンディ・ホールをはじめて訪れた際に、メアリアンの天性の技が存分に発揮された結果、彼女を完璧な女性だと思い込んでしまったのだ。ほんのちょっとしたことが、ひとりの女性に対する若い男の判断を大きく変えてしまうことはよくあることだ。夜も日も明けぬ状態で帰宅した甥を見ても、ミス・ジャックは必ずしも不満に思わなかった。というのも、甥と姪が結婚して落ち着いてくれればという気持ちが少なからずあったからだ。

そんなときに、モーリスは総督主催の舞踏会で愛する娘と顔を合わせた。赤い軍服を着た男たちが大勢いて、将校付の副官たちは先を争って踊り、肩帯や肩章をつけたスラリとした腰の海軍大尉たちもいた。副官やスラリとした腰つきの海軍大尉たちは彼よりもワルツが上手だった。会場では、男たちがメアリアンの身体をしっかりと抱きかかえ、入れ替わり立ち替わり軽快に踊りまわった。モーリスは内心おだやかではなかった。さらに気になることもあった。男たちと選り好みせずに踊るならまだしも、スラリとした腰つきの大尉を特別に気に入っていて、夜会が終わるころにはその大尉がメアリアンを独り占めしていたのだ。それは、彼女を愛し、舞踏会や若い女性の扱いを知らないモーリスにとっては我慢がならないことだった。

モーリスがマウント・プレザントに戻る前に彼女に会ったのは、それから二回きりだった。最初のときにはこの不愉快な軍人はいなかった。そのかわりいかにも信心深そうな若い聖職者がいた。イギリスから来たばかりの独身の福音伝道者で、若くてハンサムな副司祭だった。メアリアンは信仰心を刺激され、他の誰にも目をくれなかった。副司祭の話すことはもっぱら信仰のことばかりだったから、このときにはメアリアンのことが心配にはならなかった。「僕には彼女に話すことはなにもないんだ」と彼は顔をしかめながら心の中で思った。しかし、彼がその場を去ろうとするとメアリアンは彼の手を取って、ファースト・ネームで「モーリス」と声をかけ——というのも、彼女はモーリスとは従兄妹同士ということにしていたのだ——彼の目を覗き込むと、来年のスパニッシュ・タウンの議会が始まるのが待ち遠しくてならないとはっきり言った。これまで議会なんて全然興味がなかったのよ、と彼女はさらに言葉を続けた。気の毒にモーリスはすっかり気が動転してしまい、彼女のかわいい手を握りしめながら、マウント・プレザントに帰る前日にシャンディ・ホールを訪れると約束した。その約束を彼は守った。そこで居合わせたのが例のスラリとした腰の大尉だった。そのときは肩章や肩帯を付けてはいなかったが、白のジャケットを着て、ミセス・レズリーのソファでゆったりとくつろいでおり、メアリアンは彼の足もとに座って、花占いの本を見ながら彼の運勢を占っていた。

「ムスクローズが出たわ。ミスター・ユーイング、ムスクローズ(4)がなにを意味するかおわかり?」そういうと彼女は立ち上がり、ミスター・カミングと握手をかわしたが、視線は相変わらずソファに座る白いジャケットの男に向けられていた。モーリスは解放された黒人労働者たちに手を焼いていて、気の毒なことに心が折れそうになったことがしばしばあった。しかし、メアリアン・レズリーに想いを伝えることにくらべたら、黒人を扱うほうがまだしも楽だった。

メアリアン・レズリーは、ミス・ジャックやモーリス・カミングと同じくクレオール(5)だった。だが彼女はわれわれ北の国で生まれた者がふつう考えるような南の人間とはまったくちがっていた。

髪も眼も黒かった。そして唇は赤く、頬はまるで雪国で生まれ育ったようなバラ色だった。小柄でかわいく、美しい姿をしており、世の中の動きには関心がなかったが、ダンスや乗馬となると熱心に取り組んだ。父親は銀行家で、国は困窮していたにもかかわらず、かなりの成功を収めていた。仕事場はキングストンにあり、一週間に二晩はそこで眠ったが、平素はシャンディ・ホールで寝起きし、レズリー夫人と子どもたちはキングストンの惨状については知る由もなかった。キングストンの町は、ジャマイカの中でも到底考えられないほど惨めな状態にあった。

メアリアンに対して読者の皆さんにずいぶん悪い印象を与えてしまったかもしれないが、もとよりそれは私の本意ではない。概して、西インド諸島では戯れの恋というものは地域に根を下ろした遊びなのだが、そのことを読者諸兄はご存知ない。若い女性は誰だってその遊びに興じるが、結婚するとやめてしまう。結婚すれば旧姓を捨て、娘時代のいろいろな習慣をあらためるのと少しもちがわない。私がメアリアン・レズリーについて言っておきたいのは次のようなことだけだ。つまり、彼女はこの遊びのおもしろさを誰よりも理解していたということだ。また、彼女の名誉のために言っておかなくてはいけないのは、彼女は恋愛ごっこをこそこそするわけではなく、母親の前であっても自分に気のある男たちなら平気で付き合って見せることだ。彼女にとっては、その場に誰がいようと問題ではなかった。もし仮に、ジャマイカの聖職者の集まりに出席を求められたとしたら、並み居る司祭たちの前でも主教にさえ平気で馴れ馴れしい態度をとっただろう。そして、ジャマイカの植民地の主教の中にそれを嫌がるものはいなかっただろう。

モーリス・カミングはメアリアンのそうした振る舞いが理解できなかったし、不覚にもミス・ジャックもまたその点をじゅうぶん理解してはいなかった。彼女なら男と女の機微についてモーリスよりもずっと通じていたはずなのに。

「メアリアンが好きなら、どうして彼女と結婚しないの」とミス・ジャックは一度モーリスに言ったことがあった。大金持ちのミス・ジャックの発言であるだけに大きな一言だった。

「彼女は僕なんか選びませんよ」とモーリスは答えた。

「そんなことは、おまえにもわたしにもわかるはずがありません。でも、その気があるなら力を貸してあげますよ」と彼女は言った。

モーリスはミス・ジャックの家からマウント・プレザントへの帰り際に、メアリアン・レズリーは男の一途な愛には値しないと言い切った。

「まあ、呆れた！　メアリアンだって普通の娘と同じです。結婚すれば、あなたが主人になるのよ」とミス・ジャックは答えた

「とにかく、彼女とは結婚しません」とモーリスは言った。そして、傷ついた心を抱えたままハノーバーに帰った。それが、ユーイング大尉のムスクローズの一件があった日だったことを考えれば、無理もないことである。

しかし、モーリスには一途なところがあり、この恋をあきらめられなかった。マウント・プレゼントに戻り、砂糖キビや大樽に囲まれていても、メアリアンのことが頭から離れなかった。なにを

していても、ユーイングの腕に抱かれて舞踏会であでやかに踊る姿や、うっとりと尊敬をこめた眼差しで例の司祭の顔を見つめる様子がちらついた。愉快な思い出はなにも浮かんでこなかった。それでも、彼女への想いは変わらなかった。日に三度、ぜったいにメアリアン・レズリーとは結婚しないと唱えてみても同じことだった。

一年のはじめの数か月、一月から五月はジャマイカの砂糖キビ生産者にはいちばん忙しいときで、モーリス・カミングにとって今年はとりわけ忙しかった。国にしっかり奉仕すれば、再び繁栄がやってくるというミス・ジャックの予言は確かに当たっていたようだった。砂糖の価格は関税が撤廃されて以来最高値となり、マウント・プレザントでは彼が農園を引き継いで以来、最高の収穫が見込めそうだった。しかし、そうなると労働力不足の問題はどうなるのだろうか。彼は必死になって黒人労働者を集めようとしたが、残念なことにたいていは徒労におわった。とはいえ、すべてが無駄だったわけではない。というのも、状況が進むにつれて、今年は、彼が農場経営に取り掛かって以来はじめて、農地からいくばくかの収入を得られそうなことがはっきりしてきたからだ。ようやく潮目が変わったのかもしれない。それなら、これからは万事が好転してゆくのではないだろうか。

しかし、農園から得られる喜びもメアリアンのことを考えると吹き飛んでしまった。なぜ、あんなセイレーン[6]のような娘にひっかかってしまったのか。そもそもなぜ、マウント・プレザントを離れるようなことをしてしまったのか。今度スパニッシュ・タウンに戻ったら最初にシャンディ・

ホールを訪れてみるつもりだった。しかし、ジャマイカ島の中でも、そこだけは行くべきではないという気持ちもあった。

五月の初旬になった。仕事に精を出し、最後に収穫した砂糖キビを砂糖やラム酒に加工していると、例年どおりミス・ジャックがやってきた。それも、ほかならぬレズリー氏を伴って。

「事情を説明しておくわ。レズリーさんにあなたとメアリアンのことをお伝えしたの」とミス・ジャックは言った。

「そんなことをする権利は伯母さまにはなかったはずですが」と耳まで赤くしてモーリスは言った。

「生意気なことを言ってはいけません。自分のしていることぐらいわかっています。当然のことだけど、レズリーさんはあなたの農園について知りたがっているのです」とミス・ジャックは言葉を返した。

「でしたらお帰りになったほうが賢明です。だって、僕からお話しすることはなにもありませんから。知られたくないことがあるわけではありませんよ」

「それはわたしからも言ったわ。でもね、レズリー家はお子さんがたくさんいらっしゃるの。だからレズリーさんもメアリアンだけに多くを譲ることはできないのよ」

「彼女に一銭も渡らないとしても僕は全然かまいません。彼女が僕を好きで、いや、僕が彼女を好きだとしても、お金のために彼女を求めたりはしません」

「でも、お金があっても困るわけではありませんよ、モーリス」とミス・ジャックは言った。彼女はこれまでに多額の財をなし、それを維持してきた。

「僕にとっては同じことです」

「でも、わたしが言おうとしたのはね、えー、まあね……。でも見込みのないことに期待をもたせるといけないから、約束はしたくないのだけど」

「メアリアン・レズリーと僕とのことについては、なにも約束されなくて結構です」

「わたしが言いたいのはね、わたしの財産、少ないけれど全額がいつかおまえか、レズリー家に渡るということですよ」

「だったら、全部レズリー家にお譲りください」

「もちろん、そうするかもしれません。おそらく、そうします」とミス・ジャックは言った。彼女はいらいらし始めていた。「でも、とにかくきちんと話を聞いてちょうだい。わたしはおまえに独り立ちしてほしいのですよ。わたしは、朝も、昼も、夜もそのことばかり考えているのよ。でも、おまえはまともに取り合わないじゃない。メアリアンはおまえにはもったいないぐらいの女性です。間違いありません」

ようやくミス・ジャックは自分の財産の行き先について気持ちを明かすことができたし、はっきり提案もした。それだけではなかった。彼女は、もしモーリスとメアリアンが結婚することになったら、財産の大部分をふたりに譲るとレズリー氏にあらかじめ伝えてあったのだ。レズリー氏は長いあいだずっとミス・ジャックの資産を狙っていたが、彼女がモーリス・カミングをかわいがっているので相続人になるのはモーリスだろうとすっかりあきらめていた。だから、この提案は彼にとってまんざらでもなかったのだ。そこで、マウント・プレザントに出かけて、相手の男の様子を見ることにしたのだった。

「しかし、あなたはまだ三〇年はお元気なのでは、ミス・ジャック」とレズリー氏はこの話が出たときに言ってみた。

「そうかもしれませんね」とミス・ジャックはそっけなく答えた。

「きっと長生きしてくださいな」とレズリー氏は言葉を続けたが、この話題はそこで終わりとなった。レズリー氏はこういう話をミス・ジャックに持ち出すのはなかなか容易ではないと心得ていた。

ミス・ジャックは長所が短所を制している性格の持ち主だと言えるだろう。彼女はたいてい無愛想で気難しく頑固だった。しかし、自分の欠点をわきまえていて、親しい身近な者たちから、そういう自分勝手なところが嫌いだと言われても、あっさり許すことができた。モーリス・カミングは伯母の言うことに耳を貸さないことがしばしばあった。また、彼女のしつこさにうんざりしたときや、いっしょにいるときに不快に感じると、あからさまに嫌な顔をして見せた。それでも、彼女はこの甥を心から大切に思っていた。かわいさゆえに、なにくれと指図しようとしたが、それに従わないことが続いても本気で腹を立てたりはしない。そして、メアリアン・レズリーのことも同じよう

砂糖キビ畑

に大切にしていた。ただし、メアリアンがかわいく愛らしいのに対して、ミス・ジャックは辛辣で不器量である。メアリアンはしばしば生意気な態度を見せたが、それでも伯母はかわいがった。戯れの恋をしても、快活で遊び好きなところも許した。メアリアンは若い娘らしくて本当にかわいい、と心の中で思っていた。ミス・ジャック自身はメアリアンのような戯れの恋などしたことはなかった。だから、心の中では、メアリアンは善良で幸福な女性になるものと決め込んでいた——そして、メアリアンがモーリス・カミングの妻になることしか考えていなかった。

しかし、モーリスは伯母の心尽くしの言葉に耳を傾けなかった。いや、むしろ、その話には気づかないふりをした。彼はあの小悪魔のような娘を心の底から愛していた。そうは言っても、恋心をもてあそぶのが好きで、彼がそばにいるときでも男たちといちゃいちゃするのを見ているうちに、愛情を口にする気持ちがすっかり失せてしまった。好きになる価値のない小娘にたぶらかされたことを知られたくなかった。その娘にとっては男であれば誰でも同じなのだ。ダンスが上手で、きらきらする飾りをつけた男たちがお気に入りなのだ。彼女を愛する気持ちは断ち切れなかったが、それを認めて面目を失うのは嫌だった。

モーリスはレズリー氏には極めて丁重に接したが、メアリアンへのプロポーズと受け取られるようなことは一言も口にするつもりはなかった。ミス・ジャックは、マウント・プレザントにいるあいだに、メアリアンの気持ちなどかまわず、ふたりの婚約を決めてしまおうと目論んでいたがモーリスは乗ってこなかった。レズリー氏を工場や砂糖キビ畑に案内しながら、「黒人」たちが仕事をしたがらないことを伝えたが、肝心の、「黒人」たちはただくすくす笑いながら立っているだけだった。そして、馬に乗って古き良き時代にコーヒー農園があった高地にレズリー氏を案内した。ふたりのあいだでメアリアンのことは一度も話題にのぼらなかった。だが、メアリアンが彼の心から消えることはけっしてなかった。

レズリー氏がキングストンに帰る日がやってきた。「結局、彼女といっしょになる気はないのね。この件で、わたしに口を挟んでほしくないのですね」とミス・ジャックは朝早くに甥に尋ねた。

「そのとおりです、伯母さま」

「このままだと貧しいまま一生を終えることになるけれど、それでもいいのですね」

「僕はかまいません。ここの生活も楽しいですし、もう慣れっこになっていますから」と言うとミス・ジャックはしばらく口をつぐんでしまった。

「わかったわ、勝手になさい」と怒りに任せて言ってはみたものの、もう一度念を押した。「でもね、モーリス、わたしが死ぬまで待っている必要はないのよ」彼女は、お願いだから話を聞いてくれと言わんばかりに、甥の腕に手を置いた。「モーリス、わたしはおまえに幸せになってほしいの。レズリーさんに話してみましょうよ」

しかし、モーリスは承知しなかった。伯母の手を取って感謝を示したものの、この件については自分の好きなようにさせてくれと言った。「なるほど、いいでしょう。わかったわ。これからも自分ひとりでやっていくがいいわ。わたしはレズリーさんといっしょにキングストンに帰りますからね」と伯母は強い調子で伝え、実際そのとおりにした。レズリー氏と連れだってその日のうちに帰ってしまった。レズリー氏は帰りがけにモーリスにシャンディ・ホールに来るよう声をかけたが、心のこもった誘いかたではなかった。「妻も、子どもたちもいつだって君が来てくれるのを楽しみにしているよ」と言っただけだった。

「奥さまとお子さまたちにくれぐれもよろしくお伝えください」とモーリスは言った。そして、彼らは別れた。

「ここまでお連れいただいたのに無駄足でしたな」と帰りがけにレズリー氏は言った。

「きっと、万事うまくおさまりますよ。信じてください。あの子はお嬢さんを愛しているのですから」とミス・ジャックは言葉を返した。

「そんなばかな」とレズリー氏は言ったが、金持ちの親戚と喧嘩をしようとまでは思わなかった。

自分の発言や心のうちの想いとは裏腹に、モーリスは夏のあいだじゅう、スパニッシュ・タウンに行きたくてうずうずしていた。マウント・プレザントにひとりでいるのは死ぬほど退屈だった。すると、驚いたことにシャンディ・ホールが夢に出てきたではないか。しかし、そんなじれったい時間もようやく過ぎ、ふたたび伯母の屋敷を訪れることとなった。

二日が過ぎたが、レズリー家のことはまったく話題にのぼらなかった。三日目の朝、彼はシャンディ・ホールに出かけることにした。これまでは必ず一泊したが、このときは日帰りの予定だった。

「訪問しないのは失礼ですよね」と彼は伯母に言った。

「もちろんですよ」と伯母は返事をしたが、それ以上急き立てるのは我慢した。「でも、日帰りではあわただしいでしょうに」

「朝食前の涼しいあいだに出かけます。そうすれば、わざわざ鞄を持っていかなくてもすみますから」

こうして彼は出発した。ミス・ジャックはもうなにも言わなかった。しかし、心の中では、訪問のあいだじゅう、こっそり隠れてメアリアンのそばにいたいものだと思った。

彼が到着すると家族そろって朝食の最中だった。玄関ホールで最初に彼を迎えたのはメアリアンだった。「あら、ミスター・カミング、お目にかかれて嬉しいわ」と言うと、彼女はいつもの思わせぶりな感じで彼の目を覗き込んだ。それは男の心を惑わすのにじゅうぶんだった。だが、このときの彼女はファースト・ネームでは呼ばなかった。

ミス・ジャックはレズリー氏だけではなく、妹のレズリー夫人にも結婚の計画について話をしてあった。「ふたりにまかせましょう」というのが夫人の考えだった。「メアリアンにはなにを言っても駄目です。誰かに言われて意見を変えるような娘ではありませんもの。ふたりが本当に愛し合っているなら、なるようになるでしょう。愛し合っていなければ、もちろん結婚しないほうがいいわ」

「本当に今日のうちにスパニッシュ・タウンに戻るつもりなの？」とレズリー夫人はモーリスに尋ねた。

「そうするつもりです。じっさい、着替えも持ってきていませんし」

そう言うと再びメアリアンの目を見て、つまらない意地を張らなければよかったと思った。

「ずいぶんと議会がお好きなんですね。一日も離れていられないなんて。これでは来週のピクニックに来ていただく時間もなさそうですわね」とメアリアンが言った。

モーリスは時間が取れないだろうと返事した。

「それは駄目よ」とファニーが言った。妹のひとりだ。「必ず来てくださらないといけませんわ。そうでしょ、お姉さま、来ていただかないとせっかくの計画が台無しになってしまいますものね」

「メアリアンは男性客のリストのいちばん最初にミスター・カミングって書いたのよ」と別の妹が言った。

「そのとおりなの。ユーイング大尉が二番目だわ」と末娘のベルが言った。

「では、お姉さまにリストを変更していただきましょう。どうにもならないのですよ。それにお姉さまは僕がいなくてもさびしいなんてことはありませんよ」とモーリスはきっぱり言った。

メアリアンが、うっかり例の軍人の名前を口にしてしまった妹のほうを見ると、妹は妹でばつが悪そうな表情を浮かべた。

「来ていただかないとなにもかもが水の泡だわ、そうでしょ、メアリアン。ビングリーの谷に行く計画なの。ニューカッスルに宿も取ってさしあげたのよ。私たちのお部屋のすぐ近く」とファニーが言った。

「もう一部屋は……」ベルはそう言いかけて口をつぐんだ。

「さあ、勉強してらっしゃい、ベル」とメアリアンが言った。「お昼までずっとここにいたらお母さまに叱られるわよ」ベルは名残惜しそうな表情を浮かべて部屋を出て行った。

「わたしたち家族はみんな、心からあなたに来てほしいと願っているの。なんとしても来てほしいのよ」とメアリアンは真剣な面持ちで言った。これは重大事なのだと言わんばかりに。「でも、本当に無理なようでしたら、もちろん、もうこれ以上なにも言いません」

「僕以外にもたくさん参加されるのでしょう」

「人数だけならそうよ。二連隊のほとんど全員においでいただくことになっているの」とメアリアンは遠まわしに将校たちのことに触れたが、その口ぶりは、彼女が本当は将校たちが来ることを望んではいないのではないかと思わせる感じだった。

「わたしたちはあなたのことを家族の一員だと思っていたのよ。それが、ずっと遠く離れ離れになっていたのですから、わたしたちは、わたしたちは……」とここまで言うと彼女は脇を向いて、それっきりなにも言わなくなってしまった。そして、モーリスの返答も待たずに、椅子から立ち上がると部屋から出ていった。そのとき、モーリスには彼女の目に涙が浮かんでいるように見えた。

その日の午後、早めに午餐をすますと、モーリスは言葉どおりにスパニッシュ・タウンに馬で戻った。しかし、帰りがけに、ふたりきりになるとメアリアンは短く言った。

「怒っていらっしゃるのではなくて？」

「怒るだって！　そんなことありませんよ。でも、どうして」

「だって、怖い顔をしていらっしゃるもの。あなたに喜んでもらえるなら、わたし、きっとなんでもしますわ。従兄と仲良くできないなんてことになったら、つらいですからね」

「でも、仲の良さにもいろいろありますからね」とモーリスは言った。

「もちろん、そうだわ。仲良しといっても好きになれない人もたくさんいますものね。舞踏会とか、そんなような場所で会う人はどうも……」

「ピクニックで会う人もですね」とモーリスは言葉を繋いだ。

「ええ、そういう人もいますわ。でも、わたしたちはちがうでしょう」

もちろん僕たちの仲はそんないいかげんなものじゃない、モーリスとしてはそれ以外の言葉は見つからなかった。だとしたら、どうしてピクニックの約束をせずにすまされようか。結局、約束はしたものの、また惨めな気分を味わうことになるのではないかと不安もあった。確かに約束はした。すると彼女は彼の手を取って「モーリス」と呼びかけた。

「とても嬉しいわ」と彼女は言った。「お断りになったから本当につらかったのよ。早めに来てくださいね、モーリス。だって、お話ししたいことがたくさんあるもの。よいこと、一時にクリフトン・ゲートよ。少し早めですよ、わたしたちもそうしますから」

モーリス・カミングはスパニッシュ・タウンに戻る道すがら、ピクニックの日にメアリアンが今日と同じような様子だったら結婚を申し込もうと胸の内で決心した。

ピクニックにはミス・ジャックも参加することになっていた。

「そんなに早く出かける必要はないでしょう」とバタバタと出かける準備をしている甥に向かって彼女は言った。

「みなさんこういうときはあまり時間どおりに来ないものよ。たいていは支度にずいぶん時間がかかりますからね」それでも、モーリスはとにかく早く行きたいからと言い、そのとおりにした。

ふたりがクリフトン・ゲートに到着すると、女性たちはもうそこにいた。あまり起伏のない国であれば、ピクニックには馬車を利用するのだろうが、ここでは、女性たちも自分の馬かポニーに跨っていた。しかし、そこにいたのは女性たちだけではなかった。メアリアンの横には、ポート・ロイヤルに停泊中の旗艦に所属する、モーリスの記憶ではグレアムという名前の大尉がいた。そして、モーリスにも話し声が聞こえる場所には、昨年出会った時には大尉だった、例のスラリとした腰つきのユーイング大佐がいた。「素晴らしい一日になりそうですね、ミス・レズリー」と大尉が言った。

「本当に素敵ね」とメアリアンが言った。

「さしあたり、食事をする場所を決めてくださいな。ユーイング大佐。どこかいいところがあるかしら」

「私にその任務を与えるのですね。いちおうは、土地の様子などについては精通していますからね」

「でも、だからと言ってピクニックの食事の場所にどこが適しているかがわかるとはかぎらないでしょ。ねえ、そうですわね、ミスター・カミング」

そう言って彼女はモーリスと握手したが、それ以上は話しかけようとしなかった。「よろしければ、みんなでいっしょに探しに行きましょう。こんな重大な任務をひとりにまかせてはおけないわ」そして、メアリアンが出発し、大尉と大佐が同行した。

モーリスも望めばその輪の中に入ることができたが、そうしなかった。伯母を急き立てて必要以上に早く来たのは、このピクニックに参加してくれるようメアリアンから頼まれたからにほかならない。ところが彼女は顔を合わすなり、二人の将校とさっさと出かけてしまったではないか。まともに話もしないうちに。彼はもう二度と彼女のことは考えまいとその場で決めた。話をするにしても、およそ興味も関心もない相手として接するだけのことだ。

しかし、つらいことにも男らしく立ち向かうのがモーリスという男だった。子どものころからそうしてきたが、けっしてへこたれたりしなかった。このとき怒りがおさまらなかったのは、ひとりの小娘が自分の助けを借りずに昼食の場所にふさわしい場所を勝手に探しに行ってしまったからだった。

　ピクニックなどというものは、付き添いの年長者にとってはたいてい退屈なものである。身体の節々が少々こわばってくるころになると、快適に食事をするためには椅子やテーブルが必要だし、屋根があればなおよい。そうは言っても、ピクニックに年長者は欠かせない。メアリアンやユーイング大佐のような若者たちも、遠巻きに見ていてくれる年長者がいなければ野原での食事会を始めることはできなかった。そんなわけで、ピクニックに付き合う年長者は、若い者に言われるままにのんびりと過ごして役目を果たし、一日が何事もなく過ぎることを祈るのである。そこで、問題の朝だが、メアリアンがユーイング大佐やグレアム大尉と連れだって出かけたときには、モーリス・カミングもその年長者の輪の中にいた。

　ポンケン氏とかいう、ジャマイカではたいへん有名な農場経営者で、地方議会の議員でもある男が来ていて、古き良き時代を知るその男はモーリスを見つけると長話を始めて放さなかった。砂糖、ラム酒、砂糖精製用のガズデンの銅鍋(7)、ずるい黒人などについて賢明なる自説を並べ立て、モーリス・カミングはそれらすべてについて意見を求められた。しかし、ポンケン氏の言葉が片方の耳に入ってくるのと同時に、もう片方の耳には遠くの話し声が聞こえていた。メアリアン・レズリーが取り巻きの男たちに甲高い声で笑いながら陽気に指示を出す様子や、取り巻きのリーダー格であるユーイング大佐がげらげらと低い声で笑うのが聞こえてきた。その晩、ポンケン氏は同僚の議員にカミングは評判ほどの人物ではないと耳打ちした。しかし、ポンケン氏はカミングが恋をしているとは知る由もなかったのである。

食事の時間となり、一行は半エーカーほどの広さに散らばった。モーリスはいちばん最後に席を決めた。そこはポンケン氏のうしろ、隅っこの居心地の悪い場所で、明るい笑い声のおきているところとはだいぶ離れていた。しかし、その居心地の悪い場所からも、メアリアンが座の中心で元気に振る舞っている様子が見えた。その横には同じく恋愛遊びの好きな女友達、ジュリア・デイヴィスがいて、取り巻きの男たちはメアリアンの言うことにいちいちうなずき、彼女が笑うと嬉しそうにしていた。

「さあ、シャンペンはこれでおしまいにしましょう。みんな酔っぱらってしまったら、岩山のむこうの洞窟まで誰に連れて行ってもらったらよいのかわからなくなってしまいますものね」とメアリアンが言った。

「その任務は私に託すと約束してくださったではありませんか」とユーイング大佐が大きな声をあげた。

「いいえ、そんなことありません。そうよね、ジュリア」

「ミス・デイヴィスは私と約束なさいましたよ」と大尉が言った。

「わたしは誰とも約束してないわ。そもそもそんなところに行く気もないのですから」とジュリアは言った。彼女には、ユーイング大佐は自分だけのものだと思いがちなところがあった。

一連のこの会話はモーリス・カミングのいるところまでは届かなかった。しかし、様子を見ていれば内容は察しがついたし、それがかえってつらかった。仮に、男の気持ちをもてあそぶような若い娘の言動を文字で表現してみても、つまるところ無邪気でくだらないものにしかなるまい。男女の恋愛感情を言葉にしたところで、たいていはつがいのツグミの鳴き声と大差ない。恋する者たちは理性よりも本能のままに囀《さえず》り合ったり、声を掛け合ったりするものだ。

「今夜は姪御さんたちといっしょにお帰りですね」と食事がすむとすぐにモーリスはミス・ジャックに言った。ミス・ジャックはそのとおりだよ答えた。

「じゃあ、僕がこのあとすぐにスパニッシュ・タウンに帰っても誰も気を悪くしませんよね。実のところ、もうこういうのはうんざりなんです」

「あら、モーリス、あんなに勢い込んで家を出てきたのに」

「僕は大ばか者です。ですので、一刻も早く帰りたいのです。誰にも言わないでくださいね」

顔を一目見れば、モーリスが傷ついて惨めな気持ちでいることがわかった。そして、その原因についても察しがついた。

「まだ帰ってはいけません。駄目よ、モーリス」と言い、彼女にしては珍しく優しい調子で次のように付け加えた。「モーリス、あの子のところへ行って、素直に自分の気持ちを伝えなさい。そうすれば、あの子はちゃんと話を聞いてくれるはずよ。モーリス、わたしのためにもそうしてちょモーリスは返事をせず、また、悲しそうに木立のあいだをぶらぶらと歩いて行った。「聞いてくれるだって」と心の中で叫んだ。「でも、彼女はすぐに心変わりしてしまうじゃないか。あんなに移り気な女をどうやって愛することができるというんだ」しかし、彼女への想いを断ち切ることはできなかった。

岩場を登っていくと、また、声が聞こえてきて、とりわけユーイング大佐の声が大きく響いてきた。「さあ、ミス・レズリー、手を貸しますから頑張ってください。すぐに登れますよ」そのあと、七、八人のグループがモーリスとほぼ同じ高さのところまで登ってきたため、彼の姿は全員に見られてしまった。先頭にはユーイング大佐とミス・レズリーがいた。

うしろを向いてその場から去ろうとすると、あとを追いかけてくる足音がして、声が聞こえた。「あら、ミスター・カミングじゃない。ちょっとお話ししてくるわね」そのあとすぐに、彼の腕に手が軽くかけられた。

「なぜ逃げようとなさるの」とメアリアンは言った。

「なぜって、言われても。逃げているわけではありません。あなたがたの邪魔をしたくないだけです」

「バカなことをおっしゃらないで！　さあ、いらっしゃい。そこにある素晴らしい洞窟に行くところなの。食事もいっしょにしないなんて、本当に意地悪な人ね。ちゃんと約束したでしょ」

彼は答えずに相手の顔を見た。愛を込めた悲しい眼差しでじっと見た。彼女にもその意味が半分は理解できたが、しょせん半分でしかなかった。

「どうしたの、モーリス」と彼女は言った。「怒っているの？　私たちといっしょに過ごしましょうよ」

「いいや、メアリアン、それはできません。もし、あの人たちに迷惑がかからないのなら、三〇分ほど僕に付き合ってくれませんか、それ以上は時間をとりませんから」

彼女は一瞬ためらった。そのあいだも仲間たちはさっきの場所にとどまっていた。

「いいわ」と彼女は小声で答えた。「でも、ちょっと待っていてください」そう言うとすぐに仲間のところに戻った。仲間たちは簡単には了承してくれなかったが、彼女は五分くらいで帰ってきた。「さて」と彼女は言った。「洞窟なんてどうでもいいの。本当なのよ。いっしょに歩きましょう。ただ、みんな奇妙に思っているでしょうね」そしてふたりは連れ立って歩き始めた。

熱帯の夜がふたりを包んでしまわないうちに、モーリスは愛の告白をした。そのときのモーリスの振る舞い方は、これまでメアリアンに言い寄ってきた男たちとはまったくちがっていた。彼は情熱を、激しすぎるほどの情熱を込めて語った。心には彼女の姿がいつも宿り、片時も彼女を忘れたことはないと言い切った。「あなたを忘れるなんてできない」と彼は言うと、「僕のメアリアン、僕だけのメアリアン、本当に僕だけのメアリアンになってください。でも、もしそれがかなわないなら」と続け、恋する者ならではの情熱をもって、いや、それ以上の情熱をもって、「僕だけのメアリアン、本当に僕だけのメアリアン」という言葉の意味を説明した。そして、いつもの彼女の軽はずみな振る舞いについて強い言葉で非難した。

メアリアンはその叱責によく耐えた。おそらく彼女としてもある程度は思い当るところがあったはずだ。また、ユーイングやグレアムのような男たちと、モーリス・カミングとのちがいに気づき、その愛の重さがわかったとも言えよう。

彼女はきちんと分別のある返事をした。真面目で分別のある言葉が彼女の口から語られたことにモーリスはおどろいた。わたしのせいで悲しませてしまってごめんなさい、と彼女は言った。でも、あなたの気持ちを知らなかったのに、なぜ、わたしが責められなければいけないのかしら。お父さまとお母さまがあなたとの結婚についてお話しになったことはあったわ。でもそれだけ。わたしはあなたに対しては従兄妹どうし以上の特別な感情は持ち合わせていないとお答えしたわ。それ以降、お父さまもお母さまもこの話を先に進めることはしなかった。自分の気持ちについてはわたし自身まったくわからないの。わかっているのは、あなたよりも好きな人はいないこと、というよりも、あなた以外に誰も好きな人はいないということだけだわ。あなたを愛することができるかどうか考えてみますから、そのための時間を少しくださいな。そうして彼女は微笑みながら、ひとつの約束をした。それは彼を傷つけるようなことはしないという約束だった。また、その夜は彼の望みどおりに何曲でもいっしょにダンスを踊るという約束も付け加えた。モーリスは、最初のカドリールをいっしょに踊ってくれればそれでいいと言ったが、それは必ずしも賢明ではなかった。

その晩の舞踏会の会場は、ニューカッスルにある将校クラブの食堂だった。これは、ピクニックの打ち上げとして企画されたもので、女性たちは、当然、ニューカッスルの自宅か友人の家で着替えなければならなかった。メアリアン・レズリーとジュリア・デイヴィスは少佐夫人の許しを得て小さな部屋を使わせてもらい、そこで髪にブラシをかけ、ダンスシューズを履くうちに、モーリス・カミングのことが話題になった。

「じゃあ、マウント・プレザント[8]のカミング夫人になるわけね。そんなことになるなんて思いもよらなかったわ」とジュリアが言った。

「まだ、決まったわけじゃないわ。もし決まれば、当然、あなたが言うとおりカミング夫人になるけど、それっていけないこと」

「『愁い顔の騎士[9]』って感じの人よね」

「言っておくけど、あの人は素晴らしい男性よ。あなたが知らないだけよ」

「どんなに素晴らしくたって、陰気くさい顔の男性なんて、わたしはごめんだわ。もう、激しい動きのダンスは踊らせてもらえないわね」

「これまでどおり、好きなように踊るわ」とメアリアンはやや語気を強めて言った。

「それは駄目よ。もしそんなことしたら、玉の輿に乗れないもの。『愁い顔の騎士』の令夫人にはなれないわよ。それで、グレアムはなんて言うかしら。あなた、彼を半分その気にさせちゃったのよ」

「そんなことないわ、ジュリア。気を持たせるようなことはなにも言ってないわ」

「さあ、本人はなんて言うかしら」この後、若い娘たちの会話は少々感情的になっていった。しかし、それでもふたりはやがてブラシできれいに整えた髪をして、いつもどおりに笑顔を浮かべて現れ、そこには険悪な雰囲気などまったく見られなかった。

しかし、メアリアンにはダンスが始まる前に、もうひとつの試練が待ちかまえていた。その試練を与えたのは、最強にして最大の敵、そう、ミス・ジャックにほかならなかった。ミス・ジャックはモーリスがマウント・プレザントに帰らないことにしたことはすぐにわかった。甥がメアリアンに正式に結婚を申し込んで、伯母のかねてからの願いをかなえてくれようとしたのだと直接聞いたわけではないが、事態が急速に動き出していることにはすぐに気づいた。こんなダンスなんか早く終わればいいのにと思い、姪がユーイングと何度もワルツを踊ったり、グレアムと激しいポルカを踊ったりしなければよいのだがと心配した。そこで、ミス・ジャックはメアリアンに一言釘をさしておくことにしたのだ。「いい頃合いだわ。やさしく教え諭してあげましょう」

「メアリアン、ちょっとこちらへいらっしゃい。話したいことがあるの」

「はい、セアラ伯母さま」と伯母について部屋の隅に行ったが、気は進まなかった。というのも、モーリスとのことでまたなにか言われそうな気がしたからだ。

「今夜はモーリスと踊るつもりですか」

「はい、そのつもりです。最初のカドリールを」

「そう、わたしが言っておきたいのはね。今夜はあまり動きの激しい踊りをしてほしくないってことなの。理由はわかるわね。あまりたくさんはだめよ」

「伯母さま、なにをおっしゃっているのですか」

「あなたがかわいいからよ。あなたのためなの。じゃあ、はっきり言いましょう。彼がいやがるのよ」

「彼って、誰ですか」

「モーリスよ」

「踊るかどうか、いちいちミスター・カミングの意向どおりにしなければならないなんてわたしには納得できません。父はわたしが誰と踊ろうと気にしません。みんなダンスをしにここにきているのですから、伯母さまの言いつけとはいえ、ひとりだけ座っているなんておかしなことはできませんわ」そんなわけで、せっかくのやさしい忠告も親切心が過ぎたようだった。

こうして、その晩のダンスが始まった。メアリアンは恋人とカドリールを踊った。だが、彼女はあまり機嫌がよくなかった。一日中モーリスのためを思って話をし、振る舞ってきたのに、セアラ伯母さまから説教されるなんて考えてもみなかった、というのが彼女の本音だった。

「愛するメアリアン、あなたの力で僕を幸せにしてください。心から幸せに」とカドリールが終わりに近づくと彼はメアリアンに声をかけた。

「でも、なにが幸せかなんてひとによってちがいますわ。みんながみんな同じ考え方ではありませんもの」と彼女は答え、ふたりは離れた。

そうは言いながらも、メアリアンはその晩、最初のうちはじゅうぶん控えめにしていた。グレアム大尉とはワルツを、ユーイング大佐とはポルカを踊ったが、いつもよりもおとなしい踊り方で、他のカップルと競り合うようなことはしなかった。

ダンスを終えると、椅子に座って静かにしていた。それからふたりのたいへん物静かな紳士と一度ずつカドリールを踊ったが、ふたりとも恋人が勘違いして腹を立てるような相手ではなかった。

「メアリアン、とうとう翼を全部もがれてしまったわね」とジュリア・デイヴィスが近づいてきて言った。

「そんなことないわ。翼が付いたままなのはあなたと同じよ」

「『愁い顔』さんは、あなたにいまワルツを踊らせないとしたら、結婚後のあなたになにを望んでいるのかしら」

「わたしだって、あなたと同じように誰とでもワルツを踊ることができるわ、ジュリア。そんなことを言うなんて、わたしに嫉妬しているのね」

「ハハハ、たしかに相手がハンサムな男の場合は嫉妬したことがあったかも、たぶん。でも『愁い顔』がお相手では全然うらやましくないわ」そう言うと彼女はダンスのパートナーのところに戻っていった。

よせばよいのにメアリアンはこの挑発に乗ってしまい、やがてユーイング大佐とまたぐるぐる踊り始めた。「さあ、ミス・レズリー、私たちの出番ですよ。グレアムとジュリア・デイヴィスは、あなたがもうワルツは踊らないのではないかと言っていました。でも、僕といっしょに踊って連中を黙らせてやりましょう」と彼は声をかけた。

メアリアンは、ユーイングが腰に手を廻しやすいように、立ち上がって腕を持ち上げた。そのとき、壁にもたれて立っているモーリスと目が合った。モーリスの目は彼女を厳しく非難していた。「困ったわ。でも、わたしを自分の言いなりにするつもりはないはずよ。とにかくいまのところはまだ」と彼女は思った。そして、これまでにないほど激しく踊り、その晩はずっとユーイング大佐とだけ踊った。

強い酒による酔いとはまったくちがう種類の酔いというものがある。感情が乱れて判断力がすっかり失われると、この種の酔いが起こる。その夜のメアリアンはそういう意味での酩酊状態だった。彼女は、二時間、ユーイング大佐と踊りながらも心の中ではずっとひとつのことを思い続けていた。彼女は世間に、とりわけミスター・カミングに対して、自分はリードをしてもらうのはかまわないが言うなりにはならないということを知ってほしかったのだ。

メアリアンは朝の四時ごろ帰宅した。自分の部屋に入って着替えようとしたところで涙がとめどなくこぼれてきたので、妹にその心情を打ち明けた。「ファニー、わたしはあの人のことが大好きなの。心から好きなの。でも、あの人はもう二度とわたしのところに戻ってきてくれないわ」

モーリスは目の前でメアリアンの行状をたっぷり二時間にわたって見せつけられたが、そのあいだずっと壁に背を持たせかけたままじっとしていた。そして、伯母に次のように告げてその場を去った。「じゅうぶんご覧になりましたね。これで伯母さまが僕に向かって二度と彼女の名前を口になさることはないでしょう」ミス・ジャックは落胆していたが、なにも言わなかった。その夜、彼女は誰とも口をきかなかった。ベッドに横になって、ずっと考え続けているうちに、起きて着替える時間になってしまった。「ミス・メアリアンにわたしのところに来るように伝えてちょうだい」と着替えを手伝いに来た黒人の娘に言った。三度にわたって呼び出しをかけ、ようやく、ミス・メアリアンは応じた。

翌日の午後三時、ミス・ジャックはスパニッシュ・タウンにある自宅の玄関前に到着した。ニューカッスルからの距離は遠かったが、いつもは馬に乗って移動した。それがこの度は馬車を用意させたのは、そうすべき理由があったからにほかならない。玄関を入るとすぐに、ミスター・カミングがいるかどうか確認した。「はい、二階の奥の小書斎にいらっしゃいます」と召使は言った。彼女はこっそりと、自分の家なのにまるで足音を聞かれるのを怖れているかのように階段を昇り、居間に入った。そして、そのあとには、さらにこっそりとした、ほとんど聞こえないような足音が続いた。

ミス・ジャックは自宅にいるときは、たいてい、いかにもこの家の主らしく誰はばかることなく勝手気ままにしていたのだが、書斎にいるモーリスの様子をうかがう際はまったくちがっていた。ボンネット帽を被ったまま、半開きの扉のところできょろきょろしている様子は、甥に声をかけるのを怖がっているかのようだった。彼は奥の書斎からベランダのほうを見ていたが、考えごとに没頭していたため、伯母の声が聞こえてもすぐにはそれとわからなかった。

「モーリス」と彼女は言った。「入ってもいいかしら」

「えっ、ええ、もちろんどうぞ」と彼はさっと伯母のほうに向き直った。「実は伯母さま、体調があまりよくなく、議会の会期末までいられそうにありませんので、マウント・プレザントに帰ることにします」

「モーリス」と言って伯母は彼の近くに来た。「モーリス、あなたの許しを得たいと願っている人を連れてきたの」

彼は顔じゅうを真っ赤にして、返事もせずに伯母のほうを見ながら立ち上がった。

「もちろん、機会を与えてくれるわね」と伯母は続けた。「どれほど大切なことか、あなたにはわかっているはずよ」

「誰のことをおっしゃっているのですか、いったい誰を連れてきたのですか?」とようやく彼は尋ねた。

「あなたがその人を愛しているのと同じぐらい、あなたを愛している人よ。もうそれ以上に愛せないほどにね。入っていらっしゃい、メアリアン」かわいそうに、その娘は申し訳なさそうに静かに入ってくると、愛する男の顔を不安な面持ちで覗き込んだ。「あなたは昨日彼女に結婚を申し込みましたね。そのとき、この子は自分の気持ちがわからなかったのよ。でも、いまはわかっています。モーリス、もう一度申し込みなさい。いいでしょ」とミス・ジャックは言った。

返す言葉などあるはずもない。まして、断るなんて。なにしろ、あの柔らかな小さな手を差し出し、涙を浮かべた目でけんめいに彼の顔を見ようとしているのだから。

「昨日はあなたを怒らせるようなことをしてごめんなさい」と彼女は言った。

ミス・ジャックはすぐに部屋を出て行った。それから三〇秒もたたないうちに、モーリスはメアリアンを許していた。「わたしはあなたのものです」と彼女は囁くように言った。夕暮れはまだ始まったばかりだった。「昨日のことは……」しかし、その台詞はそこで終わることとなった。

ジュリア・デイヴィスの意地悪や嫌味は無駄だったし、ユーイングとグレアムがそれに加勢したことも無駄に終わった。その夜から結婚式の朝まで、わずか三か月であったが、そのあいだにメアリアン・レズリーが他の男と戯れの恋に興ずることはなかった。

訳注

（1）ジャマイカにおける奴隷蜂起は一八三一年。その二年後一八三三年に英国議会において奴隷制度廃止法案が可決された。

（2）砂糖関税は一八四四年に三〇パーセントに引き下げられ、一八五二年にはイギリス領植民地の砂糖と外国産砂糖の関税が同率となった。
（3）ジャマイカの首都は一八七二年にキングストンに移され、現在に至っている。
（4）ムスクローズ（学名は *Rosa mosochata*）の花言葉は「気まぐれな美女（capricious beauty）」。
（5）この作品ではジャマイカ島で生れた、白人入植者の子孫をさす。
（6）ギリシア神話。美しい歌声で近くを通る船人を誘い寄せて難破させたという半女半鳥の海の精。
（7）アラバマ州ガズデンで製造された砂糖精製用の銅鍋。
（8）本翻訳ではオクスフォード・ワールド・クラシックス版にしたがって「マウント・プレザントのカミング夫人」と訳したが、この作品が一八六〇年に *Cassell's Illustrated Family Paper* 誌に最初に発表されたときには原文は'Mrs. C., of Mount Unpleasant'となっている。明らかに Mount Unpleasant（「不愉快山」）の方がおもしろいのだが、どういう事情からか一九九一年に出版されたトロロープ協会による *Anthony Trollope: Complete Short Stories Vol.3: Tourists and Colonials* 以外の版ではすべて Mount Pleasant となっている。
（9）「愁い顔の騎士」はドン・キホーテの異名。

ミス・オフィーリア・グレッド

レディとは何かと問われて答えられる人などいるのだろうか。誰がレディかという問いであれば、これを読んでいる上品で教養ある諸兄諸姉ならすぐさましかるべき女性を思い浮かべるだろう。私だってそうだ。しかし、レディとは何かとなるとそうは簡単にゆかない。レディのレディたる由縁はどこにあるのか。教育や知性があればいいというのでもなく、たとえ最高の家柄に生まれても、それだけでは十分ではない。レディらしさがあるかないかは、誰もがよく知り、よく理解しているようであるが、洗練された物腰や優しい性格、あるいは真心を持っているだけでは足りないのかもしれない。一目見たり、二言、三言、言葉を交わすだけで、この人こそレディだと気付く人間はたくさんいるが、レディらしさとは何かと言われると、それを明確に説明できる人はどこを探しても見当たらない。

ミス・オフィーリア・グレッドはマサチューセッツ州のボストンに暮らす若いレディではあるが、われわれの同胞のイギリス人男女に、ミス・オフィーリアが彼らの基準に照らしてレディと呼べるかどうか訊いてみたいものである。

きわめて高い身分のイギリス人でも、実際に外国に暮らしてその土地の人々と交流しなければ、外国人の「レディらしさ」を正しく判断できず、しばしば頭を抱えてしまう。そして私の知る限り、アメリカ人の場合が一番難しい。

アメリカの女性たちは、イギリス人と同じ言葉をしゃべり、同じ本を読み、たいていの場合、同じようなものの考え方をする。しかしアメリカ社会には、イギリス人の生活習慣とは異なるいろいろな習慣がある。それらはアメリカのどこで暮らしていようとも人々の中にしっかり根付いている。ところが、そのアメリカ人の生活習慣がイギリス社会に入り込むと、われわれの日常生活の歯車が狂わされてしまう。上流階級のアメリカ人女性の言葉も、習慣も、振る舞いも、イギリス紳士の常識とは一致しないことがよくある。もちろん同じように、イギリス人女性の言葉や習慣がアメリカ人を不愉快にさせることもある。

アメリカにはレディがいないと言い切る人間がいる。そういう人は仮にフランス語やイタリア語をアメリカ人の英語と同じくらいに十分に聞き取れたとしたら、やはり同じことを言うはずだ。フランスやイタリアにはレディはいないと。アメリカの女性は大人になってもイギリス女性のようなレディにはなれないと彼らは言い張り、アメリカ女性がレディへと成熟していくことは望むべくもないと考えている。さて、これから読者の皆様にある話をお聞かせするが、皆様にぜひ次の質問に答えていただきたい。はたして、ミス・オフィーリア・グレッドはレディなのかどうか。

マサチューセッツ州議事堂

私がオフィーリアと知り合ったとき、彼女はマサチューセッツ州のボストン社交界ではすでにそれなりに注目を浴びており、州の議事堂のきらきらした黄金色のドームに引けを取らないほどの有名人になって四、五年が過ぎていた。彼女のような生粋のアメリカ人、まぎれもないアメリカ人女性と出会えたことは、私にとっては思いがけない幸運だった。

背の高さはおよそ五フィート八インチほどだったが、いつも背筋をまっすぐのばして歩いていたので、なおいっそう背が高く見えた。痩せ型でもあり、肩幅がひどく狭かったので、均整がとれているとは言い難かった。ウエストがひどく細いので、何か得体の知れないもので無理矢理締め付けているように見えた。だが、そうではないのは明らかだった。痩せすぎで、華奢といってもいいぐらいの体つきではあったが、立ち振る舞いは快活できびきびしており、落ち着いた物腰は人柄の良さを表わしていた。

彼女を一目見て美しいと言う男性は誰もいないだろう。女性の目から見てもきっとそうだ。しかし、面と向かって話をしていて、彼女ほど惚れ惚れする顔立ちをした女性を見たことがない。茶色の髪はいつもきれいに引き詰められていた。額が広く細面だったが、細い体が動くと表情は明るくなり、濃い灰色の澄んだ瞳は生き生きと輝き、言い争いをしたり、危なっかしいことをするのさえためらわなかった。鼻と口元は実に愛らしく、歯並びは信じられないほどきれいに整っていた。ところが、唇は薄く、女性的な美しさとは言えなかった。実際、彼女に備わっている魅力は、男性たちが愛するような可愛らしく移ろいやすい表情、柔らかでふくよかな優雅さ、常に変わることのない女性的な優しさといったものではなかった。オフィーリア・グレッドには、男たちが求めるこうした女らしさが欠けていた。痩せぎすで、肌は全体に褐色で、歩き方もきびきびして堅苦しかった。ふくよかさや柔らかさには欠けていたが、それでも磨かれた鋼のように輝いていた。

しかし、彼女はボストンでいちばん美しい女性だった。ボストン在住の男性の誰か、あるいはボストンのことをよく知っているよそ者が、この都市で最も美しい女性は彼女だと断言するかどうかはわからないが、次の点は誰に聞いても同じだった。つまり、彼女はこの土地で、一般に美人に与えられるべき称賛の言葉をほかの誰よりも多く与えられていた。ボストンの上流階級の人間は彼女の容姿にすっかり慣れ親しんでいたので、彼女が美しいということを当たり前のように受け入れていた。正しい審美眼を持つとされる審査員によって美人と認められ、ボストン中の屋敷の応接間で囁かれるうわさ話の中で、彼女は美女という誉れを手にしていたのだった。

この事実を疑う者は今ではいなかった、たまたま初めて訪れてきた人が異を唱えても、間違っているときっぱり言い返されるだけだろう。

「いいえ、そんなことはありません。そのうちに間違いに気付きますよ。ここにしばらく住んでみればおわかりになります」

確かに私もこの土地にしばらく暮らしてみて、自分の間違いに気が付いた。この地を去るまでには、オフィーリア・グレッドが美人であることを私は認めていた。そして、不思議なことであるが、女性たちも皆そろってそう思っていた。

オフィーリア・グレッドはボストンで最も美しい女性ではあるが、周囲にいる美人たちに嫌われ

ビーコン・ストリート（ボストン）

ることはなかった。女性たちの気持ちは、察するに次のようなことだと思われる。つまり、彼女が結婚して身を固めるべき時が来ているので、彼女ほど魅力のない女性にも男性の目を引くチャンスが生まれるだろうと当てにしているのだった。

私が知り合った頃、彼女は男友達と遊ぶのが大好きだった。しかし、ミス・グレッドはいわゆる「男遊び」をしているわけではなかった。「男遊び」という言葉の正確な意味において、彼女はそのような行為とは無縁だった。関心を引いた若者とおしゃべりを楽しんでいたが、個人的な付き合いではなかった。ボストンの中心街であるビーコン・ストリートをジョーンズやスミスといった青年たちと、あるいはもっと正確に言うと、オプティマス・M・オーピー氏やハンニバル・H・ホスキンス氏などの若者と一緒に彼女が歩くのは、私たちが彼らと一緒に出歩くのと同じようにごく普通のことだった。

こうしたおおらかな自由を認めることが、この国の人々の慣習なのである。オフィーリア・グレッドほどこの慣習をうまく利用している女性はいなかった。彼女は気に入った若者がいれば、自分からその男性を自宅に招いた。そして、男性と同席する機会を求めたり、時には避けたりしながら、好きなように振る舞っていた。

このようなアメリカ人の慣習が正しいかどうかは、世界中で認められている厳正な道徳的規範、たとえば、人間に盗むことを禁じる規則に合致しているかどうかで判断するのではない。アメリカ人の慣習が正しいかどうかは、アメリカの慣例に従っているかどうかで判断するのである。

オフィーリア・グレッドはハンニバル・ホスキンスと舞踏会で出会ったが、その翌日の朝には、彼と一緒にビーコン・ストリートを散歩していた。さらに翌日の正午には、ハンニバル・ホスキンスに自宅に来て欲しいと言って誘ったのだ。ボストンではそれが正しい付き合い方だった。

彼女は鼻にかかる声で話した。私は言葉を交わすうちに、その鼻声が心地よく耳に響くようになっていた。最初その声がとても気に障っていたのだが、いつの間にか聴覚が麻痺してしまったのかもしれない。人生のある時期、アイルランド独特の長靴や北部なまりが好きになったのと同じことなのだろう。

いずれにしろ、オフィーリア・グレッドが鼻声で話していたことは確かである。しかも、当時のボストンではそれが流行の話し方だった。ジョーンズ家やスミス家、オーピー家やホスキンズ家の人間たちの普通の話し方を真似ていたのである。

オフィーリア・グレッドの母親は、私の知る限り最も影の薄い生涯を送った人物だった。この母親が実際にチェスナッツ・ストリートの屋敷で妻の努めをまともに果たし、女中たちを統率していたかどうか、食堂や応接間で女主人ぶりを発揮していたかどうかは申し上げることはできない。しかし、娘のオフィーリアの女主人ぶりはあまりに見事で、母親が娘に口出しする余地はほとんどなさそうだった。

母親のグレッド夫人は出歩くことはなかったが、オフィーリアは招待を受けようと決めたすべての舞踏会、食事会、集いに足を運んだ。彼女はどの会にもひとりで行き、それを一八歳から続けてきた。有名な「ウェスタン・アセンズ」で開かれた知識人たちによる講演や集会、あるいは政治討論会など、冒険心や好奇心が赴くところはどこへでも行った。ところが、グレッド夫人はどこにも外出する場所がなかったので、屋敷での夫人と使用人たちとの関係は実の娘との関係よりも気軽で、親密で、かけがえのないもののように見えた。

グレッド氏は生涯商人として働き続けた。オフィーリアがボストンに来るまでは商売は繁盛していた。彼女には兄弟がいなかったので、相続人としての特権を十分味わっていた。ところが、このところグレッド氏の商売がすっかり振るわなくなってしまったことがわかってきた。グレッド氏はまだ同じ屋敷に住み、一見したところでは以前と変わりない暮らしをしていた。しかし、世間は、彼が商売に失敗し、現在ひどく困窮していることを知っていたし、ミス・グレッドにそのしわ寄せが及んでいることを誰も疑っていなかったと思う。だが、彼女はそのような素振りを見せることはなかった。父の窮状ばかりでなく、自分の不幸も当然のこととして包み隠さず話した。裕福だった時に嫌いだったものは、貧しくなっても好きにはなれなかった。そして、かつて大切にしたものを今も大切にしていた。また、昔愛した場所を変わらず愛していた。昔持っていた馬車も今では手放してしまった。手袋、レース細工、小物類は、暮らし向きが変わって安物になってしまったが、彼女の立ち振る舞いが変わることはなかった。

さらに、誰もがミス・グレッドには以前と変わらない態度で接していた。贅沢はできなくなったが、彼女はお金で買えるものが少なくなっただけの不自由さしか感じていないように見えた。馬車に乗って出かける贅沢な生活は今はできなくなってしまった。しかし、彼女の立場や地位や権威が失われるようなことはなかった。

私はミス・グレッドに初めて出会ったときのことを鮮明に覚えている。そのときおそらく父親は破産していたと思われるのだが、当時の彼女はそのような素振りを一切見せなかった。

それは冬のことで、皆がソリに夢中になる季節も終わりに近づいている日のことだった。読者の皆様もご存知のように、ソリはボストンでは最も人気のある冬の遊びである。そして実際のところ、なかなか楽しいものだ。ブライトン・ロードという賑やかな場所があり、そこで毛皮を敷いた座席に座り、もしできれば自分を信頼してくれる若い御婦人をひとり横に乗せる。一頭か、場合によっては数頭の馬にソリを引かせるのだが、馬の飾りには小さな鐘をいくつかつけておく。スピードを出して滑るのはとても楽しく、素晴らしい経験である。そして、人が滑るのを眺めたり、自分が滑るのをみんなに見てもらったりする。もちろん、霜がうまく凍り、表面が乾いてさらさらに

ソリレース

なってくれると申し分ない。だが、冬も終わりに近づき、ソリの上で生まれた親密さが深まってくる頃には、ぬかるみや水たまりを走ることになり、コースが泥にまみれて危険になる。しかし、それはそれでスリリングな楽しみもあり、しばしば恋も芽生えることもある。

これからお話しすることが起きたときには、ソリの季節はすでに終わっていたので、ブライトン・ロードはぬかるみだらけで人通りも少なくなっていた。しかし、まだソリを走らせるチャンスがないわけではなく、ボストンに来たばかりで何も知らなかった私は、若い友人に誘われて、というよりはむしろ、彼が私に付き合ってくれて、とにかくソリを滑らせることができた。

「ソリを楽しんでいるのは僕たちだけじゃないみたいだね」と、町外れにある橋を渡った時に友人が言った。「ほら、前にいるのはホスキンスとオフィーリィ・グレッドじゃないかな」

オフィーリアの名前を聞いたのはその時が最初だった。そして、愚かなイギリス人のプライドに火がついて、アメリカ人の手綱さばきに対抗しようと張り合って馬に鞭を入れている間、彼女についてのいろいろな噂話を聞くことができた。さらに、私が全力で追い越そうとしている相手のハンニバル・ホスキンスという男がミス・グレッドの熱烈な崇拝者として有名だと教えられた。実際のところ、彼がすでに一度ならず求婚したらしいというのがボストンでのもっぱらの噂だった。

「どうやら彼女はもうプロポーズを受け入れてしまったようだな」前方でソリを走らせている仲睦まじいふたりの姿を眺めながら私は言った。すると、友人はそれは絶対ありえないだろうと言って、次のような説明を始めた。ミス・グレッドは、大勢の男友達と一緒にソリに乗ったり、散歩をしたり、ダンスをしているように見えるかもしれないが、だからといって彼女に何かそれ以上の目論見があるとは考えられない。「アメリカの若い娘は」と友人が言った。「長い歴史のあるイギリスなんかとは違って、母親の言いつけなど聞きやしないのさ。それがアメリカの自由主義ってやつでね」などなど。私は自分の誤りを認め、大西洋のこちら側では、広大で健康的な風土が女性の成長に影響を与えるのだろうと言った。話は戻るが、私はどうしてもハンニバル・ホスキンスのソリを追い抜くことができなかった。むこうがこちらを負けず嫌いのイギリス人と思ったのか、ソリで追い越されることが嫌いな人間だったのかよくわからないが、彼が馬に鞭を振ると、あっという間にぬかるみを越えて私たちから遠ざかっていった。雪は半分溶けていたが、凍って固まった部分が道のあちこちに残っていたので、彼のソリはがたがたと揺れながらひどく不安定に走った。馬が勝手に走り出したので、ハンニバル・ホスキンスが慌てているのがわかった。彼は立ち上がり、必死に体重をかけて手綱を引っ張っていたが、ソリは首を振って蛇行し始め、どこかに衝突してしまうのではないかと見ていてはらはらした。ところが、オフィーリア・グレッドは座席に座ったまま声ひとつあげなかった。五分ほどすると、ソリは溝にはまって無事に止まったので、私たちはやっと追いつくことができた。

「よく立て直しましたね、ホスキンス」友人が声をかけた。

「まったくこの馬ときたら」とホスキンスが答え、額の汗を拭い、暴れ馬が雪の中で首まで埋もれている姿を見下ろした。次に、毛皮を敷いた座席から立ち上がろうとしているミス・グレッドの方を向いた。

「ああ、ミス・グレッド、お見苦しいところをお見せしてしまいましたね。なんとお詫びを申し上げたらよいのか」

「馬のせいだとおっしゃればいいんですのよ」とミス・グレッドは答えた。そして彼女は気をつけながらソリから降りて、地面に敷かれた野牛の敷物の上を渡って、足を汚すことなく私たちのソリに乗り込んだ。ホスキンスと私の友人は気心が知れた仲だったので、私の思った通り、二人で溝にはまったソリを外に出す作業に取りかかることになった。私はミス・グレッドに町まで送ることを申し出た。彼女はといえば、これも予想通り、特別な感謝の言葉を言うこともなく私を見て、ここまでホスキンス氏と一緒だったので、帰りもそうしたいと言った。

「ああ、僕のことは気にしないで下さい」と、この時すでに腰まで雪に埋もれていたホスキンスは言った。

「いいえ、そうはいきません」オフィーリアは返した。「わたしたちが先に町に戻って、こちらのお二人を手伝う人を呼んできたほうがいいでしょう」

これは私の知る限り最も冷酷な提案だった。が、二分もしないうちに、ミス・グレッドは実行に移した。ハンニバル・ホスキンスは私が借りたソリに彼女を乗せて町に戻って行き、私は友人と一緒に二頭の馬を溝から救出するはめになった。

「これこそオフィーリア・グレッド流というやつさ」友人が口を開いた。「いつでも自分のやり方を通すんだ」

そして、ミス・グレッドが美しいとは思えないと私が言うと、「そりゃあ大間違いだ。すぐにわかるよ」と言われた。そして、その日が終わらないうちに私は誤りをおおかた認めることになった。

私はその晩ミス・グレッドが出席するティー・パーティに呼ばれた。ティー・パーティとは名ばかりで紅茶は見あたらなかった。その代わり、暖かいご馳走がたっぷりと出され、いろいろな種類の酒瓶が並べられていた。知り合いもほとんどいなく、少し退屈そうに立っていると、横柄で気障《きざ》なニューイングランドの若者がやってきて、ミス・グレッドが私に話をしたいと言っていると伝えた。彼は私への連絡が済むと、面白くなさそうに酒瓶の間を歩いていった。

「グリーンさん」と彼女は言った。ホスキンスが彼女を私のソリで横取りしたときに紹介は済んでいた。「グリーンさん、本当にごめんなさい。わたしがあなたのソリをお借りしたときは、イギリスの方とは存じませんでしたの。本当よ」

私は少し苛立ちを覚え、もし困っているレディを見かけたら、イギリス人だってソリを譲るぐらいの心構えはあります、アメリカ人と同じです、と説明しようとした。

「あら、もちろんですわ」彼女は答えた。「そんなつもりで申し上げたのではありません。余計なことを言ってかえってご機嫌を損ねたみたい。ここでは気楽にしてアメリカ人の流儀に慣れてくださいな。そうすれば溝に落ちたソリに残されても気に障らなくなりますから」

私はそんなことは気にしていないと言った。私が残念だったのは、彼女を屋敷まで送る権利を奪われたことで、あなたを送るのはもう私に決まっていると思っていたからだ、と伝えた。

「あらまあ、でも、そんなことをしたらわたしが友人を溝に残してゆかなければならないことになります。そんな失礼なこと絶対できません。グリーンさんだって同じ立場なら、手伝いの人間が来るまであの場所に残されるなんて不名誉なことに耐えられなかったはずです」

「もちろん耐えられませんでしたよ。だから自分で溝から出して乗って帰ったんです」

「ご立派ですわ。それでこそイギリス人というものですわ。でも、わたしが連れの方を置いてきたら、その方に恥をかかせてしまうことになるのはおわかりいただけますね。グリーンさん、もしわたしがあなたとどこかに出かけるとしても、あなたを残して一人で帰ることはあり得ませんことよ。まあ、そんなことをしたとしても、わたしが咎められることはありませんけどね」この時以来、私は彼女のやり方を受け入れるようになり、わたしたちはすっかり仲良くなった。

そのあと間もなくして、彼女の父親の商売が立ち行かなくなった。だが、彼女はそれをまったく気にかけず、ボストンで自分流の生き方を貫いていたように見えた。私の知る限り、相変わらず彼女と結婚したいと願う男たちはたくさんいたが、その中でハンニバル・H・ホスキンスは確かに本命だった。

こうして私はボストンの事情にだんだん明るくなってきたのだが、しばらくした後、一年ほどこの市を離れた。私が戻ってきたとき、ミス・グレッドはまだミス・グレッドのままだった。「ホスキンスはどうなったんだい」と、私は例のソリ事件のときに一緒だった友人に尋ねた。

「相変わらずさ。毎年決まったようにプロポーズしていると思うよ。だがね、どうも彼女はイギリス人と結婚するらしいよ」

間もなくして、私はミス・グレッドと旧交を温める機会があった。二人の関係はそうするに足るだけの友情に育っていたのだから。そして、彼女が噂のイギリス人と二人でいるところを見かけるようになった。その男は、偶然にも私の昔からの友人だったが、オフィーリアの夫としてはとても勧められない人物だった。少しは名の知れた文人で、彼女より一五歳年上の穏やかな性格の持ち主だった。色恋沙汰にはほとんど無縁な男で、彼のちょっとした財産は自分の必要を満たすのには十分だったが、自分が気に入った女性と気楽に結婚できるほどのものではなかった。プライア氏はそういう人物だったが、私は、彼がオフィーリアに心底惚れ込んでいたのがわかった。そして結婚を本気で考えていたので、ハンニバル・ホスキンスをはじめ他の求婚者たちは一斉に反発した。彼らがある晩に集まっているのを見かけたことがあった。その翌朝、私はたまたまミス・グレッドの客間にいた。私が訪ねたときは他の人間もその部屋にいたのだが、ミス・グレッドと二人きりになると、彼女はさっと私のほうを振り向いてこう尋ねた。

「あなたと同じイギリス人のプライアさんをご存知ですよね、どんな方ですの」

「あなただってご存知でしょう。ボストンでの噂が間違っていなければ、彼はチェスナッツ・ストリートの人気者のはずです」

「まあ、それでは珍しくボストンの噂が当たったのでしょうね。あの方は確かに人気者ですから。でも、それはあの方がどんな人か教えない理由にはなりませんよ。一〇年来のお知り合いなんでしょう」

「かれこれ二〇年というところでしょうか」と私は答えたが、実は知り合って一〇年かそこらというところだった。

「あら、あの方の本当の年齢より上に見せようというおつもりですの。今日、彼が何歳かわかったんですから」

「プライアさんもあなたの年齢をご存知ですか」

「その気になればわかります。ボストンにいる人なら誰でも、もちろんグリーンさんもです。さあ、教えて下さいな。プライアさんはどんな人ですの」

「イギリスではとても尊敬されている人物です」

「そんなことはとっくに知っています。それにここでも尊敬の的です。ただ、わたしにはあなたのお国で尊敬されるということがどういうことなのか、よくわからないのです」

「私が思うに、それはどこでも同じではないでしょうか」私は答えた。

「いえ、全然違います。ここはアメリカです。尊敬された男の人はほとんど万能の力を持っています。好きな土地へ行くことができ、そこへ妻を連れて行き、妻が自分で道を拓く機会を与えることができます」

「でも、まだプライア氏には奥さんはいませんよ」

「からかうのはよしてください。そんなことは承知しています。本当のところ、私が知りたいことはおわかりですよね」

ところが、私は何のことだかさっぱり見当がつかなかった。彼女がプライア夫人になることが良いのか悪いのか悩んでいたのは知っていたし、結婚を決心させる引き金となるかもしれない情報を私から引き出そうとしていたこともわかっていた。だが、私には質問の本当の意味と目的が理解できなかった。

「グリーンさんは私たちに対して想像以上の偏見をお持ちのようですね」彼女は続けた。「さあ、どうか落ち着いてご自分の国のために言い争うなんてことはお止めになってください。私は非難しているわけではないんですから」

「祖国は神聖な土地ですからね」私は愛国者にでもなったように言った。

「おっしゃる通り、イギリスはとても神聖で、とても古くて――もちろん、とても素敵なお国ですわ。でもグリーンさんはお国びいきがすぎることも認めてくださいね。まあ、身びいき自体は悪いことではないと思います。それがあるからこそ一層素晴らしく見えます。わたしたちにも少しぐらいあってもよいと思うことがよくありますから」それから彼女は話をやめて、それ以上プライア氏について聞かなかった。しかし、まだ会話を続けることを望んでいるように見えた。

「私はイギリスとアメリカの優劣について議論する気などまったくありません」私は続けて言った。「特にあなたとはです。あなたはいつも公平なつもりで始めながら、最後は一方に肩入れして終わらせるから、えーと、それに……」

「わたしが女でなかったら《無礼者》だと仰りたいわけですね。でも、わたしは女ですから《小生意気》ぐらいにとどめておいてやろうかというのでしょう」

「まあそんなところですかね」

「でも、わたしはあなたのお国が本当に好きなんです。わたしが受け入れられるとさえなれば、世界中で今すぐにでも飛んで行きたい場所です。でも、あなたたちイギリス人にはもう少し理性を働かせていただきたいものです。わたしたちがイギリスについて言うことをよく聞いていれば、どれほどイギリスを高く評価しているかおわかりになるでしょう。イギリス人だったらわたしたちのことをどう言うだろうか。どのように考えるだろうか。わたしたちに関するあれこれの問題をイギリス人ならどうするだろうか。わたしたちにとって重要な問題を考えるときには、いつもこういう疑問が最初に浮かびます。アメリカ人はイギリス人を馬鹿にしますが、賞賛も忘れません。ところが、イギリス人ときたらわたしたちを馬鹿にして軽蔑します。ここが大きく違うところです。だからグリーンさんはプライア氏について何も教えてくださらないのではないですか。もう結構ですわ、二度とは頼みません。一度断られたお願いなど誰がするもんですか」すると、彼女は私に背を向けて、母親と話している年配の紳士のもとへ行ってしまったため、会話はそこで途切れてしまった。

チェスナッツ・ストリートから、ビーコン・ストリートを通り、ボストン・コモンを抜けて歩いていると、私はミス・グレッドのことよりもプライア氏のことの方が正直なところ心配になっていた。古くからのイギリス人の友人であり、年齢も私とほとんど変わらなかったので、私は彼にどんな女性がふさわしいか的確な判断ができるかもしれない立場にあった。彼はオフィーリア・グレッドを妻にしてイギリスでうまくやってゆけるだろうか。オフィーリア自身の言葉を借りれば、夫が満足するような形でうまくイギリスで受け入れられるのだろうか。彼女は知的だった。新天地で彼女の知性に勝る女性はほとんどいないだろう。彼女は愛想がよく、快活で、誠実だと思うが、ロンドンで受け入れられるだろうか。自由奔放で遠慮がないため、思ったことは何でも口に出してしまい、黙っていることができない性格は、ロンドンの人間とは合わないだろう。しかし、私は彼女が場をわきまえないことを口にするのを見たことがない。おそらく、結局のところ、こんなことはすべてアメリカに対する偏見によるものだろう。今度プライアに会ったら、ミス・グレッドのことを聞いてみよう。

「要するに、君たちが結婚するという噂があるんだ」と私は言った。

「そんなことを言うのは誰なんだい」

「先日の夜のクラブでハンニバル・ホスキンスよりも君の方に賭けようと言っていた連中だよ。なにしろ、君は大本命だからね」

「連中の下品さには付き合っていられないね」とプライアは言った。「もちろん、そんなことを言うのはごく一部のやつらだろう。何を言っても構わないけど、そんな賭けはロンドンのクラブの中ではあり得ないことじゃないかい」

「ロンドンのクラブとは話が違うよ。田舎のクラブの話さ。例えるなら、リトル・ペドリントンのようなものだね」

「でも、ボストンはリトル・ペドリントンとは違うよ。アメリカのアテネだからね。それに、僕は来月の一番の船でイギリスに帰るんだ」彼はミス・グレッドのことを何も言わなかったが、来月帰国するということは、結婚する予定がないことを意味していた。この結婚話は望ましいものではないと確信したので、私は彼をボストンに引き留めようとはしなかった。

再びソリの季節が始まり、私はプライアと会った数日後にはブライトン・ストリートの人ごみの中にいた。すぐに、帽子をかぶったハンニバル・ホスキンスの後ろ姿が目に留まったが、その横にはオフィーリア・グレッドがいた。ホスキンスには、イギリス人紳士には似ても似つかない点が多くあるが、愚か者でも悪い人間でもないことは認めてやらねばなるまい。確かに愚かどころではなかった。読書家だったし、アメリカ人全体がそうだが口達者だった。科学的にものを考え、古典を好み、おそらくあまり深いレベルではないだろうが詩を愛していた。また、それなりの収入を得る術を心得ており、仲間からも多くの称賛を得ていた。私は彼がミス・グレッドを家に送っていったあの日以来ずっと彼を疎んじてきた。とはいえ、その大きな理由は、彼が帽子を斜めにかぶるためだったと思う。正直なところ、ミス・グレッドがあんな男に気を持たすような素振りをするものだから、あきれてしまったことも一度や二度ではない。もしロンドンだったならあんな男は相手にされないと、とにかくはっきり言ってやりたいと思うほどだった。それでも、ハンニバル・ホスキンスは悪い人間ではなかった。彼がオフィーリア・グレッドに尽くす姿を見ればそれが十分わかる。

「ミス・グレッド」私は自分のソリから話しかけた。「この間の事故を覚えていますか。あの溝までもう百ヤードもありませんよ」

「こちらにはあなたのソリで私を送り届けてくれた騎士がいますからご心配なく」と彼女は笑いながら答えた。

ホスキンスは直立して帽子を取った。彼がなぜそうしたかわからないが、そうすることによって、もう一度帽子を斜めにかぶり直すためだったのかもしれない。

「ホスキンス氏はもう二度とあなたを危ない目には合わせないでしょうね」と私は言った。

「もちろんさ」とホスキンスは言い、手綱を高く上げて肘を直角に曲げたのだが、その姿はギリシャの戦車を駆っているかのように見えた。「さて、そろそろ戻りましょうか、ミス・グレッド」

「そうですね」と彼女は答えて続けた。「でも、グリーンさん、覚えてらっしゃいますか、もし私をソリに誘ってくれたら、必ず帰りも一緒にソリで家へ戻るって言ったのを。さっぱり声がかからないので、どうしたのかと心配していました」言葉巧みにそそのかされて、私はすぐさま約束を取りつけ、数日後には彼女をソリに乗せて同じ道を走っていた。

この頃にはすっかりボストンの社交界の価値観に染まってしまい、誰を前にしてもミス・グレッドが美人だと言ってはばからなかった。野牛の毛皮にくるまって暖かくして出発したので、私は誰にも邪魔されずにずっと滑り続けられたらどんなに幸せだろうかと考えずにはいられなかった。私は今までどんな女性にも感じたことのないほどの親愛の情を彼女に感じた。彼女は同行する連れと心を通わせる見事な術を心得ていた。声はとても心地よく響き、あの鼻声についても私の判断が正しかったかどうか疑わしい。彼女に恋をしたわけでも、したいわけでもなかった。しかし、私は彼女と一緒にロッキー山脈を越えて、太平洋側まで行って、カリフォルニアからペルーとパンパス平原を回って帰ってきてもいいとさえ思った。そんな旅行をするにしても、ハンニバル・ホスキンスやプライア氏に同行してもらうつもりは毛頭なかった。「これがこの前の償いになるといいですね」と彼女は言った。

「溝に落ちてあなたに恥をかかせる気はありませんから」

「それでおあいこになるなら、恥をかかせてくださっても構いません。そうすればわたしのかわいそうなお友だちのホスキンス氏もほっとするでしょう。イギリス人は馬の扱いに関してとてもプライドが高いとおっしゃっていましたから」

「確かにホスキンス氏は私たちイギリス人はプライドが高いと思っているようですね」

「あなた方のプライドが高いのはもちろん当然ですわ。でもかわいそうなハンニバル。とても落ち込んでしまって、というのも……」

「というのも」

「ああ、どうか気になさらないでください。ホスキンス氏はとてもいい方なんですけど、あなたが嫌っていらっしゃるから」

「そんなことはありません」

「いいえ、そうです。プライア氏だって嫌っています。でも、ホスキンスさんは立派な方です。あなた方はアメリカ人の若者の美徳がわからないし、認めないのです。帽子はまっすぐかぶらないし、手袋も野暮ったいから、あの方が苦労して稼いだお金でお母様や妹さんたちを助けていらっしゃる姿が見えないのです」

「お母様や妹さんたちのことなど聞いたこともありません」

「ええ、もちろんご存じないでしょう。でも、ホスキンス氏の帽子や手袋のことにはお詳しいですよね。イギリス人は、冷たくて、洗練されていて、礼儀正しすぎて、他人様のことはもちろん、人の親兄弟のことなんかお構いなしなんです。あなた方にとって、人が品行方正だとか、愛情深いとか、勤勉だとか、気立てがよいなんてことは二の次なのです。帽子のかぶり方が正しくて、この世で何が起きても慌てることなく落ち着いて話すことさえできれば、それで十分なんでしょう」

「それでもさっきはイギリスが大好きだって言ったじゃないですか」

「その通りです。あなた方が身に付けていて、わたしには足りない、あの落ちついた態度が大好きです。いいえ、恋焦がれているって言ってもいいくらい」

それから半マイルほど黙ったままソリを走らせたが、私はこの遠出を終わらせたくなかったので速度を落とした。わが友プライア氏はこの西洋のアスパシア[1]を諦めるべきだ、とはっきり確信した。だが私は、彼にまだ可能性が残されているという前提で彼女と話を続けたいと思っていた。彼女は最近私と急に距離が近くなり、私が許しさえすれば率直な話をしたがっているように見えたからである。しかし、彼女はつい先日、プライア氏については何も詮索しないと言明していた。とうとう私は勇気を振りしぼって、彼女の将来について直接聞いてみた。「ホスキンス氏をあれだけ称賛したんですから、もう彼の求婚を受け入れたと考えていいですね」私はこんな質問をイギリス人のどんな女性にもしたことがなかった――私の妹にさえもこんなあからさまな表現を使ったことはなかった。しかし、彼女は気分を害することも、驚きを見せることさえもなかった。そして、私がごく当然の質問をしたかのように淡々と答えた。

「できれば、できればそうしたいと思っています。それこそがすべきことだと」

「では、なんでそうしないのですか」

「ああ、なんでかですって。すべきことすべてができるわけではないからです。でも、なぜわたしがいちいち細かく聞かれなければならないのですか。グリーンさんだって、この間のわたしの質問に答えてくれなかったじゃないですか」

「あなたはホスキンス氏と結婚したいのですね。では、なぜそうしないのですか」私は容赦なく質問を続けた。

「漠然とした夢があるからなんです。ばかばかしい夢、愚かで、蛾がロウソクの炎に焦がれるような夢なのです。その夢を追い続けても、羽根が燃えるだけです。わたしはただただイギリス人になることに憧れる愚か者です」

「そうなっても羽根が燃えることはないでしょう」

「いいえきっと燃えてしまいます。ここではそれなりにちやほやされますが、イギリスに行ったら、わたしは取るに足らない女になってしまいます。アメリカなら私の力で夫を立派な人物に仕立て上げることもできるでしょう。しかし、イギリスでは、夫が立派だとしても、そのおかげでわたしがどうにか人前に出られるくらいの者だと思ってもらえるかどうかさえわかりません。わたしなんかがそれなりの人物として認められるはずがありません。この違いがわかっていないとでも思っていらっしゃるのですか。イギリスでは何が社会的に評価されるのか知らないとでも。わたしはそんなことは十分承知しています。それをとても望んでいますが、軽蔑もしています。こちらでは社会的地位というものは、何か認められることさえすれば、正当な報奨として普通に与えられるものです。あなたのお国の場合よりも健全な条件でです。だから、教えてくださいな、ロンドンに行ったらわたしの祖父のことを聞かれるでしょうか」

「そんなことはありません。話題にさえしなければ、父上のことも聞かれないでしょう」

「そうですか。イギリス人はお上品だから。でも、みんなご自分たちの父親のことを話題にするでしょう。そうしたらわたしはどうすればいいのでしょうか。祖父がとてもいい人だったこと以外、何を話せばいいのでしょう。店先で革製品を売っていた祖父のことをどれほど恥ずかしく思っているかなんて、おわかりになりますか。いいえ、父というより、その商売をです。わたしは臆病ではないので、夫の旧友や新しい友人にありのままをお話しするでしょう。でも、言ってしまった途端わたしは恥を忍ばなければなりません。プライア氏のお兄様は准男爵でしたかしら」

「その通りです」

「准男爵の奥様は、わたしのごまかしようのないボストン気質を目の当たりにしたら、いったい何と言うでしょう。居間の端から私を観察している様子が目に浮かびます。わたしがどれほど粗野なものの言い方を准男爵夫人にすることになるか、どれほど生意気に思われるか、想像がつきますでしょう。こうしてみると、わたしはホスキンス氏の方が合っていると思いませんこと」

私はまたしばらく黙って座っていた。私は嘘偽りのない答えを求められていた。プライアのことは別にして、彼女のためだけの答えだった。彼女はソリの背にもたれ、考え込んでいた。その姿は私に本心から相談を持ちかけているようだった。「もし正直に答えるとしたら」と私は言った。

「正直でなければ困ります」

「では、今の私に言えるのは、二人のうちで愛している方を受け入れたらよいということだけです。どちらかを愛しているならばの話ですが」

「愛しているですって」

「もしそうならです」私は続けた。「どちらも愛していなければ、そのまま放っておけばいいんです」

「相手を幸せにすることを考えなくてもいいとおっしゃるのですか」

「愛のない結婚をしてまで相手を幸せにしようなどと考える必要はありません」

「ああ、でも、その方に後悔させることになるかもしれませんわ。愛してはいても」

「では、愛していると感じるのはどちらに対してですか」と私は聞き返した。そうしている間に、ボストン市内の通りに戻ってきていた。

彼女は再び黙ってしまい、家の玄関に着くまで口を聞かなかった。別れ際に、私を見つめたのだが、その大きく見開いた目は、意味ありげで、愛情さえも感じさせた。それは今まで見たことのない表情だった。

「グリーンさんはおふたりともよくご存知ですよね」と彼女は言った。「それでもそんなことをしろとおっしゃるのですか」こう言うと、彼女はソリから飛び降りて、父親の家の戸口への階段を上って行った。実際のところ、ハンニバル・ホスキンスの帽子のかぶり方と安っぽい手袋が私にも、彼女にも気になるところだった。彼女は彼がどれほど親孝行で妹思いであるかは知っていたが、それでもあの帽子と手袋は受け入れ難かったのだ。

それから一か月余りの間、私はミス・グレッドとプライア氏に会うときにはことさら結婚の話題に触れないようにした。この時期、私はプライアと毎日のように会っていたが、彼がオフィーリアの話をしなかったので、私もその名前を出すことはしなかった。彼がオフィーリアと二人きりでいたり、彼女が数人で連れ立っているときに一緒にいたところをよく見かけた。しかし、もし彼が求婚者として受け入れられていれば、彼女の家へよく出入りしただろうが、そのようなことはなかった。確かに、彼は辛抱強く彼女に求婚し続けていたが、受け入れてもらえないとわかれば、たぶんそれ以上無理をしないように思えた。日取りを決めてはいなかったが、イギリスへ帰ることをまだ口にしていた。私は五月初旬に帰国する計画を立てていたので、その時まで彼をボストンに引き留めた。私はミス・グレッドともよく会った。そして、ホスキンス氏が彼女をいつも同伴していることに気が付いた。だが、彼女の側からすれば、この行為が将来の決定を何ひとつ保証するものではないことは、すでに説明した通りである。彼女は決して友人を見捨てることはなかったし、恋人だという噂が立ったからといってその男性への態度がよそよそしくなることもなかった。プライア氏の前でハンニバルにとても優しくすることがあった。だが、そうすることでイギリス人の崇拝者を悲しませる気がなかったことは、私の目には明らかだった。

ある日、私がホテルの部屋でくつろいでいると、ボーイが名刺を持ってきた。「ホスキンス様が下でお待ちですだ」とそのボーイがアイルランド訛りまる出しで言った。ホスキンス氏はこれまでに私を訪ねたことなどなかったし、私もクラブで彼と仲良くしたことなどなかったが、それでもわざわざ訪ねて来てくれたので、もちろん会ってみようと思い、部屋へ招き入れた。彼が入ってきたとき、帽子は手に持っていたように思う。しかし、その直前までは斜めにかぶっていたようだったし、きっと出てゆくときも同じだろうと思った。

「すみません。グリーンさん」と彼は言った。「お邪魔じゃないでしょうか」

「とんでもありません。どうぞお座りになって、帽子を置いてください」彼は椅子に座ったが、帽子を置こうとはしなかった。私はほんの少しの間でも帽子がテーブルの上に正しく水平に置かれるのを見たいという馬鹿げた衝動に駆られたことを認めなければならない。

「すみませんが、お邪魔した理由を説明させてください。男として人にとやかく口出しされたくない問題があるもので、グリーンさん」この説明には頷くほかなかったのだが、実は、そうすることで示したかったのは、ホスキンス氏が他人から干渉されてひどく不愉快な思いをしていなければよいのだがという私なりの気遣いだった。「さて」私はボストンの紳士たちがこれを「しゃて」と訛って発音するのを聞くのが嫌でたまらなかった、もしこの物語を私ほど良心的でないイギリス人が物語ったとしたら、この言葉をホスキンスが発音するままに再現しようとしたことだろう。「さて、一体どうしたらよいのか見当もつかないのです。グリーンさん、僕は争い好きな男ではありません。六連発銃をポケットに入れて歩き回ることはしませんし、できるなら決闘は避けたいと思っています」

これに対して私は、決闘する必要などなく、もしせざるを得なくなったとしても、その銃口が私の友人には向けられないと信じていると本気で伝えなければならなかった。

「イギリスではそんな物騒なことはあまりしません」と私は言った。

「よくわかっています。僕はイギリスの紳士階級の生活がどうのこうのなど聞きたくもありません。二年前の秋に滞在していましたから」

「私の意見を言わせてもらえば、決闘なんかしても何の得にもなりませんよ」

「それは結果次第でしょうね。でも、今の僕には決闘で勝った、負けたなど関係ないんです。僕が今知りたいのは、プライア氏がミス・オフィーリア・グレッドと婚約したのかどうかなのです」

「ホスキンスさん、たとえそうであってでも、私が知る由などありませんよ」

「だって、あなたは彼の友達じゃないですか」

私はその点は認めたが、もう一度婚約については何も知らないと念を押した。すると彼は、私がプライアだけではなく、彼女の友人でもあることも強く指摘した。私はそれも認めたが、どちらの側からも婚約の事実を知らされていないとあらためて断言した。

「それでは、グリーンさん」と彼は言った。「個人的な意見を伺ってもよろしいでしょうか」

これまでの会話全体を通して、そういうことは聞いてほしくないという気持ちになっていたので、私はその場にふさわしいできるだけ丁寧な言葉を選んでその旨を伝えた。すると、彼の息が急に荒くなり、手に持っていた帽子はさらに斜めに傾いた。彼は六連発銃を隠し持ってはいないが、それでも心の中で危険なことを考えているかもしれないと怖くなった。ついに、彼が立ち上がって、私に顔を向けると、予想していたように、そこには怒りを抑えきれない表情が現れていた。ところが、彼の口から出た言葉には憤りは感じられなかった。

「グリーンさん」彼は口を開いた。「あの女性を手に入れるために僕がどれほどのことをしたかわかっていただけるとよいのですが」

私の心の緊張は一瞬にして解かれた。

「たぶん今が求婚するよいチャンスでしょう」と私は言った。

「いや、だめです」その声はとても暗く沈んでいた。そして話している間、斜めに持った帽子を見つめていた。「無理です。今ちょうどチェスナッツ・ストリートから帰ってきたところなのですが、彼女の素振りは前よりずっと冷たくなっているのです」

彼は背が高く、顔立ちはまあまあだったが、肌は浅黒く、真っ黒でつややかな髪をして、野暮ったい口ひげを蓄えていた。個人的に彼の容姿は気に食わなかったが、確かに振る舞いは男らしかった。ボストンの社交界全体からみると、彼は自立した、たくましい人物で、決して、ひ弱で、未熟で、女々しいタイプの男性と見られることはなかった。ところが、今の彼は、恋人を思うあまり恥ずかしげもなく人前で涙を流さんばかりだった。イギリスでは女性に振られたことを他人に話す男はいないし、自分の感情について少しでも漏らすような男はほとんどいない。オフィーリアが以前言ったように、イギリス人は堅苦しく上品ぶっていて、他人のことにはお構いなしなのである。彼にどのような言葉をかければいいのだろうか。私は思いきって言ってみた。彼を励まそうとして、ミス・グレッドが彼をとても褒めていたことを伝えたのだ。そしてとうとう、あの言い方で相手に伝わったかどうかはよくわからないが、もしプライアがいなくなれば、彼女はもっと優しくしてくれるだろうとまで言った。彼はすぐに自信を取り戻し、私を親友のように慕ってくれた。彼は、栄冠を手にするのはプライアではないと私が考えていると思い、プライアにその名誉はふさわしくないと伝えて欲しいようだった。

「彼女は典型的なボストン女性です」元気を取り戻した彼が言った。「私に言わせてもらえば、グリーンさん、ロンドンの水には合いません」

彼女がロンドンの水に合うかどうか、ホスキンス氏のいる前で明言することは避けたが、最後に、プライアに話をしに行ってみようと告げた。もしプライアが栄冠を手にする気がなければ、他の誰でもこのレースに参加できるわけである。

私はハンニバル・ホスキンスの、恋する女性に対する偽りのない力強い愛情に胸を打たれ、実際のところ魅了された。私の部屋に入ってきたときには、彼は強い意志と勇気を兼ね備えた現代的な若者であることを示す固い決意を秘めていた。だが、唯一望むものを手に入れたいという思いが強すぎたため、それらはすべて消えてしまったのである。部屋から出てゆくときには、私の手を大袈裟な様子で握り、長々と礼を言うのだった。しかし、私は彼のために何かしてやるような素振りは見せなかった。オフィーリア・グレッドは、プライアが帰国したらすぐにホスキンスの求婚を受けるだろうと思っていたが、そのような考えは一切口にしなかった。

その二日後ぐらいに、わたしはプライアと長い時間非常に真面目な話をしたが、その時の彼はこれからどのようにしたいのか決めかねているようだった。ホスキンスの態度や様子とはまったく逆だった。威張った様子が消えていたばかりではなく、その正反対の礼儀正しさと物静かな振る舞いが見られた。話し相手に反論するときも微笑みを忘れることはなかった。どんなときでも顔の表情は変わらず、話すときは上唇をかすかに動かしているようにしか見えなかった。誰かを批判するときであっても、声を張り上げるようなことはなかった。彼とホスキンスがこれほど対照的に見えることはなかったし、その歩き方や物腰からどちらがイギリスの社交界に適しているかは一目瞭然だったろう。しかし、どちらが最高の男性になり、最高の夫となるかはわからない。この話し合いで、この友人がミス・グレッドとまだ婚約をしていないとわかったが、それ以上のことは何も聞いていなかった。しかし、もし何か特別なことが起きて彼をボストンに留めておくことにならない限り、私と一緒に五月の第一週の船で出発してしまうことだけは確かだった。

ミス・グレッドからお会いしたいという短い手紙が来たのは四月の上旬のことだった。「緊急のお話があります」と書いてあった。「是非ご意見をお聞かせいただきたく存じます」最後に署名があった。「誠実な友、O・G」

私はこれまでに何通も彼女から手紙をもらったが、これほど真剣なものは初めてだった。だから、このような急な連絡をよこすのはそれなりの事情があるのだろうと察し、それからすぐに支度をして朝の一〇時には彼女の自宅へ駆けつけた。彼女は飛び上がって喜び、私の両手を取った。

「ああ、グリーンさん」彼女は私に言った。「本当によく来てくださいました。私はもう逃げられませんわ」

「一体何から逃げられないのですか」

「准男爵夫人になるからです。昨晩決心したのです。どうかわたしの選択が正しかったとおっしゃってくだい。ただわたしに本当のことをおっしゃって頂きたいのです。でも、どうかわたしが間違っていたなど絶対におっしゃらないでくださない」

「ではプライア氏の求婚を受けたのですね」

「そうするしかなかったのです」と彼女は言った。「誘惑があまりにも強すぎました。あの方の上着の仕立て、上唇の曲がり具合、声の感じが大好きなのです。ドアを閉めるときにたてる音だけでわたしは参ってしまいました。最初はあの方から身を引くべきだと思っていました。でも、無理でした」

「ホスキンス氏はどうするんですか」

「すぐに手紙を書いてすべてを打ち明けました。もちろん、そうするのにジョンの許しをもらいましたわ」

慎み深い友人がジョンと呼ばれたことで、ありとあらゆる礼儀作法の慣習がものの見事に壊されたように感じた。

「わたしは包み隠さず伝えました。そうすると、今朝返事がきて、ロシアに行くと書いてありました。あの方のお母様と妹さんに申し訳なく思っています」

「それでいつイギリスへ」

「ええ、今すぐです。ジョンはそのつもりです。アメリカではこのようなことが決まったら、つまり、決心をしたらすぐに実行します。イギリス人のように最後まで煮え切らないでいるようなことはありません。あなたをお呼びしたのもそのためですのよ。わたしたちと一緒に来てくださいね。わたし、まだあの方のことが少し怖いのです。あなたよりもずっと」

ふたりの結婚式は五月早々に予定されたので、もちろん、私もふたりの都合に合わせて一、二週間出発を遅らせることにした。

「その後で、准男爵の奥方様や豪奢なロンドン生活の恐怖を味わいに出発するというわけです」

私がそのような恐ろしさを体験することはないだろうと説明すると、彼女はすぐさま私の話を訂正した。

「わたしが怖いのはそんなことでありません。その裏にある冷やかさなんです。わたしは相手にされないのではないかと不安でたまりません。でも、グリーンさん、ひとつだけお伝えしておきますわ。わたしは撤退する手段を全部捨てたわけではないんですのよ」

「えっ、どういう意味ですか。結婚を決めたのではないんですか」

「はい。そう決めました。でも、あの方がこう言ってくれたので、わたしは結婚すると約束したんです。もしわたしがイギリス人気質の人々に馴染むことができないなら、彼の方がこちらに来てニュー・イングランドの人たちのやり方に合わせるようにするって。そのほうがずっと簡単ですからね」

ふたりはボストンで式を挙げたが、ボストン流の華麗さの基準に従えば、それなりに豪華な式だった。彼女はとても人気があったので、みんなが式に参列したがった。彼女はもったいぶるような素振りも見せず、友達を選り好みすることもなかった。大きな拍手に包まれて結婚し、私が見る限り、自分でもそれを楽しんでいるようだった。

さあ、ここで最初の質問です。彼女はロンドンでレディだと認められるでしょうか。私の友人のプライアの妻にふさわしいレディとして。

訳注

（1） アテネの才色兼備の遊女で、ギリシャの政治家・将軍ペリクレスの愛人。

フレッド・ピカリングの冒険

フレッド・ピカリングが無鉄砲にも若い娘と結婚したのは、なかなか見上げた度胸だと言えるだろうし、相手の女性の方の献身的な愛情は本当に大したものだった。娘はそれこそ一文無しで、彼の方は結婚した時に二五〇ポンドほど持っていたが、まともな仕事にはついていなかった。彼女は両親の顔も知らないで、親切な叔母に育てられたのだが、その叔母は姪が一八歳の時に亡くなった。それで、あまり親しくない友人たちからは住み込みの家庭教師になるしかないと言われたが、フレッド・ピカリングのおかげでそういうことにはならず、メアリー・クロフツは一九歳でメアリー・ピカリングになった。この物語の主人公であるフレッド自身は六歳年上なのだから、もう少し分別があってもよかったし、もっと賢明にふるまうべきだった。父親は彼に十分な教育を受けさせ、事務弁護士になるための実務修習生としてマンチェスターの弁護士のもとで働かせた。マンチェスターにいる間に彼はいくつかの新聞に三つか四つ論説文を書き、さらに地元の月刊誌の『自由貿易主義者』(1)に詩をひとつ載せてもらえた。この雑誌はランカシャー州の文学方面では非常に有望視されていた。こうした幸運が、おそらく彼の生来の気質と相まって、彼を法律から遠ざけた。そして二五歳になったばかりの時、マンチェスターの弁護士事務所で四年間修行した後、彼は父親に、自分は父さんが選んでくれた仕事が好きになれず、どうしてもやめたいと言った。(2)その時はもうメアリー・クロフツと婚約中だったが、父親に話してはいなかった。ピカリング氏は厳格で息子に優しく接したことなどない人だったので、仕事をやめたいと言われた時は、これからどうするつもりなのかと尋ねただけだった。フレッドは物書きになって文筆で身を立てるつもりだと答えた。

父親は、お前は本物の馬鹿だと断言した。フレッドは、自分が馬鹿なのかどうかに関しては自分なりの考えがありますと返事をした。ピカリング氏は、そういうことならば今後いっさいお前への金銭的援助は行わないと宣言した。これを受けてピカリング青年は恩知らずな手紙を父親に書き送り、自分の面倒ぐらいは自分で見る覚悟はできていますと表明した。その後、父親からはもう一通、たった一通しか手紙は来なかった。そこには、今後お前への仕送りは止めると書いてあった。それでフレッドと「お父さんだった人」（とメアリーは彼の父親のことを呼んでいた）との文通は途絶えた。

実に不運なことに、ちょうどこの時に年老いた伯母が亡くなり、遺産が二〇人の甥や姪にひとり四〇〇ポンドずつ分配された。フレッド・ピカリングもそれを受け取った。この金を受け取ったことで、彼はますます父親へ反抗心を抱くようになった。もしこの元手を持っていなかったら、たぶん家に戻って、あんな恩知らずな手紙を書いたにも関わらず、肥えた子牛を屠《ほふ》ってもらうようなことになったかもしれない。(3) けれど実際には、運よく転がり込んできた資金に頼り、稼げるようになるまではそれで十分だと思った。あれやこれやとまるまる三〇分ほど考えて、次のような結論に到達した。メアリーのところに行こう、愛するメアリーのところに。彼女は年に二五ポンドの給金で、幼い子どもが六人もいる粗野な商人の家に住み込みの家庭教師として勤めることになっていた。そんなメアリーのところに行って、僕と一緒に分別など捨ててしまおうと言うつもりだった。彼は実際にメアリーのところに行った。そして結局メアリーは彼と同じように向う見ずになることを承知したが、こちらはそれほどあっけらかんとしていたわけではなかった。承知したのはただ頼まれたからで、自分が、どんな父親も母親も許しはしないような無鉄砲なことをしているのは、よくよくわかっていた。

「フレッド、もしそんなことをしたら、私たち飢え死にしちゃうんじゃないの」と彼女は半ば笑いながら言った。

「飢え死にはいやだ、それは認めるよ。でも、飢え死にするよりもひどいことだってあるさ。君がブーレム夫人のところで住み込みの家庭教師になることだ。僕が弁護士のところで嘘八百の手紙を書くのだってひどいものだ。もちろん、後悔することになるかもしれない。たぶん、そうなるだろう。並たいていな苦労じゃあないはずさ。食べる物もなければ、着る物もない。悪いことを考え始めたらきりがない。果てはその辺で野垂れ死にってね。でも、捨てる神あれば、拾う神もあるはずだ。どっちみち、ブーレム夫人のところで家庭教師をするよりはましだ。飢え死にするのを恐れていたら、何もできないさ」と彼は言った。

「食べ物や飲みものは、たしかにあったほうがうれしいけど、もっと大切なものがあると思うわ」とメアリーは言った。

フレッドは「どうなるにせよ、もし君がついてきてくれるなら、僕も勇気百倍だよ」と情熱的な眼差しで言った。メアリーはこの言葉に心を動かされないではいられず、彼の熱い眼差しにそっと目で答えた。ふたりはそれからひと月半もたたないうちに結婚した。いくつか買わなければならないものがあったし、ちょっとした支払いもした。それから六月に湖水地方まで二週間の新婚旅行に出かけた。妻となる女性は、結婚したらその日のうちに小さな部屋を借りて落ち着いた方が賢明だと諭したが、フレッドは「君には新婚旅行をさせたいんだ。たとえ僕らが一文無しだったとしても」と言ったのだった。ふたりは先のことを心配するのはひとまず後まわしにして、湖水地方での二週間を心行くまで楽しんだ。日暮れ時に山陰にすわって湖を見おろし、夕陽に染まった雲が流れ去るのを見ながら、フレッドは愛する妻の腰に腕を回し、その頭を自分の肩にもたせかけ、自分の知性と努力以外に頼るものが何ひとつないのはうれしいことだと宣言したのだった。

「自分の力で自分の道を切り開く、それが男の野望というものだ。自然は男をそういうものとして作ったに違いない。自然は、男が他人の力を借りたり親に支えられたりするなんてことは意図したはずがない」

「あなたは自分で自分の道を切り開く人です」とメアリーは言った。彼女はひとりきりでいるときには将来の危険を考えて少しひるんでしまうこともあったかもしれないが、彼の前ではいつも勇敢だった。そういうわけで、彼女は二週間の新婚旅行を楽しみ、それが終わると限りない勇気をもって生きて行こうとした。ふたりは三等車に乗ってロンドンに向かい、到着するとすぐに、知り合いがミュージアム・ストリートに確保しておいてくれた部屋に向かった。ミュージアム・ストリートは取り立てて言うほどのところではないが、部屋は安く借りられたし、あの偉大な図書室のそばであった(4)。その図書室にこもって、青年ピカリングは物書きとして名を上げるつもりだった。

前述のように、彼はすでにマンチェスターで文章や詩を発表する機会を与えられていたが、経済的に割の合うようなものではなかった。まだ一度も原稿料をもらったことはなかったけれど、マンチェスターの新聞社の編集部員が、謝礼の代わりにロンドンのある雑誌に関係している紳士宛てに紹介状を書いてくれた。それは大きな助けとなりそうだった。とにかく、やろうとしている仕事を始めるための手がかりを得て、一歩前に踏み出せるということは、人を元気づけるものである。最初の晩にフレッドとメアリーがお茶と豚のもも肉を前に腰をおろした時、ふたりはその紹介状を見ながら熱心に話し合った。宛名はストランド街キャサリン・ストリート九九番地『レディー・バード』編集部ロデリック・ビリングズ様となっていた。フレッド・ピカリングは翌朝一〇時前に『レディー・バード』の編集部に出かけたが、そこで、ビリングズ氏は編集部にはまずめったに顔を出さないと言われた。でもビリングズはそこの編集部員だから手紙を書けばいいということだった。そういうわけでフレッド・ピカリングは妻のところに戻り、一刻も無駄にはできないとばかりに、まさにその日からノートと鉛筆を手元に置いて『失楽園』(5)の批判的読解を開始した。

ふたりはロンドンに来てからの四か月間、ビリングズ氏だろうがほかの誰だろうが、出版界に関係した人物にはひとりも会わなかった。ピカリング夫人にとってはつらい日々であった。ミルトンの研究の方は、絶え間ない情熱で続けられたというわけでもなかった。フレッドは正確に言えば怠惰というほどではないが、興味の対象が次々と変わり、まともに仕上げたのは新婚旅行のことを書いた、ほんのちょっとした詩だけだった。その詩では若い新婚夫婦の愛情が悲哀を込めてかなり織細に描かれていて、メアリーは夫が詩壇においていずれテニスンを凌駕するに違いないと思ったほどであった。しかし、四か月が過ぎてもその詩から何ひとつ良いことは生まれず、フレッド・ピカリングは時々ひどく不機嫌になった。それから彼は、一、二回どころか四、五回も、あるいはもっと何回も、劇場に行こうと言い張ったことがあった。それでとうとうメアリーは、劇場にはもう二度と一緒に行かないと言わねばならなかった。そんな娯楽に使えるお金はありませんわ、と彼女は言った。彼は妻を置いて出かけたりはしなかったが、夕方になると時々ひどく不機嫌になった。例の詩に手紙を付けてビリングズ氏に送ったが、まだ送り返されてはいなかった。手紙は三、四通出したが、ごく短い返事が一、二度来ただけだった。ビリングズ氏はロンドンにはいなかった。

「もちろん、九月のロンドンにはだれもいなくて当たり前さ(7)」とフレッドは言った。「一年のうちでちょうどこんな時期に何か始めようと思うなんて、僕らはまったく馬鹿だったんだ」そうは言っても、六月までには結婚しようと様々な理由を挙げて力説したのは彼だった。それでも一一月一日にはまだ手元に一八〇ポンド残っているのが分かり、しばらくはこれで何とかなるだろうとほっとした。フレッドは、これまでうまく行かなかった責任は自分にあると認め、もう二度と愛する妻に不機嫌な顔を見せたりはしないと誓った。それから彼は、ビリングズ氏がある大衆新聞の編集部員にあてて書いてくれた紹介状を持って出かけて行った。ビリングズ氏は一度も会わないうちにフレッドのことを別の文筆関係者にそっくり任せてしまったのだった。ビリングズ氏は最後にくれたごく短い手紙で「大衆新聞の仕事は簡単に手に入ります」と書いていた。

何か月もの間、フレッド・ピカリングは『モーニング・コメット』の編集部の周辺をうろついた。一一月が過ぎ、一二月そして一月になっても、彼はまだ『モーニング・コメット』の編集部のあたりをうろついていた。編集部の何人かとようやく知り合いになれたが、その連中は完全に筆一本で生計を立てているというよりは、たんに文筆業に関連した仕事をしている者たちだった。そして一月のある晩、そういう人物のひとりであるトム・ウッドに夕食に誘われたとき、彼はようやくこの業界の玄関に足を踏み入れたと感じた。フレッドがその晩、と言うよりも正確には翌日の朝になって帰宅した時、彼の妻は、いくら仕事のためとはいえ、このような食事の機会があまり頻繁になければと願った。

とうとう彼は『モーニング・コメット』の編集部に雇われることになった。週に六晩通い、夜の一〇時から翌朝の三時まで勤務し、週に二〇シリング受け取った。仕事はほとんど型通りのもので、三日間勤務しただけでうんざりしてしまった。しかしそこで働いていれば昼間は自分の仕事ができるのだから、夜はつまらない仕事でも我慢しようと言い聞かせた。しかし間もなく、昼も夜も働こうという考えは甘かったとわかってきた。一二時になっても彼はまだベッドにいた。遅い朝食の後、妻と外出し、そしてそれから、そう、それからやっと詩をいくつか書くか古い小説を読むかするのだった。

ある朝帰宅した時、彼は妻に「速記を習わなくては」と言った。

「ええ、あなたならきっとすぐにできるようになるわ」

「そうかな。もっと若いうちから習い始めればよかった。学校じゃ、役に立つことは何ひとつ教えてくれなかったよ、ひどい話だ。ラテン語やギリシャ語は何の役にも立たない」

「いつかきっと役に立つときが来ると言ってたじゃないの」

「ああ、ありえないことを夢見ていたころの話だ。あのころは文学が立派な仕事だと思っていたのさ」彼は最近ではこんな言い方をするようになっていた。「今は、ただ食うことだけを考えなくちゃならない。記事が書けたら、とにかくそれで食っていけるだろうと思う。新聞記者から身を起こして大物になった奴だっている。ディケンズがそうだ。速記を習わなきゃならない。二〇ポンドはかかるようだけど」

　彼は二〇ポンドを払って実際に速記を習った。そして習っているうちに、本を読んで独学で習うことも十分できたかもしれないと気が付いた。速記を習得している間に、彼は『モーニング・コメット』の上層部の連中と口論した。彼の主張によれば、その連中に我慢できないほどの無礼な扱いを受けたとのことだった。「連中は僕に使い走りの卑しい仕事をさせようとしている」と妻に告げると『コメット』の仕事を辞めてしまった。「でも、今のあなたなら記者として雇ってもらえるわよ」と妻は言った。彼も自分が記者として雇用してもらえるだろうと思っていた。しかし、彼自身にもわかっていたように、これでまた最初からやり直すことになった。記者の仕事がようやく見つかり、彼は乗船税関吏(8)の会合に初めて顔を出した。税関吏たちは待遇に不満をいだき、改善を国会に請願しようとしていた。フレッドは彼らの指導者の雄弁な言葉を必死になって書き取ろうとした。ふと気がつくと、近くにいたふたりの記者は何もしていなかった。そんなに頑張っても、うまく行かなかった。一か月ばかり必死に働いたが、結局ものにならなかった。「僕はこういう仕事には向いていないんだ。何をやってもだめなような気がする」と妻に語る口調は、絶望の苦しみに満ちていた。「ねえ、あなた、『樺の木の丘』を書けるほどの人は、つまらない手先の技術がうまく身につかないからって、ちっとも恥ずかしがることはないと思うわ」と彼女は言った。「樺の木の丘」というのは、彼が新婚旅行の喜びについて書いた詩だった。「それでも情けないじゃないか」とフレッドは言った。

四月の初めに、自分たちの財政状態をもう一度きっちり確かめてみると、まだ一〇〇ポンドをちょっと超えるほどのものが手元にあることがわかった。ロンドンに来て九か月が過ぎていた。来たばかりのころは、ふたりとも週に二ポンドもあればかなり楽な暮らしができるだろうと思い込んでいて、互いにそう言い合ったものだった。実際はそのほぼ二倍近くを、フレッドの稼ぎをはるかに超えて使っていたが、それでも楽な暮らしではなかった。残った一〇〇ポンドで、絶対に贅沢はしない覚悟なら一年はやっていけるかもしれない。だが一年以内にフレッドの仕事が見つからなければ、食うに困ることになり、かつてはいさましく、そんな事態になどなるものかと言っていた「飢え」がふたりを襲ってくるのだ。その上、年末までには、飢えをしのがなくてはならないのはふたりではなく三人になっているはずだった。彼は以前に、飢え死にするよりもひどいことだってあるさ、と愛する妻に話したことがあったが、その時にはまさかこんな事態になるとは予想していなかった。

しかし、四月が終わる前にかすかな光が見えてきた。それは、大事に育てていけば日中の暖かい日差しほどに成長して、身体を暖めてくれるかもしれない輝きだった。マンチェスターの『自由貿易主義者』にいた友人が『サルフォード改革者』の編集者になったのだ。サルフォード[9]では一般大衆の文学的及び政治的な関心に応える刊行物がこれまで長い間存在しなかったので、この週刊新聞がその需要に応じるために創刊されたのだ。そこでロンドン情勢の的確な報告記事が必要となる。フレッド・ピカリングは週に一度「ロンドン通信」を書いてみないかと言われた。原稿料は一ポンドだった。書いてみないかって、ええ、もちろんですよ。これはもう有頂天になるほどうれしいことだった。これこそが文学的な仕事だ。本当にやりたかったのはこういう仕事だった。自分の知恵と見識で大衆を導き、あたかも仮面をかぶっているかのように、それと知られずに背後から人々を動かす力となる——これこそ彼がやりたいと思っていたことだった。それから三日の間、彼は有頂天だったし、メアリーも夢心地だった。ここに来て初めて、彼は赤ん坊が生まれてくるのをうれしく思えるようになった。週に一ポンド稼げれば、それだけであと二年は暮らしていけるだろうし、そうした仕事はきっと他の収入の道にもつながっていくに違いない。

「とにかく思い切ってやってみる勇気さえあれば、きっと何とかなると思っていたよ」と彼は意気揚々と妻に言った。四日目の朝になるとその喜びに少し影がさした。というのも、サルフォードの編集者から長々と指示事項をしるした手紙が届き、何やら面倒なことになりそうな気配が見えたからである。それによると、ロンドンのどこかのクラブに所属する必要があるようだった。求められる仕事をこなすには、クラブに所属していることが必須であるという。「しかし、今日ではクラブに属するのはごくあたりまえのことでありますから、貴兄もこの点はすぐに解決なさることだろうと存じます」と編集者は書いていた。そしてその後の伝達事項の中で、内容にもかなりの制限を付けていた。彼は「ロンドン通信」の中で、自分の政治的信条を思いのままに書けるだろうと期待していた。政治的にはリベラルなので、『サルフォード改革者』の紙面にふさわしいものが書けるはずだった。それに神学の面においても、自分なりの意見を持っていて、サルフォードの若者に向けてそうした見解を強い言葉で述べることで、偏見の排除と真実の普及に大いに貢献できるだろうと考えていた。しかし編集者は、「ロンドン通信」では政治には一言も触れないように、ましてや宗教は絶対だめだと言う。

サルフォードの読者に向けて彼が書いてよいのは、劇場の演目、王子や王女の乗馬服、テムズ河畔の遊歩道工事の進捗状況などであり、特に社交界の事情には、個人にかかわることであろうが一般的なことであろうが、十分聞き耳を立てておくようにとのことだった。わかりやすい口語体を使い、重々しい説教じみた難解な文体は絶対に避けるように。見本として同封されていたのは、ある有名な新聞から切り抜かれたコラムで、うわさ話を集めたような記事であった。「こんな風に書いていただけますなら、今後とも貴兄に順調に仕事をお願いできるかと存じます」と編集者は言っていた。

「下品なゴシップの寄せ集めだ」と彼はその切り抜きを妻に放り投げながら言った。

「でもあなたなら、とっても頭がいいんだから、下品にならないように書けるわよ」と妻は言った。

「できるだけやってはみるけれど、ご婦人たちの噂話なんて僕には書けないよ。そもそもどこでそんなことを聞きこんでくればいいんだい」と彼は言った。そうは言っても『サルフォード改革者』向けの「ロンドン通信」は予定通り執筆された。四、五回分の記事が書かれ、そうした労働の対価として一ポンド金貨が四、五回支払われて、ささやかな蓄えに加わった。残念なことには、四、五回そうしたことが続いた後で編集者から丁重な文面の手紙が届き、お書きになるものは当方の紙面に適さないと言われた。貴兄の文章は申し分なく、内容も堂々として、おおむね真っ当であります。しかし『サルフォード改革者』ではそういう文章を求めてはいないのであります。『サルフォード改革者』といたしましては、貴兄のような才能ある書き手にこのような仕事をお願いするわけにはいかないと考えるものであります。

フレッドは傷心のまま二四時間を過ごした。その後で、これは前向きに受け止めていこうと思いなおすことにした。彼は編集者に手紙を書いた。おっしゃる通りです。そちらのお求めになるような「ロンドン通信」は、私の能力ではなかなか書けるものではありません。そして彼は「樺の木の丘」の写しを同封して、これならば『サルフォード改革者』に使えませんか、「ロンドン通信」の

大英博物館図書室

載っている箇所と全然違う場所ならよろしいのではないでしょうか、と提案した。編集者からは、お望みならお載せしましょう、でも詩には原稿料は出せません、との返事が来た。どんな形であれ書いたものが発表できるのは、何もないよりはましなので、ピカリングは言われるままに「樺の木の丘」を無料で掲載させた。

ロンドンに来てからちょうど一年たった六月の終わりころ、フレッドは職探しもせずに無為に日々を過ごしていた。もう劇場にも行かなかった。やがて、生活必需品の欠乏を恐れて、たとえば散歩するにしても、どの通りを行けば靴があまり傷まないだろうかとまで考えるようになった。このごろは図書室でミルトンを読んでノートを取るのに夢中で、ぶ厚い本を積み重ねた机の前に二時間も三時間も座りこんでいた。最初にミルトンをここで読もうと決めた際には、図書室へどうやって入るかが問題だった。どうすれば入室許可証を手に入れられるのか、しばらくは見当もつかなかった。そこで、文壇でよく知られた、ある紳士に手紙を書いてみた。全く面識はなく、新聞社の知人がその人物について話しているのを小耳にはさんだことがあるだけだった。図書室の入室許可証を譲ってもらえないか、あるいはなんとか入手してくれないか、と頼んでみた。するとその紳士は多少問い合わせると、面談した上で頼みを聞いてくれた。こうしてフレッドは自由に図書室に出入りできるようになった。

「ウィッカム・ウェッブさんてどんな人なの？」とメアリーは尋ねた。フレッドはウェッブ氏の指定するクラブで彼と会って戻ってきたところだった。

「僕に言わせれば、ロンドンに来てから初めて会ったまともな紳士だよ」とフレッドは言った。彼は近ごろかなり辛辣になっていた。

「親切にしてくださったの？」

「とても親切だった。ロンドンで何をしているのかと聞かれたので答えたら、文学はこの世で最も困難な職業だと言っていた。僕は、困難なのは承知していますが、最も崇高な職業だとも思っていますと言ったよ」

「そしたら何とおっしゃったの？」

「仕事というものは、崇高なものであればあるほど、ますます難しいものになるって。それに一般論としては、その仕事が崇高であるというだけの理由で、自分の手腕が及ばないことを試みるべきではない、とも言っていた」

「それはどういう意味なのかしら、フレッド」

「言おうとしたことはよくわかったよ。どこかの店に勤めてカウンターでリボンでも売っていた方がいいですよ、ということさ。その通りだということは十分承知だとも」

「それでもあなたはその人が好きなのでしょう」

「まともな忠告をしてくれる人を嫌いになるはずがないじゃないか。僕がその人を好ましいと思ったのは、親切にしてくれたし、不愉快なことをなんとか穏やかに言おうと気配りしてくれたからさ。それに、久しぶりにちゃんとした紳士と話ができたのはうれしかったし」

七月はまるまる一か月の間、一シリングも稼げなかったし、稼げる当てもなかった。今はまだロンドンに人は残っていたが、あと二週間もすれば羽振りのいい連中はみんな街からいなくなるだろう。それぐらいはピカリングでも知っていたのだが、『サルフォード改革者』の「ロンドン通信」にそんなことだけを書くわけにはいかなかった。去年はやむを得ずこの季節に仕事を始めることになり、秋になってから、時期が悪かったと妻に愚痴を言ったものだった。それはつまり、この活気のない時期には、救いの手を差しのべてくれる人がロンドンには誰もいなくなってしまうということでもあった。その活気のない時期が再び回り巡って来て、彼はいまだに誰からも助けてもらってはいなかった。どうしたらいいのだろうか?

「ウェッブさんはとても紳士的な方なんでしょう。お手紙を書いて助けてもらうのはどうかしら」

と妻が提案した。

「裕福な人だから、そんなことをしたら金をせびるようなものだよ」とフレッドは言った。

「お金をめぐんでほしいわけじゃないのよ。でも、お仕事を世話してもらえるんじゃないかしら」とメアリーは言った。

ウェッブ氏への手紙は、便箋を何枚も無駄にして、悪戦苦闘のあげくにようやく書きあげられた。フレッドは、自分の境遇がどれほど差し迫っているかを力説する言葉を選ぶのにひどく苦労した。結局金を無心しているだけではないかとは、絶対に思われたくなかったからである。

「この点はぜひともご理解いただきたいのですが」と彼は最後の段落に書いた。「ご紹介をしていただきたいのは収入の得られる仕事であります。どんなにきつい仕事でも、いただけるものがどれほど少なくても、妻と私が生きていければ構いません。このようなぶしつけなお願いは大変失礼とは存じますが、世間知らずな者のなすこととお許しいただければありがたく存じます」

この手紙がもとで、我らが主人公は再びウイッカム・ウェッブ氏に面会することになった。ウェッブ氏から朝食にいらっしゃいとの返事が届いたのだ。いったんは喜んだものの、この親切な申し出は新たな悩みの種となった。ウィッカム氏はハイド・パークのそばの豪邸に住んでいたのだが、気の毒にフレッドはまともな服など持っていなかったのだ。

「上着はちっとも傷んでいないわよ」と妻は彼を慰めた。「それに帽子だけど、新しいのを買ったらどう」

「帽子をかぶって朝ご飯を食べるわけじゃないよ。でもね、こっちを見てくれ」とフレッドは靴を妻に見せた。

「新しい靴を買いなさいよ」とメアリーが言った。

「いや、金を稼ぐまでは何ひとつ新しい物は買わないと誓ったんだ。ウェッブさんは僕が立派な恰好をしてくるとは思っていないと思うよ。仕事を世話してくれと頼むような男なら当然、かなりみすぼらしい服を着てくるだろうと思っているさ」と彼は言った。妻は夫のためにいろいろやりくりして服を整え、夫は朝食に出かけて行った。

ウェッブ夫人は不在だった。ウェッブ氏によると夫人は先にロンドンを出たそうである。食卓にはふたりしかおらず、フレッドはラムチョップに口をつける前にもう話の要点を語り終えてしまった。手持ちの金は残りごくわずかで、妻の出産の費用を払うと、冬を乗り切るのが精いっぱいで、それから先はまったくの無一文になってしまうのです、と彼は伝えた。これを聞いてウェッブ氏は、誰か親戚はいないのかねと聞いた。フレッドは「父とは意見が合わないのです。私は弁護士になりたいとは思わず、それで父に勘当されたのです」と言った。ウェッブ氏は、お父上と仲直りをしてはどうかねと提案したが、フレッドが即座にそれはあり得ませんと答えたものだから、もう二度とそのことには触れなかった。

ウェッブ氏は朝食を食べ終わると椅子から立ち上がっていろいろと忠告してくれた。ここで少し説明しておくと、ピカリングはウェッブ氏への手紙に「樺の木の丘」と、もうひとつのちょっとした詩と、それから『サルフォード改革者』に書いた「ロンドン通信」を二回分同封していた。

「いや、実のところ、ピカリングさん、どうやってお助けしたらよいか、まったく見当もつきませんので」

「そうですか、残念です」

「お送りいただいたものは読ませていただきました。散文にも詩にも十分な才能が見られますので、文筆で生計を立てていける可能性があるかもしれません。ただ、文筆を生業にしようとする者には、まずは働かなくても暮らしていけるだけの資産が必要なのです」

「それは、これからその道に進もうとする者には厳しい条件ですし、文筆の道そのものを狭くすることではありませんか」

「だからと言って、申し上げたことが真実ではないということにはなりません。それに、これは実際、ほかのどんな専門的職業にもたいていは当てはまることです。もしあなたが法律の仕事を続けていたとしたら、お父上はあなたが生計を立てられるようになるまで援助してくださったはずでしょう」

「ロンドンでは何百人もが文筆で生計を立てているのではないですか」とフレッドは言った。

「たしかにそういう人が何百人もいます。二種類の人間がいるのです。あなたは自分がどちらに属するのか、ご自分でおわかりになるでしょう。まず、他人の指示に従ってものを書く人がいます。新聞という形でほとんど一時間ごとに我々のもとに届けられる記事の大部分は、そうした連中が書いたものです。大変な高給をとる者もいますし、かなりいい給料の者もいますが、大多数は薄給です。新聞の仕事はこうしたものですが、あなたはそれが気に入らなかったとおっしゃる。次に、独立して仕事をする人がいます。本を書いたり、雑誌向きの記事を書いたりしている人たちです」

「やってみたいのはそういう仕事です。もしチャンスがもらえたら」

「だが、道は自分で切り開かなくてはならないのですよ」とウィッカム・ウェッブ氏は言った。「それができる人だけが仕事を得るです。私に何をしてほしいのですか」

「雑誌の編集者をご存知でしょう？」

「もし知り合いがいたとしても、欲しくもないものを買ってくれと頼めますか」

「私の書いたものを読んでくれと頼んではいただけませんか」

結局のところ、ウェッブ氏はフレッド・ピカリングに父親のもとに帰ることを強く勧めた上で、紹介状を二通書いてくれた。一通は『インターナショナル』という雑多な記事を載せる週刊新聞の編集者宛てで、もう一通はセント・ジェイムズ・ストリートのブルック・アンド・ブーズビー社という出版社宛てだった。ウェッブ氏は紹介状に封をしないまま、内容を読んで聞かせてから彼に渡した。その手紙にどの程度の効果が見込めるかをフレッド本人に十分わからせるためにそうしたのだ。「これであなたをわずかなりとも助けてあげられるのかどうか、私にはまったくわからないが、頼まれたからにはお渡ししましょう。お父上のところに戻るのが一番ですよ。それでも、来年の春にまだロンドンにいらっしゃったら、もう一度私に会いにおいでなさい」と彼は言った。そうしてこの会見は終わり、フレッドは妻のもとに帰った。紹介状をもらえたのはたしかにうれしかったが、ウェッブ氏に対しては苦々しい気持ちを抱いていた。ひと言でも励ましの言葉をかけてくれれば元気が出たのに、なぜそうしてくれなかったのだろう。ウェッブ氏としてはそんなことは口にしない方がよいと考えたのだ。そしてフレッドは紹介状を妻に読んで聞かせた時に、文面がずいぶん冷やかだと思った。

「これは持って行けないなあ」と彼は言った。

しかしもちろん翌日には、その紹介状を持って出版社のブーズビー氏に会いに行った。すると編集部の受付で三〇分ほど待たされた。彼は一時間半も待たされたように感じ、そうした扱いを受けたことにひどく腹を立てた。ブーズビー氏にも仕事があり、ピカリング様だけのためにほかの来客をカウンターの下や戸棚に押し込むわけにはいかないのだということが、彼にはまったくわかっていなかった。その結果フレッドはこれ以上ないほど不機嫌な状態で面会することになってしまい、ブーズビー氏は彼にあまりよい印象を持たなかった。「仕事を欲しがっている人は山のようにいますが、仕事はそれこそごくわずかなのです」とブーズビー氏は言った。

「私の見るところでは、こうした仕事にはいくらでも注文があるように思いますが」とピカリングは言った。そう言いながら、彼は自分のブーツにあいた穴を見下ろし、そんなブーツなんかまるで気にならないんだという口調で話そうとした。

「おっしゃる通りかもしれませんが、そうだとしても私どものところまではまわって来ないのですよ」とブーズビー氏は言った。「しかしながら、ウェッブ氏のお手紙はお預かりして、もし何かお力になれることがありましたら、ご連絡いたします。ではこれで失礼いたします」ここでブーズビー氏が椅子から立ち上がったので、フレッド・ピカリングはもう帰れと言われているのだとわかった。その晩、妻に面会の様子を話して聞かせた時には、フレッドは情け容赦なくブーズビーを罵った。

『インターナショナル』の編集者には会えなかったが、手紙をもらった。その手紙には、儀礼的なあいさつ言葉の後で、貴兄の論説文のことをウェッブ氏が紹介状でお書きになっていたので、それをぜひ読ませていただきますと書いてあった。だがウェッブ氏は紹介状で論説文には言及していなかったのだから、その編集者は面倒な人助けなどしたくはないのだろうとフレッドは考えた。それでも論説文をひとつ送っておいたほうがよいだろう。彼は必死になって六週間かけて書き上げた。『闘士サムソン』[10]の入念な批評だった。フレッドがここで論証しようとしたのは、ミルトンが自分はサムソンを凌ぐサムソンであると自覚していたということである。つまり、サムソンが盲目であったようにミルトンも肉体的には盲目であったが、ペリシテ人[11]を押しつぶした時のサムソンとは違い、ミルトンは精神的には盲目ではなかったという点である。ミルトンは知性の目の力で同時代のペリシテ人たちを押しつぶし、圧倒したのである。さらに、ミルトンの時代のこうした俗物たちについては、旧約聖書時代のペリシテ人についてよりも多くのことが書かれている。フレッドはそうした論説のどれを読んでも、同じ傾向の雑誌のほかの書き手たちと比べて、自分の方がずっと高尚な論調であると自負していた。編集者からの返事には、通りいっぺんのあいさつの後で、『インターナショナル』には古い本の書評は載せませんと書いてあった。

「どうしようもない間抜けだ！」とフレッドはその手紙を引き裂きながら言った。そして両手で髪をかきむしるのだった。「それなのに、こうした連中が文壇を牛耳っているとは。阿呆め、うすのろの阿呆め！」

「本当は読んでいないのではないのかしら」とメアリーは言った。

「なんで読まなかったんだ。そのために給料をもらっているんだろうに、どうして仕事をしないんだ。読まなかったとしたら、間抜けなだけじゃなくって、給料泥棒だ」

フレッドは編集者から最初の手紙を受け取った時に、どうやら『インターナショナル』には載せてもらえそうもないなとは思ってはいた。しかし一生懸命に書いたものだから、サムソンに関するこの論説文を自分でもすっかり気に入ってしまい、きっと素晴らしい賞賛の言葉が降りそそぎ、ペリシテ人に関するあの大論文を書いたのは誰なんだという問い合わせが殺到するだろうと空想をふくらませ、ひとり夢見ていた。こうした虚栄心にそそのかされて彼はその原稿を最初から書き直し、最初のものよりもさらに堂々として雄弁な大論文としたのだった。ペリシテ人に関してとうとうとまくし立て、そこに風刺も混じっていた。間抜けで鈍感なロンドンの連中にだって、その風刺はある程度は通用するだろう。そう、ある程度は通用するはずだ。それなのに、これほどの大作なのに、『インターナショナル』には古い本の書評を載せる余地はありません、と送り返されてきたのだ。忌まわしい間抜けの愚か者め！　フレッドは怒りに任せて原稿を粉々に引き裂いたので、かわいそうにメアリーはその次の週いっぱいかかって、運よく取ってあったインクのしみだらけの元の草稿から清書して、もうひとつの原稿を作ることになった。

「豚に真珠だ！」とフレッドはその週の終わりに大英博物館の図書室に向かってゆっくり歩きながらつぶやいた。

一〇月の終わりのことだった。彼はもう何か月にもわたって一シリングも稼いでいなかった。食うに困るという、以前はまったくの冗談として口にしていたことが、いよいよ現実味をおびてきて怖くなった。彼はかつて、飢え死にするよりもひどいことだってあるさと言ったことがあった。しかし、身重の妻を見やりながら、これから子どもが生れるのに一ポンド金貨は減ってゆくばかりではないかと考えているうちに、飢えるよりもひどいことなど本当にあるのだろうかと思えてきた。さらに、何もせずにぶらぶらしているうちに人生が以前よりもずっとみじめになったと感じていた。何を書いても実を結ばないし、文字通り何の役にも立たないのだと思うと、どうしても働く気になれなかった。

「お父様に手紙を書いた方がよくなくって？」とメアリーが言った。

彼はこれに答えず、外へ出てミュージアム・ストリートを行ったり来たりした。出版社のブーズビーにひどい扱いを受けたことを忘れはしなかったが、一一月になると彼に手紙を書いて何か仕事はないだろうかと聞いてみようという気持ちになった。

「ウィッカム・ウェッブ氏の紹介状を持参して七月にお目にかかりましたことをご記憶かと存じます」とフレッドは書いた。

彼の妻はもっと丁寧に、お会いできてうれしゅうございましたと書いたらと言ったが、フレッドはそんなに腰を低くすることはないと言い張った。ふたりの手元にはまだ三〇ポンドほど残っていた。

二週間後、一二月になってブーズビー氏から返事が来た。セント・ジェイムズ・ストリートの編集部に、これこれの時刻においでくださいとあった。彼は出かけて行き、再びあの横柄な男に会った。歴史の本の索引は作れるかと聞かれ、もちろんフレッドはできますと答えた。歴史の本であろうと、何であろうと、できますとも。索引も作れるし、もし頼まれれば、歴史の本そのものを書くことだってできます。それが彼の偽らざる思いであった。索引がきちんと作られていると確認されれば一〇ポンドが支払われる。仕上がり具合を確認してからの支払いになると念を押された。フレッドは最終的に自分の仕事が認められることに何の疑いも抱かずに、紙の束を預かって持ち帰った。索引など作れないはずがないだろうと思いながら。

「あの若いのは使えませんね」とブーズビー氏はフレッドが立ち去った後で編集部長に言った。「何でもできると思い込んでいるようですが、何をするにしてもまともにやれるか、かなり怪しいものです」

フレッドは索引作りを必死に頑張った。その間に赤ん坊が生まれた。索引は二週間でき上がった。こうやって二週間ごとに一〇ポンド稼げるのなら、それで食べていけるかもしれなかった。完成した索引をセント・ジェイムズ・ストリートに持って行き、確認してもらうために置いてきた。

若夫婦と子供

編集部長は一週間後に結果を知らせると言った。もちろん一週間後にそこに行った。するとまだ確認が終わっていなかったので、三日後に来てくれと言われた。三日後にもう一度行った。するとブーズビー氏は、君の索引はまったく何の役にも立たない、あれは実際のところ索引でも何でもない、と言うのだった。

「索引というものをご覧になったことがないようですな」とブーズビー氏は言った。

「そういうことなら、受け付けていただかなくても結構です。しかし、あれはどの索引にも引けを取らない出来栄えだと信じています」とフレッドは言った。

ブーズビー氏は椅子から立ち上がり、それではもう申し上げることはございませんと言明した。

あの本の筆者のご意向としては、こうして無駄にはなってしまいましたが、せっかくお骨折りいただいたのだからピカリング氏には五ポンドをぜひともお受け取りいただきたいとのことです。こう言ってブーズビー氏はフレッドに五ポンド札を差し出した。フレッドはその紙幣を押し戻し、目に涙を浮かべてその部屋を出た。ブーズビー氏はその涙を見て、翌日、丁重な手紙を付けて一〇ポンド送ってきた。フレッドはその一〇ポンドを送り返した。まだ一文無しになってはいないし、やってもいない仕事で金を受け取るわけにはいかなかった。

一月の終わりには、フレッドは妻と子どもを連れて、狭い一部屋だけの住まいに引っ越した。これまでは居間と寝室があった。しかし今ではかつてあれほど切望した「飢え」と自分との間を隔てるものはたった五ポンドの金しかなく、一シリングたりとも無駄にはできなかった。出産に手持ち資金の大部分を使ってしまったが、妻はまだ具合が悪かった。何もかもがうまく行かず、その中でもおそらく一番悪いのは彼自身が働く気力を失ってしまったことだった。飢えが身近に迫っていると、大英博物館図書室に腰を据えてまともに本を読むこともできなかった。そして、実際彼にはもう目的というものが見えなかった。手持ちの数シリングの金がどんどん少なくなっていくと、今さらミルトンどころではなかった。ただ腰をおろして不幸を嘆き、運命を呪うだけだった。そして妻が寝込んでいるベッドのそばの細々とした暖炉の火で暖まりながら、わずかばかりの食べ物を口に入れていると、妻は、お願いだからひとまずプライドを捨ててお父様に手紙を書いて、と毎日のように懇願するのだった。

「お父様は、赤ちゃんが死なないように何とかしてくださるわよ」とメアリーは彼に言った。それから彼はミュージアム・ストリートに行き、のどを掻き切った方が男らしくないだろうかと考えた。とにかく、そうすればかなり楽にはなるだろう。

ある日、妻はまだ寝込んでいて、彼が腰をおろして暖炉の火にあたっているとメイドがやって来て、お客様がお出でですと言う。「お客様！　お客様って誰なんだ？」メイドは来客の紳士が誰かはわからなかった。フレッドは玄関でその来客を迎えようと下に降りて行った。そこには黒服を来た七〇歳ほどの老人がいて、フレデリック・ピカリング氏でいらっしゃいますかと慇懃に尋ねた。フレッドは自分がその不幸な男だと答え、ここにはお話しする場所がありませんと言った。「妻が具合が悪くて上の階でふせっておりまして。この家にはお入りいただける部屋がありませんし」それで、老紳士とフレッドはミュージアム・ストリートを歩きながら、歩道で言葉を交わした。「私はバーナビーと申します。索引をお作りいただいた本を書いた者です」と老人は言った。

バーナビー氏は当時よく知られた著述家であり、フレッドは、こうして会いに来てもらえるのは不幸中の幸いだと感じた。

「私の作った索引がお役に立たず、申し訳ありません」とフレッドは言った。

「あれではまるで役に立ちません」とバーナビー氏は言った。「実のところ、あれは索引とは言えません。索引というものは単語と数字からだけで作られるべきものです。あなたのお作りになった索引には意見や、ほとんど批判と言えそうなものまで含まれていました」

「ご迷惑をおかけして本当に申し訳ありません」とフレッドは言った。「いずれにしても、無駄働きになって骨身にしみました」

「あなたに骨身にしみてほしいなどとは思ってもおりません」とバーナビー氏は言った。「ですから、その代価を持ってまいりました。最善を尽くして働いてくださったに違いないと思っております」そしてバーナビー氏の指がチョッキのポケットに入り、くしゃくしゃになった紙幣を引き出した。

「それはいただけません、バーナビーさん。まともな仕事をしなかったのに、受け取るわけにはまいりません」とフレッドは言った。

「まあ、お聞きください、お若い方。そちらが貧乏でいらっしゃるのは存じております」

「大変貧乏です」

「そして私は裕福です」

「それはこのことには何の関係もありません。私が文筆で稼げるように力を貸していただけますか。そうしたお力添えはお受けしますが、それ以外は一切お断りします」

「それはできかねます。私にはそうした手立てがありません」

「物書きや出版社に山ほどお知り合いがいらっしゃるでしょう？」

「物書きや出版社を全部知っていたとしても、私に何ができましょうか。こう申しては失礼ながら、あなたはまだ必要とされる徒弟修業をやり終えてはいないのです」

「物書きは誰もが徒弟修業をするのですか」

「そうとは限りません。なかには徒弟修業をせずに富と名声を手に入れる人もいるかもしれません。でも、その場合は、人の助けを借りてはいけません」

その後ふたりは黙って通りの半分ほどの道のりを歩いた。それからフレッドが口を開いた。「それでは、天才であるか、あるいは、徒弟修業をやり通すかのどちらかでなければならないということですね」

「そうです、ピカリングさん、私が申しあげたいのは大体そういうことです」

ミュージアム・ストリートを行ったり来たりしながら、フレッドはバーナビー氏にすべてを話した。かつて自分が若い妻に、世の中には飢え死にするよりもひどいことだってあるさと言ったことさえも。するとバーナビー氏は彼に、これからどうなさるおつもりですかと尋ねた。

「試してみるつもりです」とピカリングは無理やり笑顔を作って言った。

「何を試してみるんですか？」

「飢えることですよ」

「何をおっしゃる。赤ちゃんがいるでしょう。奥さんと赤ちゃんがいるのでしょう。さあ、さあ、とにかくこの一〇ポンドを受け取りなさい。このお金があるうちに、お父上に手紙を出しなさい。一体全体、自分が間違っていたと父親に言うことの、どこが恥ずかしいのですか」

それでフレッドは父親のことを話した。厳しい人で、たとえ赤ん坊が苦しんでいると言ってもやさしさなどは見せないだろうと。バーナビー氏は、とにかく手紙を出して見なさいと繰り返した。
「それがまずあなたがすべきことですよ、ピカリングさん。一体全体、他に何ができるというのです。奥さんとお子さんを救貧院[12]に送るつもりですか」ここでフレッド・ピカリングはわっと泣き出してしまい、バーナビー氏はグレート・ラッセル・ストリートの角で彼の手に一〇ポンド札を押し付けて去っていった。

妻と子どもを救貧院に送る！　これまでの困窮の中でも、フレッド・ピカリングはそこまでのことは思ってもみなかった。彼はこれまで、飢えというよりも、何か高潔な、赤貧洗うが如しという状況を思い描き、自分は立派に、おそらくは悠然と耐え忍ぶであろうと想像していたのだった。しかし、救貧院の制服を着せられ、髪を救貧院風に切られて、どうして悠然としていられようか。この国では救貧院があるから、よほど人目につかなかった場合をのぞいて、妻と赤ん坊のいる男が飢えて死ぬことはない。今のフレッドにはそういうことがすべて見通せた。警察がやってきて妻と赤ん坊を救貧院に連れて行き、彼はそれについていくのだ。これこそ飢えるよりもひどいことなのかもしれない。だが、そこには彼がなかば心待ちにしていたメロドラマ風の壮麗さはひとかけらもない。

「ねえ、どなたがいらっしゃったの？」と彼が枕元に戻った時にメアリーは聞いた。「何かお話があったの？　お仕事を持ってきてくれたの？」

「これをくれたよ」とフレッドは紙幣をベッドの上に放り投げた。「施しだよ！　こうなったら通りに出て乞食でもやったほうがましだ。プライドなんてすっかり消え失せた」それから暖炉のそばですすり泣き、何時間もそこに座ったままでいた。

「フレッド、明日あなたがお父様に手紙を書かなかったら、私が書くわ」と妻が言った。

彼はまた外出し、文筆に少しでもかかわりがあり、自分がちょっとでも知っている人間なら誰にでも会いに行った。ロデリック・ビリングズ氏、速記を習った時の先生、新聞関係で知り合った人々全員、『インターナショナル』の編集者、そしてブーズビー氏。以前の怒りも抑えて、ブーズビー氏には四度会いに行ったが、まったく無駄であった。彼にふさわしい仕事など誰にも見つけられるはずがない。ウィッカム・ウェッブ氏に手紙を出すと、五ポンド札を送ってきた。施しを拒絶できないことが、それまでに降りかかったどんな困窮よりも痛切に彼の心を傷つけた。

妻は彼の父親に手紙を書くと脅すようなことを言ったが、実行はしなかった。若妻というものはそんなやり方で夫を動かすわけではない。私が手紙を書くわと言ったら、彼の目つきが厳しくなった。彼女はそれで、夫の許可なくそんなことをするわけにはいかないと悟ったのだ。しかし、妻が病気になって子どもにまでひもじい思いをさせることになり、病床の妻から、私が死んだらお義父様に赤ちゃんを助けてくれるようにお願いしてくださいねとまで懇願されると、とうとう夫のプライドも折れた。フレッドが腰を下ろして手紙を書こうとインク瓶に手を伸ばすと、それは空であった。全身全霊を捧げようとしていた文筆の仕事に、もう二か月近く、手も触れていなかったのである。

彼は折れたプライドという盃を、苦い残りかすまで飲み乾し、父親に手紙を書いた。私はいつも思うのだが、豚のえさのようなものを食べるほど落ちぶれた末に父親のもとに戻り、悔い改めて服従することになっても、放蕩息子というものはほとんど屈辱を感じていない。(13)たしかに自分がいかに下劣な人間であるかは認めている。しかし、あっという間に子牛が屠《ほふ》られて歓迎の宴になってしまうので、この若者の身の置き場のないつらさは、お祭り気分の中で消えてしまう。もし放蕩息子が前もって手紙で帰還を知らせざるを得なかったら、あるいは戻る許しを求めて返事を待たねばならなかったとしたら、もっと厳しい罰を受けていたことだろうと思う。

フレッド・ピカリングには実に厳しい罰が与えられ、彼のために肥えた子牛が屠られることはなかった。父親からはすぐに、そのことは検討する、というだけのきわめて冷淡な返事が来た。当分の間、息子には週に三〇シリングが与えられることになった。二週間後にまた手紙が来て、マンチェスターに戻る気があるなら、以前に勤めていた弁護士事務所に口をきいてやると告げられた。しかし、弁護士になろうなどと思うな、弁護士の書記を目指せと書いてあった。(14)引き続き当分の間は週に三〇シリングの仕送りをするとあった。「事情が事情だから、今は会ったところで何の意味もないだろう」と書き添えてあった。こうして、フレッド・ピカリングのために屠られた子牛は、気の毒なことに、決して肥えた子牛と言えるようなものではなかった。

もちろん、言われた通りにしなくてはならなかった。妻と赤ん坊を連れてマンチェスターに帰り、悲しげな瞳と疲れた足取りで、毛嫌いするどころか心底から軽蔑していたあの弁護士事務所に戻った。あのころは若い同僚たちの間で、自分はこんな連中よりもずっと上等な人間なんだとうぬぼれて、臆することなく明るく振る舞っていた。それが今では、一番卑しい仕事をしているのではないにしても、下っ端の中でも一番の下っ端だった。
バーナビー氏にこのいきさつをありのままに伝えると、暖かい返事が来たので心を慰められた。その手紙の中でフレッドは「私はまだ、いつの日かもう一度あの夢に挑戦してみたいと思っております。でもまず最初に、すでに文学の徒弟修業を終えた者として、さらに技量をみがくことに全力を尽くすつもりでおります」と書いた。

訳注

（1）これは架空の雑誌名であるが、産業革命の中心地のひとつであったマンチェスターで「自由貿易」という言葉を誌名に用いているのなら、反穀物法を主張する工場経営者や労働者を読者対象とする雑誌であることになる。
（2）事務弁護士になるためには師匠となる弁護士と年季契約を結んで、実務修習生として働く必要があった。そうした契約を途中で破棄するのは極めてまれである。

（3）ここは新約聖書「ルカによる福音書」第一五章の「放蕩息子のたとえ」を踏まえている。次のような話である。父とそのふたりの息子がいた。次男は父がまだ生きているうちに財産を分割してもらい、よそに行って放蕩してその金を使い果たす。困り果てた次男は父のもとに帰る。父は帰ってきた息子を見て喜び、すぐさま肥えた子牛を屠って盛大な祝宴を開く。長男は何年もまじめに父に仕えていたので、これに腹を立てて父親に不平を言う。それに対して父親は、いなくなっていたのに見つかったのだから、喜ぶのは当たり前ではないかと諭す。

（4）ミュージアム・ストリートは大英博物館の南側にある通り。大英博物館には図書室があった。これは現在の大英図書館の原型となった図書閲覧室である。

（5）ジョン・ミルトンの叙事詩（一六六七年）。

（6）アルフレッド・テニスン（一八〇九～九二年）はイギリスの桂冠詩人。

（7）経済的に余裕のある人々は、夏になると避暑や休暇でロンドンの外に出かけた。

（8）入港する船に乗り込んで、関税審査を逃れないように見張る官吏。

（9）マンチェスターの西隣の工業都市かつ内陸港。

（10）ジョン・ミルトンの劇詩（一六七一年）。これは旧約聖書「士師記」第一三章から第一六章にあるサムソンの物語を基にしている。それによると、ペリシテ人に支配されていたころのイスラエルにサムソンという男がいた。彼は怪力で知られ、ろばのあごの骨を振り回して一〇〇〇人のペリシテ人を打ち殺した。サムソンはデリラという女を愛したが、ペリシテ人は彼女からサムソンの力の秘密は髪にあることを聞き出した。その結果サムソンは髪を切られ、目をえぐり出された。しかし獄中で髪が伸びたサムソンは神に祈って力を取り戻し、柱を倒して建物を崩壊させ、多くのペリシテ人をその下敷きにして自分も死んでいった。ミルトンの劇詩は、サムソンの生涯の最期の局面を題材にしている。

(11) ペリシテ人は紀元前一二世紀ごろよりパレスチナ南西海岸に定住した戦闘的な民族で、多年にわたってイスラエル人を圧迫した。また、ペリシテ人という言葉は、文学・芸術などに理解のない実利主義者、教養のない俗物、という意味でも使われる。

(12) 貧民救助法に基づいて貧民を収容した施設。貧弱な待遇と悲惨な作業所で知られる。

(13) ここでもまた前出の「放蕩息子のたとえ」を踏まえている。放蕩息子は食べるにも困ったとき、豚のえさでさえ食べようとした。

(14) フレッドは年季契約による実務修習生として修行をしていたが、契約を途中で破棄してしまったため、もはやその身分に戻ることはできない。書記は有給だが弁護士への道は開かれていない。

クリスマスを迎えるカークビー・コテッジ

第一章　モーリス・アーチャーがクリスマスについて言ったこと

「それにしても、クリスマスはつまらないですね」

「たとえ退屈でも、ミスター・アーチャー、お願いですからここではそんなことおっしゃらないでください」

「でも、その通りでしょう」

「残念ですわ。あなたがクリスマスについてそんなふうに考えているなんて。とにかく、あまりひどいことを言わないでください」

「どうしてですか。それに、どこがひどいことなのですか。ぼくの言いたいことはあなただってわかっているはずでしょう」

「あなたのおっしゃることを理解したいとは思いません。それに、ひょっとしてパパの耳に入ったら、とっても悲しみますわ」

「山盛りのローストビーフとプディングをたらふく食べて、けっきょく眠気に誘われて、いつもより一時間早く寝てしまう。そんなものですよ、クリスマスなんて」

こう言ったのは二三歳の青年で、話し相手は若い女性、たぶん三つほど年下だろう。女性の話に出てきた「パパ」とは、クレイヴンにあるカークビー・クリフ教区のジョン・ローンド牧師である。

ふたりが話をしていたのは牧師館の読書室で、こんな部屋があればなあと思わせるこぢんまりとした心地よい部屋だった。先ほどクリスマスなどつまらないと言った青年は、その部屋で暖炉の火にあたりながら牧師の肘掛椅子に座ってのんびり小説を読んでいたところ、牧師の娘に声をかけられたのだ。そろそろ夕食にそなえて着替えなくてはいけない時間になっており、若い娘はすでに着替えをすませていた。彼女は本か新聞を探しにきたという口実で部屋に入ってきたのだが、本当の目的は、モーリス・アーチャーに教会の飾り付けの手伝いを頼むことにあったようだ。ツタやヒイラギなどはすでにそろえてあり、明日の朝から作業が始まる。そしてその翌日はクリスマスだ。残念ながら、アーチャー氏はこの依頼を喜んで引き受けたとは言えなかった。

モーリス・アーチャーは、彼を知る年長者たちがその将来を悲観して首をかしげてしまうような若者だった。振る舞いが粗野だとか、金づかいが荒いというわけではないが、ひどいうぬぼれ屋なのだ。しかも、彼を抑えられる大人がひとりもいないという不運が重なっていた。父親と母親は世を去り、さらに叔父も後見人もいなかった。カークビー・クリフからさして遠くないところに小さな地所を持っていて、年に六百か七百ポンドの収入があるため、仕事の話が来てもすべて断ってしまっていた。今まさに暮れようとしているこの年には、オックスフォードで学位を取り、いくつか優等な成績も修めていたが、めざましいと言えるほどのものではなかった。すでに聖職に就くつもりはないと言明していたが、そんなことさえ言わなければ、七〇歳を過ぎた従兄が亡くなった折に、ささやかながら聖職禄が手に入るはずだった。彼は所有地の一部を自分で耕作するつもりだと言って、ふたりいる借地人のひとりから権利を買い戻すために、交渉を円満に進めていた。カークビー・クリフの教区牧師であるジョン・ローンド師はアーチャーの父親の親友だったので、クリスマスに彼を招待したのである。

この青年を招くについては、牧師館ではいろいろと疑問の声があがった。特に、ローンド夫人はひどく気をもんでいた。娘がふたりいるのだが、妹はまだ子どもだからともかく、姉のイザベルは二〇歳になっているのである。若い男性など来たら、自然の成行きとして娘が恋に落ちてしまうのではないか、これが第一の心配の種だった。しかし、父親のほうは「若い人たちは、いつも恋をしているわけではあるまい」と言って気にとめなかった。そこで母親は、「でも、世間の人はいろいろ勘ぐるのではないかしら」と、二つ目の心配を口にした。だが牧師は家の中のことについては思い通りにする人で、他人の好き勝手な意見にいちいち惑わされていては窮屈で仕方ない、と言って取り合わなかった。彼は、自分の娘が相手から望まれもしないのに男を好きになるなんてあるはずがない、と思っていた。この若者にしても——父親とは三〇年来の親友だったことでもあり——他の若者たちみたいに恋に落ちたら、ふられることを覚悟のうえで愛を告白すればいいのだ。少々意地っ張りなところがあるようだが家に招くのに特に反対する理由はない、とローンド氏は言明した。こうして、モーリス・アーチャーは二か月の予定で、カークビー・クリフでイザベル・ローンドと同じ屋根の下で暮らすことになった。

これまでのところ、両親や隣人が見るかぎり——隣人たちは目を皿のようにして見張っていたが

――ふたりのあいだに恋愛感情はいっさいないようだった。妹のメイベルとモーリスはすっかり仲良しになっており、一四歳になるその娘はモーリスを世界で「いちばん楽しい人」と言ってはばからなかった。彼女はローンド夫妻と同じように彼のことをモーリスと呼び、もちろん、モーリスも彼女のことをメイベルと呼んだ。ところが、イザベルとモーリスは、いつも「ミス・ローンド」、あるいは「ミスター・アーチャー」と堅苦しい呼び名を使った。そればかりか、さらに妙だったのは、ふたりができるだけ相手の名前を口にしないですまそうとしていたことである。

イザベル・ローンドはクレイヴンあたりでは評判の美人だった。読者のみなさんもご存知の通り、クレイヴンはヨークシャー州、ウェスト・ライディング地区の北部にあり、スキプトンがその中心地である。バーデンのメアリー・マニウィックのほうが上だという人もいたし、ギグルスウィックの外科医の娘で、ピンク色の頬をしたファニー・グレインジのほうが好みだという人もいた。いずれが勝者か軍配をあげるつもりはないが、あえて言えば、恋愛相手としてイザベル・ローンドほど素敵な女性は望めないだろう。背が高く、溌剌として、絵に描いたような健《すこ》やかな美人だった。明るいグレーの目、クレイヴン育ちの女性特有のじつに美しい鼻、口は優美なほど小さいわけではないが、その唇からは人の心を揺さぶる情熱的な言葉があふれ出る。そして形の良い小さめの顎、えくぼ、無造作に額からかき上げられ後ろで短くカールした明るい茶色の髪。それに引きかえ、モーリス・アーチャーはけっしてハンサムとは言えなかった。彼はしし鼻なのだ。しし鼻の美女はいるかもしれないが、そんな鼻の美男はいない。しかし、体格はがっしりして頑丈そうだった。こげ茶色の髪を短く刈りこみ、ちょっと小さめの澄んだ青い目をしており、顔の表情を見ても、性格的に弱そうだとか、頭が悪そうだとかいう印象はまったく受けなかった。彼の屋敷はハンドルウィック・ホールといい、牧師館から五マイルほど離れたところにあった。カークビー・クリフにやってきてからも週に四、五回はそこを訪れ、翌年の九月から本格的に住めるように手はずを整えていた。もし、この地で結婚ということにでもなれば、カークビー・クリフに住む牧師夫妻としてはさぞかし安心したことだろう。ローンド夫人もこの点は認めていたのだが、娘のことはやはり気になって仕方がなかった。若い娘たちは簡単に恋に夢中になってしまうというのに、今どきの若い男たちは用心深くて取りつく島もないわ！　当世の若い男女についてローンド夫人はそんなふうに考えていたのだ。そして、今この瞬間も、娘のことについてははらはらしていた。モーリスは心に秘めている恋心を洩らすような青年ではない、と彼女は確信していた。しかし娘のほうは、あの若者がここにやってきてからというもの、以前とは様子がちがって見えた。なんとなく浮ついていて、心ここにあらずといった様子なのである。同じ屋根の下にいるモーリス・アーチャーという男性が、自分の人生を変えてしまうことになるにちがいない、と気づいて苦しんでいるようなのだ。もちろん、彼の存在はイザベルの人生の行方をすでに変えてしまっていたし、彼女の頭の中はモーリス・アーチャーのことでいっぱいになっていた。

イザベルが父親の招待客にクリスマスの飾り付けを頼んだのは、メイベルにせっつかれたからだった。アーチャーさんはそんなことには興味なんかないわよ、とイザベルはたしなめたのだが、メイベルは彼から約束を取り付けていると言って譲らない。「わたしの頼みなら、どんなことでもやってくれるはずだわ」とメイベルは得意になって言うのだ。だが、彼といっしょに作業をするのに、妹のお膳立てだけに従うのは嫌だったので、自分でも頼んでみることにしたのだ。モーリスはその仕事を断らなかった。実際、なんとなくよそよそしい感じではあったが、手伝う約束をしてくれた。それなのに、クリスマスなんてつまらない、と彼はうっかり口をすべらせてしまったのだった。イザベルはそれをとがめ、彼は釈明した。だがイザベルにしてみれば、それはただ火に油をそそいだだけだった。彼女にとってクリスマスは本当に大切な行事なのだ。このお祝いの日にローストビーフやプラム・プディングを欠かすことなどぜったいできない。もちろんそれはクリスマスという催しの目的ではない、でも、そんなこと当たり前じゃないの。それをあの人はあんなふうに言って。クリスマスはつまらないだなんて！　ぜったいそんなことはないわ。クリスマスをつまらないなんて言う人と親しくなるなんてまっぴらよ。彼女は釈明を聞き終えると憤然とした様子で部屋から出ていった。その姿をモーリスは目で追った。それから読みかけの小説のページに目を戻した。しかし、彼が考えていたのは本のことではなく、イザベルのことだった。確かに、彼は心に秘めた恋心を洩らすような青年ではなかった。それでも、彼の頭の中は彼女のことでいっぱいだった。イザベルへの愛が深まり、彼女を妻にしたいと思う日々が続いていたのだ。だが数日すると、そんなのは気の迷いにすぎないさ、と自嘲するのだった。結婚を申し込んだら、承諾してもらえる自信があるのかと自問してみることもあった。彼女はときたまある仕草を見せた。身のこなしのちょっとした癖なのだろうが、彼の面前でグッと頭を上げるのである。人相学の知識がないのではっきりとはわからないが、彼にはそれが自分に対する不信感の表れのように感じられてしまう。だが、そんなときにこそ、彼女を心から愛《いと》おしいと感じるのだった。たった今、彼女はまさにその姿勢のまま部屋を出ていった、その姿はまるで軽蔑を示唆しているように見えた。

「もうすぐ夕食だから、用事があるなら早くすませなさい」とドアを開けて牧師は言った。モーリスは椅子から飛び上がり、一〇分後には着替えをすませて食堂に行った。イザベルはそこにいたのに挨拶すらしなかった。「明日はお手伝いにきてくれるでしょ」とメイベルが彼の腕をつかんで小声で言った。

「もちろんだよ」とモーリスは答えた。

「クリスマスが終わるまで、ハンドルウィックには行かないでしょ」

「ヒイラギの枝を飾るのに、丸一日かかることはないだろう」

「いいえ、かかるわ。素敵な飾り付けをするにはね。それに、クリスマスの前日に働いてくれる人なんてほかにいないもの」

「料理人は別だけどね」とモーリスは言った。イザベルはそれを聞いてモーリスが気にしている例の仕草をみせたが、何も言わなかった。そのとき夕食の支度ができたという声がかかり、彼は牧師の妻に腕を貸してテーブルに向かった。

その晩、クリスマスのことはまったく話題にのぼらないなどと言うと父親の機嫌を損ねることになる、とイザベルはモーリスをたしなめたが、ローンド氏本人は教会の祭事についてあれこれ言う人ではなかった。実際のところ、熱心な娘のほうこそ、心の中では父親は無関心すぎると思っていたのかもしれない。牧師はかなりの年配であり、他に仕事もあったので、飾り付け作業には加わらないことになっていた。もちろん、クリスマス当日には、しかるべき内容の説教をし、いつも通りの食欲でローストビーフとプディングを食べ、その後は、頃合いを見はからって、ひじ掛け椅子に深く腰かけて読書に没頭する――そうして、彼のクリスマスは終わるのだった。クリスマスに対して畏敬の念が欠けているわけではないが、熱のこもったお祝いの仕方とも言えない。イザベルは救世主が誕生した日の朝を、至福の喜びをもって迎えたかった。年によっては多少なりともがっかりすることはあったが、クリスマスがつまらないと面と向かって言われたのは初めてだった。

翌朝、飾り付けの作業は朝食後すぐに始めることになっていた。カークビー・クリフでは、これは毎年恒例のことで、牧師はすっかり慣れっこになっていた。かわりに、教会書記で教会学校の校長でもあるデイヴィッド・ドラムと、牧師館付きの庭師であるバーティ・クロスグレインが、この日は一日中イザベルの指示にしたがって飾り付け作業を行うのだ。もちろん、メイベルも、近所に住む農場主のふたりの娘といっしょにお手伝いだ。ローンド夫人は一一時に教会にやってきて、午後一時ごろまでいる。そして、みんなそろって牧師館で簡単な食事をとる。食事が終わると、夫人以外は教会に戻って作業を再開する。すべての作業がようやく終わるのは、教会のロウソクが灯されて二時間くらい経ったころだろうか。そして、それからまた食事になる。とはいえ、この特別な日の牧師館での夕食は、せわしくて落ち着かない。牧師はこうしたことでいちいち不機嫌になったりはしなかったが、彼が教会の飾り付けに熱心でないことは誰の目にも明らかだった。メイベルは嬉しそうにハシゴを登ったり、説教壇に寄りかかったり、さらには、教会の中の立入禁止の場所——彼女は父親が説教をしているときにどういう場所なのだろうかと想像をめぐらしていたのだが、近づくことができないでいた——に行ったりして大いに楽しんでいた。おそらく、イザベルのクリスマスの喜びも、もともとは同じようなわくわくした気持ちから始まったのだろう。その日の彼女は、そそくさと朝食をすませると帽子をかぶり、すぐに教会に向かった。その際、モーリスには飾り付けについてなにも言わなかった。メイベルは、小声でもう一度モーリスに話しかけ、それにやはり小声で返答をもらうと教会に出かけた。モーリスは小説を手にとり、居間の暖炉のそばに心地よさそうに座った。

しかし、またしても彼は一字も読んでいなかった。なぜ、イザベルはあんなにつっけんどんな態度をとるのだろうか。どんなことも自分でできますからあなたの助けなんかいりません、とばかりにグッと頭を上げて部屋を出ていったのはなぜだろう。自分はクリスマスを祝うことをつまらないと言ったんじゃない、そんなことはイザベルにもよくわかっているはずだ。ローストビーフとプディングのことを言っただけなのに、それを彼女が勝手に曲解したのだ。もう教会に近づかないようにしよう。彼女を愛し、彼女を妻にしようと半ば決めかけていたとしても、そんなことは忘れてしまおう。モーリスにとってなによりもはっきりしていたのは、気取った態度の女性とはぜったいに結婚するつもりはないということだった。飾り付けなんて好き勝手にするがいいさ。そして、それを目にしたら――クリスマス礼拝のときには当然見ることになる――なにも言わずに知らんぷりするんだ。そう決心すると、再び小説をぺらぺらとめくった。だが、仲良しのメイベルとの約束をそのとき思い出した。約束を果たすためだから仕方がないか、そう自分に言い聞かせながら彼はゆっくり教会へと歩いていった。

第二章　カークビー・クリフ教会

カークビー・クリフ教会はウォーフ川のそばにあり、牧師館はそこからおよそ約四分の一マイルほどの、荒地から川にくだる急斜面に建っている。イングランドに、これほどかわいらしくこぢんまりとした教会、そして墓地はない。ここでは人口の大量流入もなかったため、教区民たちが教会の外に終《つい》の住み処を探さなくてはいけないような事態には、まだ至ってなかった。カークビー・クリフの住民は、死後には誰でも緑に覆われた小さな丘に安らぎの地を得られるのだ。教会の中には、教区牧師とその妻、そしてその子どもたちを記念する碑板を飾る場所がまだ残っていた。というのも、この教区には、そのような栄誉が与えられる者が他にいなかったからだ。建物の外には、そこかしこに農場主たちの墓碑が建っている。そして、名もなき小作人たちの墓もあちこちに群がっている。厳かではあったが、絵画のように美しい光景だった。教会そのものは古く、やがては修復という名の一種の破壊行為に曝されることになるのかもしれない(1)。しかし、これまで二百年ものあいだ、覆い茂ったツタの重みに耐えながら、その姿をほとんど変えることなく立ち続けてきた。教会内に目を移せば、オーク材で作られた会衆席、古びていればこそ威厳のある聖書台や説教壇があり、それらはここを見に来た人々の気に入らないことも珍しくない。しかしイザベル・ローンドには、どこをどう変えても、教会の神聖さを汚すことにしかならないと思われた。

この教会のちょうど入り口で、モーリス・アーチャーとメイベルはばったり顔を合わせた。彼女はデイヴィッド・ドラムに付きそわれて、腕いっぱいにツタの枝を抱えていた。「ようやく来てくれたのね、モーリス」と彼女は言った。

「ようやく来てくれただって！　お礼はそれだけかい？　さあ、君たちの仕事ぶりを見せてもらおうか。お姉さんはいるかい？」

「もちろん、いるわよ。バーティが説教壇にあがって、ヒイラギの枝を後ろの反響板のまわりに打ち付けているの。お姉さんもそこにいるわ」

「反響板は腐っていて、真っ黒に汚れちまってるからねぇ。イザベルお嬢様の頭に落っこってしまいますよ。バーティ・クロスグレインのへなちょこの腕じゃダメでさぁ」と教会書記は言った。

教会に入ってみると、メイベルが言った通りの光景があった。年老いた庭師が説教壇の手すりの上に立ち上がり、その下にいるイザベルは、クギと枝を上の庭師に手渡して、どこに打ち付けるのか指示をしていた。「駄目と言ったら駄目だ、お嬢さん。そんな遠くにゃ、手が届かねえでさぁ」とバーティは言った。「あんたのせいで、あっしは石の床に落っこっちまうよ。そうにちげえねえ、もう落っこちそうだ。あっ、駄目です、お嬢さん、あんたはここに登っちゃぁいけねぇ。そんなことしたら、落っこちて骨を折っちまいますぜ。間違いねぇ」バーティ・クロスグレインは、自分が怪我をしそうなことをイザベルに要求されても、せいぜい文句を言うだけでがまんしていたのだが、ここに至ると、とうとう説教壇の床に飛び降りて彼女の両足首をつかんだ。そして心配そうにイザ

クリスマスの飾り付け

ベルを見上げたかと思うと、まるでこれから大層な力わざをやりとげる必要があるかのように両足でぐっと踏んばった。モーリス・アーチャーはこの様子をすべて見ていた。イザベルにも彼が見ているのがわかった。年老いた庭師に両足をつかまれる姿を見られて、あまりいい気分はしなかった。そこから抜け出すには、老人の肩に手をかけて飛び降りるしかなかった。彼女は思い切って飛び降りた。そして、それを見事にやってのけると、まるで庭師のせいで恥をかいてしまったとばかりに彼を叱り始めた。

「手伝いに来ましたよ。昨日はひどいことを言われてしまいましたがね、ミス・ローンド」と、モーリスは説教壇にあがる階段の下の段に立ちながら言った。「ぼくが登って、上の部分の飾り付けをしましょうか」しかし、イザベルは、ミスター・アーチャーにそんなことをさせるわけにはいかないと思った。木材が腐食して崩れやすくなっているので、反響板の飾り付けはあきらめざるをえなかった。というわけで、クロスグレインとイザベルのふたりは教会の内陣まで降りてきた。

イザベルとモーリスにとって、それからの一時間は気まずいものとなった。手伝いを頼んだのは確かに自分だ、だから今さら帰ってほしいなんて言えないとイザベルは思っていた。そんな心持ちのままでは、頼みたい仕事があっても気安く声をかけることなどできるはずもない。彼に対しても多少は怒っていたが、それよりも腹立たしいのは自分自身だった。あの人はひどいことを言われたとわたしを責めたけど、それだけじゃないわ。あれからずっと、あの人に冷たくよそよそしい態度をわたしはとってしまったもの。こんなに大切な人だと感じているのに！　大好きなのに！　それなのにイザベルは、彼を愛していると告白することなど夢にも思わなかった。もしアーチャーのほうから駆け引きなどせずに率直に気持ちを尋ねてきたら、いったいわたしはどうすればよいのかしら。彼を愛せるかどうか、それを自分の心に問いかけるのは心ときめくことでもあった。今、ふたりは半ば喧嘩をしている状態だが、彼女から進んで仲直りするつもりはなかった。よそよそしい、高慢な女と見なされるほかないのだった。だったら男の方から折れなくてはいけないのに、彼女が冷たくよそよそしくしているかぎり、その見込みもない。しかし、ああいう発言は非難されて当然だと彼女は思っていた。「クリスマスなんてつまらない！」そんな言葉を聞くくらいなら、彼との付き合いはまっぴらだわ。もちろん、自分の本心は伝えないと彼女は決めていた。そして、その男が彼女のところにやってきた。それは彼が後悔しているなによりの証拠だった。それでも、態度をやわらげて以前のように仲良く明るく振る舞うことはできなかった。アーチャーはツタの束を引っ張りまわしたり、ヒイラギの枝を好き勝手に飾ってよいことになっていた。しかし、それはイザベルではなくメイベルの指示によるものだった。彼を手伝っているのも農場主の娘であって、イザベルではなかった。彼女はクロスグレインといっしょに、内陣や聖餐台のまわりで黙々と作業を続けていた。他方、アーチャーとメイベルとデイヴィッド・ドラムは、この小さな教会の身廊や側廊で、趣向を凝らす飾りをしようと精を出していた。やがてローンド夫人も加わり、作業はぐっと楽になった。イザベルとモーリスは言葉を交わさないままだったが、デイヴィッド・ドラムが時間を気にしてうるさく言い始めたので、教会を出て、牧師館に昼食をとりに行くことになった。

イザベルは先頭を歩いた。取りつく島もない感じで、一刻も早く牧師館に着くことしか頭にはないようである。ことによると、モーリス・アーチャーも同じ考えだったのだろうか。というのも、彼女の後を追うように歩いていたからだ。まもなくしてローンド夫人や老庭師たちとのあいだにかなりの距離ができると、これで誰にも邪魔されずに三分間はイザベルと話ができるだろうと彼は思った。メイベルは母親といっしょに歩いていた。作業中の飾りをちゃんと完成させるには緑色の絹のリボンが何ヤードか必要だから、その費用を出してほしいと一生懸命におねだりしていたのである。「ミス・ローンド」とモーリスは話しかけた、「ぼくに対して、すこし冷たすぎませんか」

「どういうことですか、ミスター・アーチャー」

「教会に来てほしいと頼んだのはあなたですよ。なのに、一言も口をきかないとは」

「わたしがお願いしたのは飾りの作業の手伝いでした、おしゃべりではありません」と彼女は言った。

「あなたは、いっしょに作業をしてほしいと言いました」

「そんなこと言ったかしら。それに、わたしではなくメイベルに頼まれていらしたのでしょ。だって、わたしがお願いしたときには、クリスマスなんてつまらない、とおっしゃったもの。実際は、もっとひどいことをおっしゃったわ。だから、それ以上はお願いする気にはなりませんでした。メイベルに頼まれ、それでいらした。妹とはおしゃべりしたでしょ。聞こえてきました。あんまり笑いすぎるものだから、よほど注意してやろうかと思ったくらいです。教会にいることを忘れないようにってね」

「ぼくは笑いませんでしたよ、ミス・ローンド」

「あなたの声に耳を傾けていたわけではありません」

「正直に認めなさい」ちょっと間をおいて、彼は言った。「昨日は誤解したってことを。いいですか、あなたはぼくが言おうとしたことを勘違いなさったのです」

「いいえ、そんなこと存じません」

「いや、わかっていたはずですよ。ぼくは、プディングやローストビーフといったクリスマスのお祝いのご馳走について言ったにすぎません。だって、プディングとローストビーフですよ、多少ふざけてもいいじゃないですか。なのに、あなたは、ぼくがクリスマスの信仰心に関わる部分を愚弄したように受け取ってしまったのです」

「あなたはおっしゃったわ、クリスマス全部が……、いいえ、あんな言葉、繰り返したくもありません。なぜ、プディングやローストビーフがつまらないのかしら。他の日にはじゅうぶんに食べものがない人々に、クリスマスにはたっぷりの料理がありますよ、たくさん召し上がれ、という気持ちから用意するのです。それが気に入らないとあなたは言ったのです。つまり、楽しみなんてほとんどない貧しい人たちに、年に一度の喜びを与えてあげることが、あなたにとってはつまらないことなのです。あれをどうでもいいなんて言う人を好きにはなれません。どうです、これが真実です。失礼な物言いや振る舞いをする気はないのですが、でも……」

「あなたは本当に失礼だ」

「訊かれたから、答えたまでのことです」

「よくもそんなことが言えますね、ミス・ローンド。人が人を嫌いになるなんてよくあることです。そんなこと日常茶飯事ですし、誰でも承知しています。あなたがぼくのことを嫌っているのはよくわかりますし、だからといって怒る理由はありません。それがあなたの本心なら、仕方ないでしょう。しかし、そういうことは本人に面と向かっては言わないものです。ましてや、相手が招かれた客となればなおさらです」こう言ったときのモーリス・アーチャーにはそれまでに見たこともないような威圧感があった、それで彼女は自分の言ったことが怖くなってきた。怖くなったばかりか、とても悲しくなってきたのだ。彼のことが嫌いだと、あからさまな言い方をしてしまったのかどうかはっきりとした記憶はなかった。それでも、そんなことを言うつもりなどまったくなかったことは間違いない。確かに、たしなめるつもりではあった。ふたりのあいだにどんなに親密な友情があったとしても、しゃくにさわることがあれば率直にそれを伝える、自分がそういう人間であることを彼にはわかってほしかった。かといって、相手をずっと怒らせてしまうつもりはなかった。

「それでも」とモーリスは続けた、「おそらく真実にまさるものはないでしょう。そんな真実を実際に耳にすることなど、めったにないことですがね」

「わたしは失礼なことを言うつもりはありませんでした」と、イザベルはうろたえて口ごもりながら言った。

「でも、本心を伝えたかったのでしょう？」

「クリスマスについての考えをお伝えしたかったのです」ここで彼女は一瞬、間をおいた。「もし、あなたがわたしの言ったことで気分を害されたのなら、お許しください」

彼女の目は涙でいっぱいになっており、それを見たとたんに彼の気持ちはやわらいだ。なにか言うべきだろうか。傷つけて悪かったと、いや、少なくとも今後は気を付けると。しかし、もしそんなことを言えば、話がふくらんで、言わなくてもいいことまで言ってしまうことにならないだろうか。ここは慎重にしなくては。それにもう牧師館まで来てしまった、話をする時間もない。「昼食がすんだら、また教会に戻りますか？」と彼は尋ねた。

「わかりません。用事がないなら行きません。あら、パパだわ」彼女は彼に謝罪した。丁寧に許しを乞うたのだ。それなのに彼はなにも言わなかった。あの人なんか大嫌い、本当に嫌な人だわ、と彼女は思った。もちろん、モーリスには彼女の本心がわかっていたが、わからないふりをして、いわばイザベルより上に立とうとしたのだ。女が気が進まないながらも百歩譲って頭を下げたのに、男は体面にこだわり、それでも満足しなかった。彼がうぬぼれ屋で高慢なことは、彼女にはとっくにわかっていた。でも、男の人には誰だってそういうところがあるから、それは勘弁してあげようと思っていた。それに、そういう欠点があるからこそ、愛する価値があるのかもしれないとも思った。しかし、心が狭いことまでわかってしまったら、話は別だ。騎士道精神に欠けた男性なんて女から見てなんのとりえもなかった。彼女は家の中に入っていき、父親の腕に手を触れただけで、そのまま通り過ぎて自分の部屋に行ってしまった。「イザベルはどうかしたのかね」とローンド氏は尋ねた。

「働きすぎて疲れたのでしょう」とモーリスは言った。

それから一〇分としないうちに、みんな食堂に集まってきた。メイベルは午前中の作業について大きな声で説明した。バーティ・クロスグレインとデイヴィッド・ドラムは、反響板が古くなっているのでぜったいに触ってはいけないと口をそろえて言った。すると、メイベルはいつか板が崩れ落ちて、説教壇にいる「パパをペチャンコにしてしまうわ」とひどく心配してみせた。牧師はそんなひどいことを言うものじゃないよと笑った。それから午前中の様子が事細かに語られ、イザベルが「骨を折っちまう」のではないかとバーティが心配したことに話が及んだ。「バーティのカツラがはずれかけちゃったのよ。それからね、イザベルの両足首をぐっとひっぱったものだから、姉さんは飛び降りてバーティに抱き止められそうになったの」とメイベルは説明した。

「そんなことはなかったわ」とイザベルは言った。

「反響板には、なにも飾らないようにしなさい」と牧師が言った。

「そうしていますわ、パパ」とイザベルは厳粛な面持ちで言った。「今年は中途半端でやめてしまうものがいろいろあるわね」イザベルは作業が嫌になっていたので、教会に戻らなくてもよいのならそうしたかったのである。

「いろいろってなによ」、相変わらずやる気満々のメイベルが言った。「残りの作業は全部終わらせるわ。できないはずがないじゃない。だって今の段階で、去年、デイヴィッドとバーティが食事に出かけたときよりもはかどっているもの。もう、グランビー・ムア様寄贈の信徒席は終わっているのよ。いつもは昼食後に手をつけていたのに」しかし、この時点でやる気満々だったのはメイベルだけだった。いつものように手伝いに来ていた農場主のふたりの娘は、こういうときにけっして口を挟まなかった。ローンド夫人は、自分の担当分はすませてしまっていた。モーリスは、この問題について口を出してよいのか判断がつかなかった。イザベルは黙ったままだ。しかし昼食はすぐに終わり、いつまでもその場にいるわけにはいかなくなった。四人の娘は当然作業に戻ったが、モーリスは行かなかったし、その理由も言わなかった。

「夕食前に、ハンドルウィックに行ってきます」と、みんなが立ち上がるとすぐに彼は言った。夕食には間に合わないだろうと牧師は心配した。「いいえ、だいじょうぶです。往復で一〇マイルですので、二時間半です。あちらには二時間いるつもりです。住民たちが、地元の教会をどうしているのか、どのようにクリスマスのお祝いをするつもりなのか、見ておかないといけませんからね。明日、もう一度、あちらに行くことになるかもしれません」メイベルでさえなにかまずいことが起きたのだと察しがついたので、彼が無責任にも途中で作業を放り出してもなにも言わなかった。

モーリスは言葉通りハンドルウィックとのあいだを往復した。ハンドルウィックの教会は、彼の農場からさらに一マイルほどのところにあったが、かまわず出かけて行った。そこで彼の土地を頼りに生活している人たちのために用意されていたローストビーフやプディングの材料を追加してやった。しかし、このことは、カークビー・コテッジに戻ってきてからも誰にも言わなかった。一二マイル歩き、周囲の様子を観察し、何人かの知り合いを訪ね、それでも、牧師館での夕食に間に合ったのだった。道中、ああでもないこうでもないと考えながら気持ちを整理しようとした。説教壇で飛び降りたときのイザベルは本当にかわいらしかった、それに失礼を詫びたときの彼女もかわいかった。クリスマスについて自分が話したことに、彼女はいわば「食って掛かってきた」が、彼女がしっかり自分なりの意見を持っているからこそ魅かれたのではないか。入口の門に寄りかかって、ハンドルウィックの屋敷をしばらく眺めていると、ふと、伴侶もなくそこに住むことはできないような気がしてきた。それから、また歩き始めて牧師館に戻り、夕食にそなえて着替えをすませ、誰よりも先に客間に入っていった。

その日の午後、かわいそうにイザベルはとてもみじめな思いをして過ごすことになった。作業は嫌でたまらず、実際、頭痛までしてきたのでなにをしても集中できなかった。メイベルにはとげとげしく、デイヴィッド・ドラムやバーティ・クロスグレインにはぶっきらぼうな態度をとった。農場主のふたりの娘たちは、ヒイラギの枝を好きなように飾ってよいことになっていたが、そんなことは普通ならありえないことだった。というわけで、イザベルは牧師館に戻ってくるなり、もう寝ますと告げた。ローンド夫人は、娘のそんな振る舞いを見たのは初めてだったから、ひどく驚いてしまった。クリスマス・イヴなのに自室にこもって寝てしまうなんて！　しかし、イザベルの決意は固かった。頭痛がひどいから寝ているほうが楽だった。無理をしたら、明日は頭痛だけではすまなくなってしまうだろう。食欲もないし、なにも欲しいとは思わなかった。もう、お茶も飲みたくない。すぐにでも横になりたかった。そして、本当に寝てしまった。

自分自身に対して彼女はやりきれない気持ちだった。モーリスは自分への愛情を、いわば永遠に断ち切ろうと決意したのだろうか、とイザベルは考えていた。自分自身に腹が立っているのか、彼に腹が立っているのか、イザベル本人にもわからなかった。それでも、彼女としては本気で仲たがいしてしまう気はなかった。もちろん、彼女の主張は本心からのものだった。しかし彼女の意図した以上のことを彼は感じてしまったのだ。もし口論したいなら、そうすればいい。でも、あの人は、わたしがちょっと文句を言っただけでも本気で怒ったわ。そんな人が、友だちとしてならいざ知らず、わたしのことを心から好きになるなんてありえないわ。わたしのことなどまったく愛していないのよ。そうでなければ、あれほどひどい扱いはしないはず。本当にひどい、だから大嫌いだわ。ところが、それにも増して彼女は自分が嫌だった。どんな権利があって相手を非難したあげく、面と向かって嫌いだなんて言ってしまったのだろう。そんなことをしたら、ハンドルウィックに出かけてしまうのも当たり前だ。行ったきりで戻ってこなかったとしても、少しも不思議でない。でも、彼は戻ってきた。みんなそろって夕食に向かう声が聞こえてきたが、彼女はそこにいない。すると、自分がまた嫌になってきた。彼の声は、これまで以上に楽しそうに聞こえた。昨晩から今日の午前中にかけて、黙りこんだまま不機嫌そうだったのに、わたしがいないとおしゃべりをして上機嫌だ。下の階から、メイベルの笑い声が鳴り響くと、妹のことさえ嫌いになりそうだった。具合を悪くして上の部屋で横になっているせいで、みんなが明るく楽しそうに思えてしまう。そのときどっと笑う声が聞こえてきた。上の階で休んでいてよかった。もし、わたしがあそこにいたら、誰も笑わなかったでしょうし、楽しい気分でもいられなかったでしょう。モーリス・アーチャーはみんなのことが好きなのだわ。わたし以外のみんなを。それも当然のことだわ、だって、あんな態度をとってしまったのだもの。独りよがりの忠告なんて、誰も聞く耳をもたないわよね。しかし、イザベルは、こうしてひとりさみしく、みじめな気持ちで横になっていても、ひとつだけ迷わず言えることがあった。それは、今さら、彼への態度を改めるつもりはぜったいにないということだった。あの人はわたしに冷たく接することにした。ならば、わたしも氷のように冷たくしてあげる。みんなの声が何度も聞こえてきた。枕を涙で濡らしながら、やがて眠ってしまった。

第三章　なぜ、イザベル・ローンドは嘘をついたのか

翌朝――クリスマスの朝――目を覚ますと頭痛は消えていた。イザベルは着替えながらいくつかのことを心に決めた。悲しみの頂点が過ぎてしまうと、あんなに悲しむなんて自分はなんて愚かだったのだろうと思えてきた。結局、わたしはなにを失ったというの、それに、どんな悪いことをしたというの？　そうよ、アーチャーを恋人と思ったこともないし、恋人になってほしいと願った

こともないもの。彼女にとってなによりも明白だったのは、ふたりの相性が良くないということだった。心の中で、結婚するなら牧師様がいいわ、と思ったことは何度かあった。なのに、モーリス・アーチャーには牧師らしいところなど微塵もなかった。不遜なうえにそれを隠そうともしない、この家の中でさえも。クリスマスなどつまらないという彼の言葉は、彼女にしてみればもっとも聞きたくないものだった。好きだという素ぶりすら見せない男のことで、ベッドの上で涙を流してしまうなんて、わたしはそれほどまでにあわれな女なのかしら。あの人の言うこともすることもまったく気に食わないし、たとえ結婚を申し込まれても、ぜったいに断わってやるわ。昨晩のおとなげない行動については、具合が悪くなったのは作業のせいであり、たとえモーリス・アーチャーの姿がなかったとしても、また彼の声が聞こえなかったとしても、同じように早めに寝てしまっただろう、いや、そうしたにちがいないと考えることにした。そして、着替えながら、今日という神聖な日には、病気の素ぶりや不機嫌そうな様子を少しも見せまいと決心した。みんなには明るく幸せそうな姿を見せよう。説教壇にいたときの、バーティ・クロスグレインが、私が転びそうだと思って足につかみかかってきた話にも笑ってみせよう。モーリス・アーチャーには、手を差し出しながら、メリー・クリスマスと真心を込めた挨拶をしよう。そうすれば、喧嘩のことはすっかり忘れてしまったと、すぐにそう理解してくれるだろう。どうしてもそのように理解してもらうし、少なくとも、忘れたことにしたいと思っていることだけは、きっと理解してもらうわ。わたしにとってあの人はどういう存在なのかしら。これほど大切な日にもかかわらず、あの人のことをちょっと考えただけで、こんなに心がかき乱されてしまうなんて。

彼女は階段を降りていった、使用人を除けばまだ誰も起きてはいないはずだった。メイベルの部屋に入ると、まだ寝ぼけたままの妹にキスをして、なんども、なんども、クリスマスおめでとうと言った。

「まあ、ベルったら、身体の具合はよくなったのね」とメイベルは言った。

「もちろんよ。すっかり元気になったわ。頭痛には睡眠がいちばん、一二時間も寝たからもうだいじょうぶよ。どうして、あんなに気分が悪くなるほど疲れてしまったのかしら」

「モーリスがなにか言ったせいだと思ったけど」とメイベルは言った。

「それはちがうわ。ミスター・アーチャーというより、むしろバーティのほうだと思うの。あのお爺さんったら、落ちるぞってわたしを脅かすんですもの。それはそうと、もう起きなさい。パパはもうお部屋にいらっしゃるから、お祈りに遅れてしまうわよ」

そう言うと台所に降りていき、使用人全員に朝の挨拶をした。バーティには特にいたわりの声をかけ、教会での作業について丁重に礼を言った。彼は、クリスマスの朝はいつもここで朝食をとることになっていた。

「お嬢様はあの若者のせいで、心を痛めることになりますよ。あいつはあてにならない男でさぁ」とバーティは、ミス・ローンドが台所のドアを閉めるとすぐに言った。この問題については、イザベル本人よりも自分のほうが彼女の立場をわかっているとでも言いたげな様子だった。

この後、イザベルは居間に行って朝食の準備をした。そして、父親へのささやかな手作りのプレゼントを彼の皿の上に置いた。すると、なんとモーリス・アーチャーがそこに現れたのだ！

モーリスが朝のお祈りの時間に降りてこないことは当たり前になっており、それはこの家の誰もが知っていることだった。イザベルにとってそれは許しがたかった。彼はいつも最後にやってきた。たいていのことには意欲的に取り組むのに、いつまでもベッドから出てこない、その点では怠け者としか思えなかった。さすがに牧師館に来た日の翌朝は、緊張とよその家でお世話になっているという意識からベッドから出てきた。だが、振り返ってみても、その朝以来、お祈りの時間に彼の姿を見たことは一度もなかった。その彼が予定時刻の三〇分も前に、階下に姿を見せたのである。これからの三〇分間、彼とふたりきりだ。しかし、彼女は怖気づいたりしなかった。

「まあ、驚きだこと！」と言って彼の手を取った。「早起きしたぶん、長いクリスマスになりますわね。でも、素敵な一日になることを、心から願っています」

「それはあなた次第です」と彼は言った。

「わたしにできることなら、なんでもいたします。あなたにはほんのわずかしかローストビーフをお出ししませんし、残念ですが、プディングもあなたの近くには置かないようにします」そう言って彼の顔をのぞいてみると、いつになく、真剣で、いかめしいほどの表情をしていた。「どうなさったのですか？」と彼女は尋ねた。

「いや、あの、だいじょうぶだと思います。たとえ、とても言いにくいことであっても、いざ、その瞬間が来たなら、言わなければならないことがあるのです。ミス・ローンド、私はあなたの愛がほしいのです」

「なんですって！」と声をあげながら、彼女はあとずさった。なにか怖ろしい言葉が耳から入ってきたかのようだった。彼から求婚されるのを夢見たとしても、それはずっとずっと先のことだと思っていた。彼がハンドルウィックに落ち着いたのち、年月をかけて、ふたりがお互いのことをもっと深く理解しあえるようになってからのことだと。

「そうです、ぼくはあなたに愛してもらいたいのです。そしてぼくの妻になってほしいのです。どう言えばよいのでしょうか。この世における誰よりも、なによりも、あなたを愛しているのです。世界中のどんなものよりも、あなただけを。出会った瞬間から愛してしまったのです。そうなんです。初めてあなたのお顔を拝見した瞬間に、それがどういう結果になるのかぼくにはわかりました。そして、あなたの言葉を聞くたびに、あなたの瞳を見るたびに、ますます好きになったのです。もし、昨日のことであなたに嫌な思いをさせたのであれば、どうか、お許しください」

「いいえ、そんな」と彼女は言った。

「クリスマスについてあんなことを言う前に、きちんと考えるべきだったのです。本当にそう思います。ぼくはただ、つい冗談半分に……。でも、そうしたことは、あなたのお気に召さないことだとわかっておくべきでした。お許しください。教えてください、イザベル。ぼくのような者を、あなたは愛してくれますか？」

仮に結婚を申し込まれることがあっても、きっぱり断ろうと決めてから三〇分と経っていなかった。そのときは、そんなことはありえないと思っていた。彼は、わたしが似合いの妻になれるような男性ではない。だからこそ好きにならないし、彼もぜったいに自分を好きにはなるはずがないと決めてかかっていた。それが今、本当に結婚を申し込まれたのだ！　すると彼女の心をよぎったのは、父親の許しを先に得るべきではないかということだったが、それが正しいかどうかは自信がなかった。いずれにせよ、こうして今は目の前に相手がいるのだから、なにがしかの返事をしなければいけない。どう答えればよいのか、まったく考えが浮かばなかった。すっかり動転してしまって、そんなことができる状態ではなかった。本人自身、あとから振り返ってもぜんぜん思い出せなかったのだが、どういうわけかこのときの彼女は、人としての義務、女としての慎み、そして子としての従順さなどが頭をかけめぐって、すぐに断わるべきだと思ってしまったようだ。実際、彼の申し出を受け入れることは、今の彼女には到底できなかった。「イザベル、いつの日か、ぼくを愛してくれるでしょうか」と彼は言った。

「ミスター・アーチャー、やめてください。そのようなことをお尋ねにならないでください」と彼女は言った。

「なぜですか」

「だって、ありえないからです」驚くほどに率直な返事だった。彼女の声は、あたかも永遠の運命を決するかのように彼には聞こえた。不思議なことに、この瞬間にも彼女の心は彼への愛にあふれていた。考えることはできなかったが、感じることはできたのだ。彼女は心の底から愛していた。ありえないと言ったその瞬間に、これまでの不安は消え去り、彼女は愛を勝ちとった勝利感に包まれた。自分の愛する男が、足元に今ひざまずいているのだ。

若い娘が、男から初めて愛の告白をされたら、その男を愛しているかどうかはともかく、心から尊敬している相手であれば、まず感じるのは勝利の喜びである。それはオリンピア競技祭の勝者の胸を熱くしたのと同じような感情だ。女にとって、男は槍で手にした戦利品であり、武勇の成果であり、弓矢でとらえた獲物なのだ。しかも、女は自分にもよくわからぬ不思議な力で相手の心をつかみ、思い通りに男を従わすことができる。このときのイザベル・ローンドがまさにそうだった。自分に注がれた熱い眼差し、愛を切望する声に彼女は気づいていた。しかし、彼女は拒むほかなかった。後日、このときのことを振り返ってみても、なぜそんなことになってしまったのかわからなかった。心から愛してはいても、どうしても超えることのできない壁があると自分に言い聞かせ続けた。あるいは、彼女の胸の内にある乙女らしい慎みが強すぎて、愛を打ち明けることができなかったのであろうか。

「ありえないですって！」とモーリスは落胆のあまり叫んだ。

「いえ、ちがうのです」

「なにがちがうのですか。実は、あの書斎での一件があるまでは、少しは好感を持っていてくれると信じ込んでいました」少しは、ですって！　ああ、どれほど愛していたことか！　今ごろになって、彼女はそれを痛感していた。けれど、どうしても気持ちを伝えることができなかった。「もう怒っていませんよね、イザベル」

「ええ、怒っていません」

「どうして、ありえないのでしょうか？　イザベル、どうあっても愛してもらえないのでしょうか」彼はここで彼女の手を取ろうとした。だが、彼女はさっと手を引いた。自分の言っていることをわかってくれない相手に、どういうわけか腹が立ってきたのだ。自分が彼になにを求めているのかわからない。だが、愛することはできないときっぱり言っているのに、手を取ろうとするなんてとんでもないことだわ。さらにしつこく彼がせまってきたので、彼女の両頰は紅潮してきた。「本当に、ぼくを愛することはぜったいに、ぜったいに、ありえないことなのですか」彼女は、返事らしきことをつぶやいたが、自分でもなにを言っているのかわからなかった。すると彼は、彼女に背を向けたまま、夜のあいだに降り積もった雪を見つめて立ちつくしていた。数秒間、彼女は身じろぎもしなかったが、逃げ出すようにして部屋を出て自分の寝室にもどった。部屋に入るとすぐに、わっと泣き出した。このまま永遠に、幸せを投げ捨ててよいのだろうか？　彼の心からの求愛を受けても、愚かなわたしは本心をありのままに伝えることができなかっただけなのに。これが、わたしの夢見ていたクリスマスの喜びなの？　でも、きっとあの人はもう一度わたしのところに来てくれる。あの言葉通りにわたしを愛しているのなら、もしカークビー・クリフにきたときから妻にしたいと思っていたなら、あの人はあきらめたりしないはずよ。だって、いきなりのことで取り乱して、本心を打ち明ける勇気がなかっただけだもの。だが、こうして涙を流しながらも、あの勝利の喜びが込み上げてきた。勝ち取ったものがなんであれ、勝利にはこうした高揚感がともなう。とにかく、あの人がわたしに捧げた愛をなにものも奪うことはできない。すると、突然、彼女はなにかを思いついて廊下を急いで走っていった。そして次の瞬間には、上の階で母親の腕に強く抱かれながら、話を聞いてもらっていた。

そうこうするうちに、ローンド氏が居間に降りていくと、モーリスは相変わらず外の雪を眺めていた。型通りの朝の挨拶をしながら、この若者が早起きしたことを牧師もやんわりと皮肉った。するとモーリスは「はい、特別にしなければならないことがあったものですから。クリスマス、おめでとうございます。ぼくにとってめでたいかどうかはわかりませんが」と言った。

「えっ、なにか気になることでもあるのかね」

「今日はひどい天気ですね」とモーリスは言った。

「それで困っているのか。私は、クリスマスには少しくらい雪が降ったほうがいいがね。すがすがしいし、昔からクリスマスと言えば雪だからかねえ。それに、年配の女性が家から出られないほどの雪でもない」

「そのようですね」とモーリスは、相変わらずまごまごしていた。言いたいことがあるのに、どう言えばよいのかわからなかった。「ミスター・ローンド、最初にあなたのところに伺うべきだったのですが、思いがけないことになってしまったものですから」

「最初に私のところに来るだって！　思いがけないこととは？」

「はい、今朝、ぼくがここに降りてくると、お嬢様がいらっしゃいました。そこで、ぼくは結婚を申し込みました。怒らないでください。彼女は、きっぱりとお断りになりましたから」

「娘はさぞかしびっくりしただろうね、モーリス。少なくとも、私はそうだよ」

「ご心配には及びません。ミスター・ローンド。お嬢様はまったく落ち着き払っていましたから。実際、ぼくのことをなんとも思ってないのでしょう」ああ、かわいそうなイザベル！「ぼくを愛するなんてありえない、とはっきりおっしゃってここから出ていかれました」

「娘には思いもよらないことだったのではないのかね、モーリス」

「ええ、その通りです。ぼくからのプロポーズなんて考えたこともなかったのでしょう。なにしろ、ぼくのことなど、年老いた犬ぐらいにしか考えていなかったのですから。男なら馬鹿なことをして、時には物笑いになることがあります。でも、乗り越えてみせます」

「ああ、そう願っているよ」

「ここに引っ越してくるのはやめにします。そんなこと、ぼくにはできません。おそらく、土地を売り払ってアフリカにでも行くことになるでしょう」

「アフリカに行くだって！」

「はい、そうです。どこだっていいのです。誰も住んでいないような遠く離れた場所であれば。ただ、クリスマスなので、今日のところはこちらでお世話になります」

「もちろん、そうしてくれたまえ」
「よろしければ、明日の早朝にでも出発いたします。あわただしくて申し訳ありませんが、ご理解ください。それに、ぼくがここにいると彼女も不愉快でしょう。もっとも、ぼくのことなんて年老いた牛ぐらいにしか思っていらっしゃいませんが」

言うまでもないことだが、牧師はモーリス・アーチャーよりもかなり年長であり、そのぶん世間のこともわかっていた。もちろん、恋の病にもかかってはいない。だから、若い娘の性格をアーチャーよりずっと近くで観察できる有利な立場にあった。先週は妻が心配ばかりするから、いらいらさせられ通しだったのだが、その心配も、今のアーチャーの落胆ぶりやアフリカ行きの話からすると取り越し苦労だったようだ。愛娘が悲しみにうちひしがれてしまうのではないかとローンド夫人はしきりに心配していた。その一方で、あの若者は、娘に少しも好意など持っていないと信じてもいた。この家に招くべきではなかったのだ。しかし、現実に彼はここにいるのだから、親としてはなにか対策を講じなくてはいけない。牧師は、こういうことは落ち着くべきところに落ち着くものだと考えていた。ただし、どう落ち着くかは、アーチャーの側にその気があるかどうかではなく——これについては、当の本人がもはやそういう気はないと明言している——、娘の分別にかかっていると思っていた。これまで愛の言葉ひとつかけてくれたこともない若者にイザベルが心を揺さぶられたりはしないだろうと牧師は考えていた。ことによると、言いたいことも言えないような気弱さが不幸を招いたとしても、娘としては我慢するしかないだろうと牧師は心の内で呟いた。若い男女が恋に落ちるといけないから、同じ屋敷で暮らすことがないようにするなんて、彼には馬鹿げたことでしかなかった。それに、これまでそんな恋愛の兆しなど目にしていなかった。それなのに妻が不安をあおるので、彼まで心配になってしまった。今は事態が逆転した。恋に破れたのは青年のほうで、愛する若い娘に老犬のような扱いを受けたうえに、おいぼれ牛同然に見なされてしまい、すぐにでもアフリカに行きたいなどと言っているのだった。

こんな立場に立たされた父親としては、たとえこの青年を求婚者として認めても、娘が彼を受け入れるだろうとの希望を与えるわけにはいかなかった。娘の代弁もできないし、もう一度求婚してみてはどうかと勧めることもできない。今回の場合、娘のほうが冷たい頑なな態度をみせたということだが、ローンド氏は、何度でも粘り強くぶつかれば、きっと娘の態度もやわらいでくると思っていた。しかし、事情がまったくわかっていなかったので、とりあえずアーチャーに向かって、そんなに急いでアフリカに行かなくてもよかろうにとしか言えなかった。「イザベルがいるからといって、そんなに急いで出ていく必要はないと思うがね」と穏やかな笑みを浮かべて言った。

「ぼくには耐えられません。本当です」とモーリスは反射的に答えた。「今朝、ここでお嬢さんに話したことについては、どうかお気を悪くなさらないでください。あなたが最初にいらっしゃっていれば、あなたにお話しするつもりだったのです」

「だとしても、君のことは娘にまかせるほかなかっただろうね。さあ、みんな集まってきたぞ。それでは、お祈りを始めるとしよう」彼がこう言っているあいだに、ローンド夫人が部屋に入ってきた。そのすぐ後ろにはメイベルが、少し遅れてイザベルが入ってきた。その後ろには三人の女中が一列になって順番を待っていた。モーリスはローンド夫人が格別やさしい態度で自分に接しているることに気づかずにはいられなかった。というのも実際のところ、夫人はこれまで彼がさながら飢えた狼でもあるかのように、いつも距離を置いていたからだ。それが今は彼の手を取り、目には母親のような愛情を浮かべ、メリー・クリスマスと声をかけてくれたのである。いつもよりやさしくしてくれるわけか。それも当然だな。なにしろ、ぼくは恋に破れたみじめな男だから。当たり前だけど、イザベルは母親に話してしまったんだな。あわれなものだな、こんなふうにやさしくされて。明日はきっとここを出ていこう。こんなやさしさなんてまっぴらごめんだ。

朝食の席では、お互いにみんな努めて明るく振る舞おうとした。メイベルはなにかあったなとは勘づいていたが、本当のところまではわからなかった。イザベルはこの日の朝のことについては固く口をつぐんでいたが、それがうまくいったとは言い難い。母親は娘がどんな気持ちでいるかをたちどころに見抜いてしまっていたので、アーチャーのことが好きなのかどうか改めて確認する必要はなかった。そのうえで、相手の男の愛が受け入れる価値のあるものなら、きっともう一度求婚してくるはずだと言った。「それはないと思うわ、ママ」とイザベルは母親の腕の中に半分顔を埋めながら小声で答えた。「たいていの男の人はそうするものなのよ」とローンド夫人は言いながら、なんとしても機会を見つけてやろうと思った。というわけで、彼女はモーリスにとても親切に接し、まるで家族の一員であるかのように話しかけたのである。これまでは母として心配でたまらず彼のことを警戒していた。それは、飢えた狼のように娘の心を奪っても、きっと知らんぷりを決めこむような男だと思っていたからだ。しかし、今や役に立つ飼いならされた羊として家族の一員に加わりたいとの気持ちを彼自身が明らかにした——だから、どれほど親切にしても、しすぎることはなかった。牧師はこうした様子をつぶさに見て、妻の心の動きが手に取るようにわかった。そこで、招待客を罠にかけるような誘いの言葉がないように心を砕きながら、努めて目下の問題に差しさわりのない話題をえらぶようにした。自分の説教のこと、デイヴィッド・ドラム、そして近所の救貧院の入居者たちに与えるプディングの配給量などについて彼は語ったのである。寄付金のおかげで、プラム・プディングの負担が軽減されたとはいえ、農場主たちがあまり協力的ではないとローンド氏は考えていた。「ラヴァスロープ農場のファーニスなんて半クラウンだよ。私は、あの男に恥を知れと言ってやったんだ。すると、自分の子どものぶんのプティングがあれば、それでじゅうぶんだと食って掛かられてしまったよ」

「このあたりでいちばん裕福な農場主なんですよ、モーリス」とローンド夫人は言った。

「三百エーカー以上の土地を持っているんだ。あれだけの土地があれば、二倍は出せるはずだ」と牧師は言った。さも憤慨しているかのような話しぶりだったが、実は、救貧院のクリスマスよりも娘のことで頭がいっぱいだった。モーリスは一言二言、返事をしたが、話題がプディングではあまり興味もわかなかった。ラヴァスロープ農場のファーニスなんかより、イザベルのほうがもっと冷酷だと彼は思った。そもそも、なぜ自分がここの住人たちのことを考えなくてはいけないのか。

土地を処分して、アフリカに行こうというのに。しかし、彼は笑顔で返事をし、トーストにバターをぬり、悩みなどなにもないかのように振る舞おうとしていた。

牧師は妻より先に、メイベルといっしょに教会に向かった。「モーリスはどこか具合でも悪いのかしら」と娘は父親に聞いた。

「そんなことはないと思うがね」と彼は言った。

「だって、今朝はまるで口がきけないみたいなんですもの」

「みんながみんな、おまえのようなおしゃべりではないんだよ、マブ」

「わたしがママやベルよりもおしゃべりだなんてことはないわ。ベルはモーリス・アーチャーと喧嘩したみたいだけど、パパはなにか知ってるの？」

「知らないなあ。なにはさておき、喧嘩というのはいけないねえ、特に今日はね。それはそうと、とても素敵な飾り付けじゃないか。反響板の飾りがなくたって、少しも見劣りしないよ」メイベルはそれからデイヴィッド・ドラムの家に行って、プラム・プディングの出来ばえについて尋ねた。

聖餐式まで教会にいるつもりなのかどうか、あえて誰もアーチャーに問わなかったが、彼は残った。イザベル・ローンドを喜ばせたいという、およそ聖餐式にはふさわしくない不埒な願いを彼が持っていないことを、われわれは希望したい。だが、モーリスが残ったことで、イザベルは大いに喜んだ。われわれとしては、彼女が低い手すりのところで恋人の横にひざまずいたとき、その初々しい心が愛ではちきれないことを望むばかりである。実は、父親が説教をしているあいだ、彼女はずっと彼のことを考えていた。これ以上考えるのはよそうと頑張ってみても、余計に考えてしまうのだ。だが、これは許してあげようではないか。母親が、もう一度結婚を申し込みに来るだろうと言ったときには、さすがに、そうなってもまた断るだけだとつっぱねようとはしなかった。母親は娘の心情をすべて理解しており、彼がもう一度求婚しなければ、娘は悲嘆にくれるだろうと思っていた。イザベルは、ぜったいに愛することはないと彼にはっきり伝えた。しかし、そう断言したときも、まさにその瞬間に、彼が自分にとって世界のなによりも愛しい存在であることを自覚した。なぜ嘘をつくようなひどいことをしたのか。もしアーチャーがなにも言ってこないことで、自分が嘘をついた罰を受けているとしたら、それは当然の報いではないのか。その朝に自分が犯してしまった大きな罪——彼女のことをとても愛していて、幸せにしたいと望む男性に対して犯した罪のことで、彼女の心は揺れ動いていた。目の前で、父親がクリスマスにうってつけの一節を聖書から引用して、キリスト教徒としての慈悲と寛容を説いているというのに。父親の声はまったく耳に入ってこなかった。いつもなら、この娘がいちばん熱心な聞き手だった。しかし今朝の彼女は、自らのキリスト教徒らしくない行為を後悔するばかりで、それ以外のことは考えられなかった。そうしているうちに、聖餐式となり、アーチャーがやってきて彼女の横でひざまずいたのだった！　彼には彼女の罪を許すことなどはできなかった。なぜなら、そもそもイザベルが彼に対して罪を犯したなどとは知る由もなかったからだ。

イザベルは教会でのお祈りが終わると、いつも通り、近所の村に住んでいる貧しい友人たちを訪問することにした。モーリスとローンド夫人は牧師館に戻ったので、メイベルとふたりで出かけた。みんな彼女を歓迎しつつも、いつもと様子がちがうことに気づいた。メイベルですら、なにか悩みごとでもあるのかと尋ねるほどだった。

「どうしてそう思うの。雪の中を歩くのが嫌なだけよ」

そこで、メイベルは勇気を出して聞いてみた。「隠しごとなんてしないで教えてよ、ベル、お願い。わたしも教えてあげるから」

「なにを言っているかわからないわ」とイザベルは怒ったように言った。

「なにか隠しているんでしょ、ベル？　きっと、モーリスのことね」

「よして。いい加減になさい」イザベルは言った。

「わたしはモーリスが大好きよ。お姉さんは好きじゃないの？」

「お願いだから、彼の話はしないで、メイベル」

「モーリスはお姉さんのことを愛していると思うの、ベル。だったら、お姉さんも好きになっちゃえばいいじゃない。だって、あんなに素敵な人なんているかしら。ハンドルウィックに住むことになっているのも、とても楽しみよね。パパだって、そうなったらいいって思っているんじゃないかしら」

「知らないわ。もうわからないの、どうしたらいいの！」すると、彼女はわっと泣き出してしまった。そして、村からの道中、歩きながらメイベルに本当のことをすべて打ち明けた。メイベルは、その話を聞いてとても驚いた。そして、今のような状況では、モーリスがふたたび求婚してくることはないだろうと言った。

「だとしたら、死んでしまいたいわ」とイザベルは今の気持ちをそのまま伝えたのである。

第四章　過ちを後悔するイザベル・ローンド

悲しみに打ちひしがれ、このままでは命を失いかねないというのに、イザベル・ローンドは子どものころからの馴染みの家々を最後まで回りきった。とにかく、カークビー・クリフのすべての住人にクリスマスを祝ってもらいたかったからである。貧しい地域ではなかったので、たいていのものは足りていた。しかし、ローンド牧師はいわゆる金持ちではなかった。教区に定住している大地主はひとりもいなかった。農場主たちは、自分たちだけに与えられた「特権」を実によく理解していた。つまり、紳士階級ではないので、裕福ではあっても寄付をするような立派な振る舞いをする必要がないと思っていて、そのぶん、財布のひもも固くなりがちなのであった。だから、老人や病人たちへの施しが難しくなることがあった。この村に、マクルワートという名前の年老いた未亡人が住んでいて、足の不自由な娘と、両親を失った三人の孫をかかえて苦しい生活をおくっていた。イザベルはここ数日間牧師館にいるときに、この老未亡人の家にクリスマスを祝うためのものがじゅうぶんにそろっているのかどうか心配だと言っていた。もちろん、ある程度のものは配られていたが、それで足りるとは思えなかった。かつて母親が「ねえ、おまえ、貧しい人たちに向かって、貧しくないと思わせようとしてもだめよ」と言ったことがあった。

「一年に一日だけのことだわ」とイザベルは訴えた。

「誰かに余分に与えるってことは、そのぶんを誰かから取ってくるってことなのですよ」とローンド夫人は経験にもとづく厳格な教えを示した。気の毒なことにイザベルはなにも言い返せなかったが、それでも、マクルワート夫人の家に配給される量は足りるのだろうかと気がかりでならなかった。さて、彼女がこの未亡人の家に入っていくと、家族全員でクリスマスのすばらしいご馳走を食べる準備をしているところだった。マクルワート夫人はいつも陽気というわけではなかったが、この日ばかりは誰よりも嬉しそうにしていた。子どもたちは黙ったまま目を大きく見開き、期待に胸をふくらませて、真剣な顔つきをしていた。その子たちの、足の不自由な叔母はジャガイモやキャベツといっしょに不器用に煮込んだだけの大きな牛肉の塊を、鍋から大皿に移しかえていた。とにかく量はじゅうぶんだった。というのは、五人前の食欲をもってしても――たとえ五人全員が元気いっぱいの若者だったとしても――一回の食事ではとても食べきれないほどの量があったからだ。それに、イザベルはプディングがあることも知っていた。それは彼女自身が届けたものだった。だが、この時間には、すっかりたいらげられていることだろうと思っていた。「よかったわ、みんなにじゅうぶんに行きわたって。とっくに食事はすんだと思っていたの。これで失礼する

グラシントン近郊の風景

わね」とイザベルは言った。

　老女は椅子から立ち上がって会釈をすると、握手をしようとシワシワの手を差し出した。子どもたちは、これまで以上に大きな口を開けて、もう待てないという感じだった。足の悪い叔母がお辞儀をして、事情を説明した。「イザベルお嬢様、牛肉っていうのは、煮るのにやたらと時間がかかるんです。だからといって、子どもたちに生のまま食べさせたりしてはいけませんしね」この意見にイザベルはうなずいて、そんなに長い時間煮込まなくてはならないほどたくさんのお肉があってよかったわ、と言った。すると、ここで意外なことが明らかにされた。「アーチャー様が、ローディーの店から肉をたんまり送ってくださったんです。ありがたいことです！」すると老女も「アーチャー様に神のお恵みを！」と小声で言った。子どもたちは、年長者のお祈りに合わせてアーメンと唱えなくてはいけないと気づいたのか、なにかぶつぶつ呟いた。ローディーというのは、六マイルほど離れたところにあるグラシントンに住む肉屋のことである。カークビー・クリフには肉屋は一軒もなかったのだ。イザベルはみんなにやさしく微笑みかけ、目に涙をいっぱいためて、なにも言わずにこの家を後にした。

あの人がこんなことをしたのは、わたしがこの家の人たちにきちんとしたもてなしをしてあげたいと言ったからだわ。わたしにも、他の誰にも言わずに、マクルワート夫人に牛肉を持っていくように、わざわざグラシントンに人をやって手配したんだわ！　きっと他の人たちの家にも牛肉を配ったにちがいない。牧師館の誰にも言わずに。わたしは、そういう人をクリスマスに関心がないと言って非難してしまったのだ！　メイベルと手をつなぎながら黙って歩いていると、彼のことが非の打ちどころのない人間に思えてきた。それなのに非難しただけでなく、好きではないと、とんでもない嘘をついてしまった。とてもやさしく立派な態度で結婚の申し込みをしてくれたのに、冷たく断ってしまった。まるで、自分にはふさわしくない男であるかのように！　そんな心得ちがいの行動をとってしまったことに、彼女は舌を噛み切ってしまいたい気持ちになった。

「立派な人だわね」とメイベルが言った。しかし、イザベルはそれに答えることができなかった。

「そういう人だって、ずっと思っていたわ」と妹は続けた。「もし、わたしの恋人だったら、どんな頼みごとでも聞き入れてくれるわ。だって、本当にいい人なんだもの」

「なにも話しかけないで」とイザベルは言った。メイベルは姉の気持ちがある程度はわかったので、牧師館への帰り道、それ以上はなにも言わなかった。

この牧師館では、クリスマスのディナーは夕方の四時と決まっていた。この決まりについてモーリスは強い口調で不平を言って、愛する若い娘を怒らせてしまったが、それも仕方のないことだった。昼の一時か二時というのであればわからぬでもない。ちょうど空腹になっている時間だし、健康にもよいし、一日をきれいに二つにわけることになるので、この食事で一日の仕事がすべて終わってしまったと思う者はいない。六時か七時、あるいは八時に食事をするというのなら、人生の目的を達成するのに適しているだろう。一日の仕事が終わった時間に食事をとれば、食べるという楽しみが、都合よく心地よい眠気をさそってくれるからだ。それに、当世風だし、安らぎも与えてくれる。でも四時にディナーというのは、まったく食事をとらないよりも始末が悪い。それでも、一年のこの特別な日のこの決まりは、カークビー・クリフの牧師館ではずっと守られてきたのだった。

イザベルは愛する人と教会のドアのところで別れたきり、この食事の時間まで顔を見ていなかった。そのあいだ母親といっしょにいたが、母親はモーリスのことは一言も口にしなかった。イザベルは、教会でのお祈りのあと母親とアーチャーが牧師館までいっしょに歩いて帰ったのを見のがしてはいなかった。そして、ふたりが歩いているあいだに、彼がこれまでの経緯を母親に伝えたなら、大きなチャンスが生まれるのではないかと思った。もし、そうなっていたら、母親はきっと自分に教えてくれるだろうが、そんな気配はまったくなかった。恥ずかしくて、母親にさえ自分から尋ねることはできなかった。実のところ、母親とアーチャーとのあいだでイザベルの名前は一度も出なかったし、その朝に起きたこともまったく話題にのぼらなかった。ローンド夫人は思慮深い人で、娘にとってなにが大切なのかをよく心得ていたので、自分から話を切り出すようなまねはしなかった。アーチャーは押し黙ったままで、不機嫌そうですらあった。それに、娘から愛情を得られないからといって、その母親の力を借りてまで、愛のない結婚の承諾を取り付けようとはしないはずだ。アフリカに行って、人生設計がすべて台無しになったとしても、そのほうがまだましだろう。とはいえローンド夫人は、アーチャーの状況を、さらにはふたりの状況もよくわかっていたので、当面は成り行きにまかせようと考えていた。ディナーのとき、夫人と牧師はふたりとも機嫌よく楽しそうにしていた。メイベルはたいそう嬉しそうにマクルワート夫人宅の食事の話をした。「こんなことを言って悪いんだけど」とモーリスに軽く頭をさげて言った。「でも、どう見てもおかしいのよね。だって、クリスマスに牛肉料理と言えば、ローストビーフに決まっているでしょ」

「肉屋には、ローストビーフ用にと伝えたのですが」とモーリスは申し訳なさそうに言った。

「きっと、子どもたちが煮てほしいと言ったのでしょう。牛肉であることにかわりはないし、鍋料理のほうが簡単ですしね」とローンド夫人が言った。

「もし一年に一度か二度しか牛肉を食べないなら、メイベル、煮てあろうが焼いてあろうが気にならないのではないかな」と父親は言った。しかし、イザベルはなにも言わなかった。彼女はマクルワート夫人の話に加わりたくてたまらなかった。そして、お肉の量がたっぷりあったことを言いたくてうずうずしていた。だが、できなかった。まったく口を開くことができなかったのだ。モーリス・アーチャーは、ときおり無理をしておどけた調子で話そうとしていた。しかし、イザベルは最初から最後まで黙ったままだった。黙っていないと、涙がまたあふれ出そうだったのだ。

その晩、二、三人の若い娘が弟たちを連れてやってきた。近所に住む裕福な農場主の子どもたちで、いつも通りいっしょにゲームをすることになった。ゲームが始まると、牧師までもが、本で顔を隠して眠ったりせずに加わった。メイベルは傷心の姉のことがずっと気になっていたので、なんとかゲームを盛り上げようとした。目隠し遊び、かくれんぼ、スナップドラゴン、(2)罰金ゲームと続き、やがて、音楽と椅子を使ったゲームが始まった。これは音楽が止まったらいっせいに椅子に座るというゲームで、椅子にとってはなんとも迷惑なゲームだった。イザベルは音楽を担当すると言ってきかなかった。なぜなら、ひとりだけ離れていられるからである。しかし、それさえも彼女には大変なことだった。演奏を途中でピタッとやめるなど、それなりにはしゃいだ気分でなければできるはずもなかったが、今の彼女はそれに耐えられる気分ではなかった。モーリスは男らしく務めをはたし、目隠しされ、罰金を払い、椅子取りゲームにも熱心に取り組んだ。しかし、そのあいだずっと裁判官のようなしかめ面をしたままで、一度たりともイザベルに話しかけなかった。ローンド夫人は、いつもならゲームに夢中になってしまうような人ではなかったけれど、このときばかりは罰金の支払いをことさら嘆いてみせたりした。しかし、メイベルが驚くほど落ち着いていたので、農場主の娘たちがなにか起きていると勘づくことはなかった。

しばらくすると、イザベルは自分の部屋にさがってしまった。夜が更けたからではない。という

目隠しゲーム

のも、まだ八時にもなっていなかったからだ。もちろん、イザベルは、お客様の帰る前に——早めの夕食のときには、きっかり一〇時に帰りの挨拶が始まった——自分の部屋にさがってしまうような娘ではなかった。しかし、彼女の姿はしばらく見えなくなったし、そのあいだにもなにやら楽しげなゲームが行われた。そのゲームは、参加者のうちのひとりが部屋から出ているあいだに、その人にわからないように残った者たちがなにか謎を仕かけるというものであった。というわけで、モーリスが部屋から追い払われ、そのまま五分間ひとりぼっちでいるように命じられた。しかし、そこへちょうどイザベルが重い足どりでゆっくりと降りてきて、父親の書斎の前に立っていた彼を見つけてしまった。彼女はそのまま通りすぎ、居間に入ろうとしたが、その瞬間、声がかかった。「ミス・ローンド」と彼は言った。イザベルは立ち止ったが、なにも言わなかった。言葉がまったく出てこなかった。朝からの動揺が大きすぎて、すっかり参っていたのだ。夕食が終わるまで平静を装うことができるかどうか、夜になったら気分が落ち着くかどうか、ずっと不安だったのだ。「ちょっと、お話があるのですが」とモーリスが言った。彼女はうなずくと彼といっしょに書斎に入った。

謎を仕かけるために与えられた時間は五分であり、その時間が過ぎれば、モーリスはゲームのルールによって部屋に戻ってもよいことになっていた。しかし、彼は戻ってこなかった。そこでメイベルは、もしかすると暗闇の中で時計が見えないのかもしれないと言って、呼びに出た。彼女は勢いよく書斎に入っていった。すると、そこにはゲームなどそっちのけにして、モーリスが姉と炉辺の敷物の上でぴったりと寄り添っている姿があった。「ここにいるとは思わなかったわ、イザベル」と彼女は大きな声で言った。後日メイベルが語ったところによれば、このときモーリスは、テーブルをグルっと回って来て、メイベルを抱きしめてキスしたのだった。「でも、ゲームの途中だから戻ってきてくださいね」とメイベルは、本当に嬉しそうに彼の腕の中で言った。

「メイベルの言う通りだわ。さあ、どうぞあちらへ行ってください。わたしもすぐに追いかけますから」とイザベルは言った。そのとき姉の声がすっかり明るくなっているのが、メイベルにはわかった。

「みんなには、ちょうど戻ってくるところだったと伝えておくわ」、メイベルはそう言うと部屋から出ていった。

「早く戻ってくださいな。みなさんじきにお帰りになるでしょうから。そうなれば、またふたりでお話できますわ」とイザベルは言った。彼はそのあいだも彼女の腰に腕をまわして立っていた。イザベル・ローンドはクレイヴンでいちばん幸せな娘だった。

モーリス・アーチャーがなかなか戻ってこず、みんなが文句を言い始めた頃にローンド夫人はすべてを察していた。このふたりの若者のことを一心に考えた結果、たとえわずかな時間でも当人たちだけにしてやるのがいちばん大切だと気づいていた。メイベルは姉たちの行く末に大きな希望を抱いていたが、もしかすると三年か四年のあいだ、互いにふさぎこんだり、疑心暗鬼になったりしながら過ごすほかないのではないかと心配していた。しかし、ふたりがいっしょに立っている姿を見た瞬間に、メイベルは明るい希望の光を感じた。牧師はディナーが終わるまでなにも知らなかった。玄関のドアが開いて、農場主の娘たちが、雪が降っているから濡れないようにと注意を受けていたとき、モーリスは将来の義父に一言伝えたのだった。「ようやく、彼女が承知してくれました。ご異議はございませんでしょうか」

「なにもないよ」と牧師は、この若者の手を握りながら言った。だが、そう言いながらも、この「ようやく」という言葉がどれほどの時間の長さを意味するものか思い起こしていた。

ふたりだけで「お話できる」機会をもつ約束ができていたので、モーリスは当然のこととしてその約束を守ってもらうつもりだった。だが、ひとつ問題があった。こうして幸せが確かなものになってしまうと、イザベルは、彼ではなくて母親にすべてを話したくてうずうずしていたのだ。しかし、彼は有無を言わせなかった。クリスマスなんてつまらないと言ったばかりに叱責されたまさにその場所で、ついに彼は一五分間の心地よい勝利を味わうことになった。「あまりにも唐突でしたもの」とイザベルは、朝の自分の振る舞いの言い訳をしながら話した。

「でも、以前からぼくを愛していたんだね」

「今わたしが愛しているなら、それでじゅうぶんでしょ。でもね、確かに前から愛していたわ。だから、あのときからずっと、わたしは悲しい思いをしていたの。もしかしたら、二度と話をしてもらえないのかって思ったくらい。でも、全部あなたのせい、だって、とても唐突だったもの。それに、まずはパパに話を通すべきだったのよ――そうすべきだったことは、おわかりでしょ。でもね、モーリス、ひとつだけ約束してくれるかしら。クリスマスがつまらないなんてもう二度と言わないって」

訳注

（1） 一九世紀ヴィクトリア朝時代のイギリスでは、「修復（restoration）」という名の下に、教会を改築することが広く行われていた。だが、それは結果として、それまでの教会建築を破壊する行為となった。

（2）一六世紀から一九世紀にかけて流行した室内ゲーム。浅い大きめの皿にブランデーを入れ、そこにレーズンやアーモンドなどを落とし、火をつける。そして、火のついたまま皿からレーズンを取り上げ、食べてしまう。クリスマスの伝統的な遊びとされる。リチャード・スティール（一六七二―一七二九）は、「このゲームの野蛮さと言えば、みんな悪魔のようになって、火傷をしてでも果物をひっつかもうとすることだ」と述べている。

メアリー・グレズリー

我々[1]はメアリー・グレズリーより可愛い娘や美しい婦人はいくらでも知っているが、娘さんだろうがご婦人だろうが、あんなに表情の豊かな女性は見たことがない。人にものを頼む時には相手の心をぐっとつかみ、悲嘆にくれる時には心から悲しんで、喜ぶ時には底抜けにうれしそうな、そんな生き生きした表情をしていて、見ていると放っておけない気持ちにさせられてしまうが、当の本人は自分のそんな魅力には全く気づいていないのだ。知り合ってからは、残念ながら楽しいことよりも悲しいことの方が多く、こちらもその苦しみを分かち合った。それでも、悲しみの中にはうれしいこともたくさんあった。その喜びのいくぶんかが、彼女の女性としての魅力によってもたらされたことは否定しない。あの明るい眼差し、訴えかけるような口もと、柔らかな小さな手、質素ながらも女らしくしとやかな服装などは、いつも我々を喜ばせてくれた。しかしとりわけ大きな喜びを与えてくれたのは、何といってもこの女性の人間としての魅力だった。

彼女はいわゆる世間的な人付き合いを、ほとんど、というよりも全くしなかったが、並はずれて愛想の良い人だった。いろいろと苦労を抱えてはいたが、無意識のうちにそんなものはわきに押しやって、いつも重荷を忘れて陽気になろうとしていた。ひどい苦労も、それを背負っている自分の姿さえも笑い飛ばした。金髪で小柄、額が広くて鼻は小さく、あごにえくぼがあった。顔色がつやつやしているとか、髪が豊かだとか、胸や肩が実にほれぼれするというわけではなかったが、瞳はいつも宝石のように輝き、涙の粒やキラキラした微笑みが浮かんでいた。口もとにはいつも何かちょっと面白いことを言いたげな光が宿っていた。そうでないときは、何か言葉にならない祈りのようなものが唇の端に漂っているように見えた。

女の虚栄心というものを全く持ち合わせていない人だった。たとえば、犬が自分に足が四本あるとは意識していないように、自分の身体に男性の愛情をくぎ付けにする魅力があるなどとは思ってもいなかった。そうした女ならではの特性を持ち合わせていないことが欠点だった。愛されることがすべてなのだ。ほかの女性と同じように、男性に賞賛されたいという無意識の欲望は持ち合わせていた。男の愛情や賞賛は、女としての天賦の資質が与えてくれる恵みであることを、彼女に限らず女性ならだれでも本能的に知っているものだ。しかし、彼女が頼りとした資質は、自分ではそうとも知らずに頼っていたのは、優しさ、信頼、女としての弱さ、そしてあの瞳の力だった。その瞳は、してほしいことを言葉ではなく眼差しで示して、人を完全にとりこにする力を持っていた。

五〇にもなる男が人生行路の道筋で、ある女性を手助けすることになり、困っているところを親切にしてやったとしたら、やがてその人を愛するようにならないはずがない。そしてもしその女性に、朗らかさやユーモアのきらめきや人をひきつける才能や、そして我々があえて「人間らしさ」と名付けた深い人間味が備わっていたとすれば、そこへ外見的な美しさなどは今さら付け加えるまでもなく、男の愛情は熱情と言えるほどのものになるかもしれない。

しかし、こうして愛情という言葉を使ってはみたが、誤解しないでいただきたい。常識的な意味で、我々は決してメアリー・グレズリーに恋をしたわけではないし、そもそもこちらはそんなことをするような人間ではない。もしそうした事態になっていたとしたら、ここでわざわざ話題にはしない。こちらは老いぼれた既婚者で、向こうはうら若く、婚約者のいる女性である。いつも自分は婚約中だと言っていた。最初は我々を単なる編集者としか見ていなかったが、後には、人生の苦しみを幾分なりともやわらげてやろうと神がつかわした年老いた伯父さんとでも思ってくれたはずだ。こちらも、相手を最初はほとんど子供同然に見ていたが、やがて思春期のか弱い娘で、年上の者が手を差し伸べて保護すべき存在だと考えるに至った。

にもかかわらず我々は彼女に恋していたし、この場合の愛情は健全で自然なものだ。確かにこちらは彼女の祖母に恋してもおかしくない年齢だが、それなら話は全く違ってくる。もし何かのなりゆきで知り合ったとしたら、我々はその老婦人に力を貸しただろうし、さらに相手がもし友人だったら、義務感からではなく喜んでお世話したことであろう。しかし、メアリー・グレズリーとの交際には、それ以上のものがあった。心を奪われたのだ。よく着ていた、あのダークグレイのワンピースの色合いが愛おしいものになった。

こちらがきつい言葉を口にして、あの小さな心臓を串刺しにした時に、彼女は低い肘掛椅子に座って正面からじっと見上げてきた。そんな時、我々は、魂と魂のつながりとして、心の奥で彼女を抱きしめたものだった。いつも彼女のことを思い、どうやって助けたらよいかと心を悩ませた。過ちはすべて許し、美徳は過大視した。愚かなほど熱心にこの娘のために骨折った。時にはにらみつけて、あなたとお喋りしていられるほど暇ではないと言おうとしたが、相手はじきに、自分が来ればこちらがいかに喜ぶかを見抜いてしまった。

ところで、彼女はひどく貧しかったが、手袋だけはいつもきれいなものをしていた。その手袋が気になって仕方がなかった。おばあさんの手袋だろうが、古いヤギ皮だろうが、綿のものだろうが、我々をそんな気持ちにさせた手袋はほかにはなかった。胸が痛むほどだった。もちろん、男の友達の苦労を聞いても気の毒に思わないわけではないが、胸が痛むとまではいかない。要するに彼女を愛してしまったのだ。愛すべきではなかったのに。それほどまでに彼女はうら若く、優しい微笑みを浮かべ、そして何よりも、こちらを見つめる目は訴えかけるように明るく輝き、涙で潤んでいたのだ。

スターンは晩年、それも死期が間近に迫ったころに熱烈な恋文を何人かの女性に書き送ったのでサッカレーからさんざんに罵倒された。(2)それはスターンが恋文を書いたからというよりはむしろ、誠実にただひとりの女性を愛し続けることができない人物であることを露呈してしまったからだ。スターンのセンチメンタルな文体はあまり好きになれない。表現がいやに甘ったるいし、言語の真の力強さや情緒が心を打つ力などを十分に把握していないため、哀感を生み出そうとしてしばしば失敗しているからだ。しかし、サッカレーはスターンの文体をとがめるべきだったのであって、性根が曲がっていると責めるのはいささかお門違いではなかろうか。年老いて死にかけの、いわば生ける屍のような男が愛を公言する姿に嫌悪感を覚えるのは、その愛が本当に心底からのものであるかどうかが疑問だからではなく、愛を口にすることで、暖かい好意以上の感情を差し出そうとしているように思えるからである。女性の持つ強さと弱さとが結合して、ある種の男性の心の中に、その女性への好意を引き起こす。そうした思いは年齢や健康状態や未婚既婚の区別や社会的地位などには関わりなく生まれてくるもので、理性を超えた、理屈にも合わない感情である。好意というものは本来なら内面的な長所だけに向けられるべきなのに、外面的な姿形の美しさに向かうと、これは大変危険な感情になる。というのも、厳しく監視していないと思いもよらぬ言葉を口にするようなことになっていくからだ。だがこれは、抑えることはできるかもしれないが、完全に消し去るのは不可能な感情である。生まれつき心を動かされやすい性質の男は、いくつになってもこうした思いを抱いてしまうものだ。

スウィフト(3)の名声と幸福を台無しにしたのも、スターンを見下げはてた男にしたのも、こうした感情である。女性の魅力によって否応なしに生み出されるこの理不尽な思いが、ジョンソン(4)の心にいつも燃えさかっていたことは間違いない。しかし、ジョンソンはどんなことでも力強く自分を律することのできた人間であり、身を持ち崩すことも人からあざ笑われることもなかった。ゲーテ(5)は、女性への思いが人一倍強かったために、その魅力に全く抵抗できない人間だった。他人からあざ笑われるようなことはなかったが、品行方正とは言えなかった。我々にとっては、ここで話題にしている子供がそういう女性であった。そう、あのころ彼女はほんの子供だったし、いつまでも子供だった。しかし、この子供が手に持っていた磁石は、我々の胸中の磁針を揺れ動かしたのだ。この女性のことを話さなければならない。

メアリー・グレズリーは最初に出会った時には一八歳だった。父親は北部の小さな町で開業医をしていたが既に亡くなっていた。話の都合上、その町をコーンバラと呼ぶことにする。グレズリー医師は、実はその肩書通りの資格を持ってはいなかったようだが、勤勉な男だった。ある程度は繁盛していたが、家族に十分なものを残さずに死んでしまった。それでも未亡人にはささやかながら年に八〇ポンドほどの収入があった。その金と家の家具だけが財産であり、それで世間の荒波を超えていくほかなかった。メアリーともうひとり、上の娘がいた。我々はこの娘には会ったことはないが、メアリーはいつも姉のことを「かわいそうなファニー」と呼んでいた。男の子はいなかったので、母とふたりの娘だけの家族だった。父が亡くなった時にメアリーはまだ一五歳だったので、誰からも子供扱いされていた。グレズリー夫人は、必要に迫られた未亡人ならだれもがするようなことをした。つまり、牧師と隣人たちに助言を求めたところ、家に下宿人を置くことを勧められたのである。そこで副牧師が最も適切な下宿人としてここに住むことになった。メアリーは一七歳の時にこの副牧師と婚約した。彼は年に三〇ポンドの下宿代を支払い、未亡人とふたりの娘はこの金と自分たちのわずかな収入とで何とか暮らしていた。

メアリーの婚約のことは、すぐに家族みんなの知るところとなった。実際、ふたりの恋は母親の目の前で進行していたのだ。うそや秘密や私利私欲がなかっただけでなく、聞いた限りでは、婚約に至るまでの思慮分別にも欠けたところはまったくなかった。若いふたりは同じ家で暮らし、愛し合い、そしてごく自然に婚約した。これは、二羽の小鳥がつがいになるように、簡単に予想のつく、少なくとも容易に信じることのできる出来事だった。

我々はこのアーサー・ダンという副牧師に会ったことはないのだが、聞いたところによれば素朴で敬虔なごく普通の若者で、聖職者に任じられたからには自分は俗人とは違う高潔さや特別な役割を与えられたのだと思い込んでいたようだ。華奢な体つきで虚弱な体質だが、正直で誠実で心の温かい人物のようだった。婚約が無事に整うと、次に結婚生活の問題が持ち上がった。副牧師の年収は一〇〇ポンドだった。年老いた教区牧師の年収は、自分の副牧師にこの一〇〇ポンドを払うと残りは二〇〇ポンドである。このような状況で副牧師は一七歳の一文無しの娘を妻に迎えることができるだろうか。グレズリー夫人は、ふたりを結婚させて何とかそれだけの収入でやりくりさせよう、と前向きに考えた。教区牧師の妻は、少し頑固なところのある、意志が強く賢い女性のようだったが、メアリーを呼び寄せて、そんなことをしてはいけないと言ったそうである。そのうち子供が生まれて暮らしがきつくなると、結局はやっていけなくなると彼女は言った。メアリーはこのことを我々の正面の低い肘掛椅子に座って話してくれたのだが、この老婦人はおそらくメアリーが知らないようなこともいろいろ知っていたのだろう。教区牧師夫人は、婚約は破棄すべきだが、そうもいかないのなら、結婚は期限を定めずに延期すべきという意見だった。こうした婚約を破棄することは不可能である。愛し合う若者たちは黙って引き裂かれたりはしない。とは言え教区牧師夫人に逆らって結婚するわけにもいかず、こうして無期限の待機期間が始まった。

さて、ここでちょっとメアリーのもっと若いころにさかのぼってみよう。今でも子供っぽく見えるが、ずいぶんと幼いころからペンを握っていた。そうでもなければ、我々と友人となることもなかったであろうことは、読者諸氏には申し上げるまでもないだろう。我々はあるひとりの編集者の話を語っているのであり、メアリーも初めはこちらが編集者であればこそ近づいてきたのだ。そう、彼女が書き始めたのはまだごく若いころのことで、何だろうか、おそらく最初は詩を書いたのだろう。きっと詩だ。それからまあ、悲劇だろう。その後、副牧師に影響されるようになると、今度は異教徒の改宗の物語を書き、婚約が固まる前には聖人トムと罪人ボブのちょっとしたえせ問答形式の創作に取り組み、(6)その後とうとう一巻物の長編小説を書き上げた。一七歳で、婚約者がいて、長編小説を書き上げたのだ！　もし通りですれ違ったら、オレンジでもあげたくなるような子供っぽさなのに。

ここまでのところ、彼女を創作に駆り立てていたのは野心であったり、あるいは副牧師に鼓舞されて生まれた、何かをせずにはいられないような信仰心であった。だがここにきて彼女の心に浮かんだのは、自分の持つ才能を使えば、もしかすると結婚までの待機期間を短縮するか、あるいは完全に解消できるかもしれないという考えだった。最初の小説は近所に住む「文人」に見てもらった。その男は大変うまく書けていると言った。まだ出版にはふさわしくない、文法があやしいし、字の綴りさえもあやしい（彼女がこの欠点を告白した時に、その目に浮かんだ涙を私はどれほどいとおしく思ったことだろう！）もちろん構成もあやしいし、人物造形もあやしいけれど、それでもよく書けていると評したのだ。その文人は彼女にもう一度書いてみなさいと言った。

文人もこんな役割を押し付けられるなんて、お気の毒なことだ！　こういう場合、率直で正直で

書き物をする若い女性

心優しい文人としてはどう対処したらよいものか。「娘さん、靴下をつくろいなさい。パイの焼き方を習いなさい。一生懸命勉強すれば、いつか本を読んで中身を理解できるくらいの知性は身につくかもしれない。人の興味をかき立てたり、人にものを教えるような本を書くとなると、かなりの才能が必要だ。自分にそうした才能が与えられていると思う十分な理由があるのかね」と、率直で正直だが心優しくはない文人ならば言うべきところである。そして、百の事例のうち九九例まではそれが適切な助言となる。ところが、心優しい文人は、自分に割り当てられたこの特別な事例が百番目に当たるのではないかと思ってしまう。そしてインクのしみのついた原稿が、そんな可能性をすべてかき消してしまうひどいものでないかぎり、その希望に望みをかけて助言してやろうと自分の良心に言い聞かせるのである。彼が間違っているなどと誰が言えよう。この作家志望者は成功しないなどと、よほど決定的な証拠がない限り、誰があえて口に出すだろう。そんな風に原稿を押し付けられれば誰だって、自分自身もかつては九九人が失敗すると言われる百人の中にいたことを思い起すはずだ。そして、ただひとり自分だけが選ばれることはありえないという確信が何度も心に湧き上がって来たことも思いだすのだ。

コーンバラ近郊の文人は、メアリーの原稿を見せられた時に、やめておきなさいと強く言い聞かせるほど薄情な人物ではなかった。彼は靴下をつくろう方が容易であるとか、パイの方が健康によいとか言ったりはしなかった。その代わりに明らかな誤りを指摘して、さらに(批判の言葉よりもっと熱意を込めて言ったことは間違いないだろうと思うのだが)、この作品には大きな可能性がありますよ、と気安く請け合ったのである。メアリー・グレズリーはその晩、原稿を焼き捨て、辞書を手もとに置いて次の作品を書き始めた。

それから、この作品に取り組んでいる最中に二つの新しい状況が生まれ、彼女自身のみならず家族全体に深い悲しみとさらなる苦悩をもたらした。第一の状況は彼女自身に深く関わることだった。アーサー・ダン牧師は小説というものは、トムとボブの問答以外は認めなかった。そんな問答など嘘っぱちだということが彼には見えていないのだった。そして小説を書くのはきっぱりやめるべきだと要請した。彼がどれほど強引に婚約者を服従させようとしたのかは、もちろん我々にはわからない。だがとにかくそのような命令が下り、彼女はそれに従いはしなかったものの、ひどく苦しんだ。

そして次に、今度はもう無視できない命令が下った。それは故グレズリー医師の後任の医師から、気の毒な副牧師への指示だった。健康のために、現在暮らしている場所よりもっと穏やかな気候の地に転任すべきだというのだ。ダン牧師の喉も肺も身体器官も全部が、この町のような寒地に住んで説教を続けていけるほど強靭ではないので、もっと温暖な気候の地に移り住まなくてはならないというのである。彼はその言葉に従い、私がメアリー・グレズリーと知り合う前に、ドーセット州の小さな町の教会に移った。もちろん婚約は継続していたが、いつ結婚できるかは、ますますわからない状態になっていた。しかし、もしメアリーが小説を書いてそれが売れたら、うれしいことに恋人を追いかけてドーセット州に行けるではないか。アーサー・ダン牧師が去り、その後に来た副牧師は妻帯者なので下宿ではなく家が必要だった。そんなわけでメアリー・グレズリーは二冊目の長編小説を粘り強く書き続け、一八歳になる前に完成させた。

近所の文人は——我々はたまたまこの文人と知り合いだったおかげで、メアリー・グレズリーとの友情を結ぶことになるのだが——この作品を第一作よりもはるかに良くなっていると判断した。彼はそれまでずっと科学や農業に関する定期刊行物の刊行に携わって来た年配の男性で、小説をきちんと批評できるとは到底思えない人物だった。しかし綴りや文法や文の構成には詳しかったので、メアリーに目覚ましい進歩だと請け合ったのだ。この二作目も燃やした方がいいですか、と彼女は尋ねた。もしそうしろと言われたら燃やして、その翌日にはまた別の作品を書き始めるつもりだった。しかし、彼の助言はそういうものではなかった。「こうした方面に関係している友人がロンドンにいます。会いに行きなさい。紹介状を書いてあげましょう」こうして彼はメアリーにその後の運命を決めることになる手紙を渡し、それで彼女が我々のところにやって来たのだ。

彼女は自分の小説を持ってロンドンにやって来た。しかし、携えて来たのは小説だけではなかった。母親も一緒に連れて来たのだ。メアリーには人を説き伏せる力があり、口も達者で、その訴えかけるような表情には抵抗できないものがある。母親も説得に負けて、とうとうコーンバラの家を出てロンドンで部屋を借りて住むことにしたのだった。もとの家は家具付きで新しい副牧師に貸すことにした。私が最初にグレズリー母娘と知り合った時には、ふたりはユーストン・スクエア駅(7)のそばの狭い通りに面した三階に住んでいた。「かわいそうなファニー」と呼ばれる姉はコーンバラのどこかの質素な家に残り、メアリーは大都会で運を試してみようとロンドンまでやって来たのだ。親しくなってから我々は、よくそんな思い切ったことをしましたね、とその行動に疑念を呈したことがあった。ええ、教区牧師の奥様には猛反対されましたとメアリーは打ち明けてくれた。あの方はとても強い調子で、ひどい目にあうことになりますよとか、いろいろとはっきりとおっしゃいました。それでも彼女は決心を変えず、上京して部屋を借りたのだ。

さて、彼女と初めて会った日は次のような具合だった。あらかじめ手紙をよこすこともせずに、原稿を持って突然現れたのだ。「編集長、若い女性がお会いになりたいそうですが」と書記がいつものうんざりした調子で言って来た。未知の訪問者をいかに毛嫌いしているかを知っているので、こういう場合はそんな口調で言うようになってしまったのだ。

「若い女性！　どんな方だね？」

「あのう、とてもお若い方です。娘さんと言った感じです」

「名前があるだろう。誰の紹介だね。何の用で来たのかもわからないのじゃ、いちいち会っていられないよ。要件は何だね？」

「原稿をお持ちです」

「そうだろうとも。おまけに引き出しや戸棚の中にも山のように原稿をためこんでるのさ。前もって手紙をくれるように言ってくれ。若かろうが年寄りだろうが、どこの誰ともわからないのにいちいち会ってはいられないよ」書記は引き下がり、すぐに編集部で使っている封筒を持ってまた私の部屋にやって来た。そこには「ミス・メアリー・グレズリー。先日までコーンバラ在住」と書いてあった。ヨークシャー州の例の「文人」からの紹介状も添えてあった。それを見ながら私は「どんな人かね」と尋ねた。

「見たところ、ちゃんとした方ですよ。それに上品な感じだし」と書記は言った。さて、作家志望の女性と言うとみんなが「上品な感じ」というわけではないのは事実である。メアリーが下の受付で待っている間に紹介状に目を通した。その時もし我々が、彼女がどんな女性であるかを見抜くことができていたなら、人にじろじろ見られるような目には合わせずに、いそいそと降りて行って出迎え、せめて椅子に座らせ暖炉の火にあたらせていたことだったろう。その日からさほどしないうちに、彼女は書記に案内されずとも自分で仕事部屋に上がってくるようになった。入ってくる前にいつもパラソルの柄で小さくてもはっきりとノックするので、それとわかるのだった。正直に申し上げると、パラソルの丸い木の柄でたたくあの軽快なノックの響きは、我々の耳にはいつも妙なる調べであった。

ヨークシャー州の文人は何年も前からの知り合いだが、特に親しいというわけではなかった。仕事上の取引をしたり話をしたり、肩を並べて歩いたこともあったと思うが、飲食をともにしたことも、ふたりで神に祈ったこともなかった。退屈だが教養のある正直な男で、金のことにはけち臭く、若い娘の向う見ずな夢に感激して夢中になるような男ではないと思っていたが、どうやらメアリーの不思議な力はこんな男にも及んだらしい。彼の手紙によれば、ミス・グレズリーは将来きわめて有望な若い女性で、たとえ偉大な作家とまではいかなくとも、少なくともかなりのところまでは到達するだろうということだった。「しかし、まだまだこれからです」と付け加えていた。この手紙を読んで、その女性をこちらにお連れしなさいと書記に命じた。

彼女がドアのところまでやって来たときの足取りを我々はまだおぼえている。かなりおずおずして、ためらいがちであったが、自分は決して恥ずかしいことをしているわけではないと言い聞かせるかのように、意識して軽やかに歩いていた。薄手の麦わら帽子をかぶっていたが、それは当時のロンドンではほとんど見かけないものであったし、現在でも外見を気にする女性が大都会の街角でかぶるような帽子ではなかった。それでも、彼女の頭の上に載っていたのは立派な帽子であって、麦わらを編んだものに額から鼻の先の方までぶら下がるリボンを付けただけの代物ではなかった。そしてグレーのニットのワンピースを着て、腰のあたりに細い黒のベルトを締めていた。記憶している限りでは、ほかの服を着ているのを見たことはないし、ちがうボンネットや帽子をかぶっているのを見たこともなかった。

「どのようなご用件でしょうか、ミス・グレズリー」と、紹介状を持ったまま立ち上がって言った。相手がどれほど若いかわかると自分の年を思いだして、つい「お嬢さん」と呼びかけたくなったほどだった。後になって思えば、その時そんな呼びかけ方をしなくてよかった。とは言っても、やがて実際に「お嬢さん」と呼びかけるようになるのだが、それはまた全く別の気持ちをこめてのことである。

彼女はこちらの口調を聞いて少しひるんだが、すぐに気を取り直して言った。「××さんが、こちらでお力添えをしていただけるんじゃないかとおっしゃってくださったのです。私、小説を書きましたので、持って参りました」

「ずいぶんとお若いようですが……小説をお書きになったにしては」

「若いですけど、そちらでお考えになっていらっしゃるよりもたぶん年上です。一八歳です」その時初めて、彼女の眼にあの陽気なユーモアの光がキラキラと輝いた。それはいつもほんの一瞬の輝きだったが、その光を見ると心を奪われてしまうのだ。

「それはもう立派な大人ですね」と我々は笑いながら言って、腰を下ろすように勧めた。それからすぐに、この仕事にはつきものの、長々しく退屈で不愉快なお説教を始めた。若い女性にふさわしい真っ当な仕事が多々ある中で、文学などというものは一番不確かで、一番落胆させられる、一番危なっかしいものだと説明しようとした。「努力が報われた人のことは聞いたことはあるでしょうが、うまく行かなかった人が何千人もいることは誰も口にしないのです」と我々は言った。

「とても崇高な仕事ですわ」

「だが何の保証もありません」

「うまく行った人もいます」

「確かにそうです。宝くじだって当たる人はいます。でも宝くじをあてにした人は悲しい思いをすることになります」

「でも文学は宝くじではありませんわ。もし私が文学に向いているのなら、うまく行くと思います。××さんはうまく行くかもしれないとおっしゃっていました」我々はその後もあれこれと道理を説いたが、すべて言い尽くして説教を終えた時に彼女が言ったことは今でも忘れられない。「それでもやってみます。何度でも何度でもやってみますわ」と言ったのだ。

やがて、ある程度までのことながら、彼女の言うことには逆らえなくなってしまった。もちろん原稿は読んでみると約束した。果たしてどの程度のものなのかと、きっと心配そうな顔つきをしていただろうと自分でも思うが、パラパラめくってみた。あまりにひどい女文字だとしたら、読みにくいことこの上ない。メアリーは我々がざっと目を通しているのを見て「字はきちんと書けていると思います。綴りにはちょっと自信がないですが」と言った。実際その通りだった。読みやすい字だが、数えきれないほど消し跡や修正があった。それに物語は一巻物の分量しかなかった。[8]「もしお望みでしたら、書き直してきます。たくさん削ったところがありますが、これでも一度書き直したのです」と彼女は言った。そんな手間をかけさせるわけにはいかなかったので、とにかく一度読んでみましょうと約束した。

どうしてそんな話になったのかは忘れたが、彼女が言うには、角を回ったところにある菓子屋の主人に頼んで、母親をそこに待たせてあるとのことだった。お母さんもお連れすればよかったのにと言うと、「私がお邪魔するだけでもご迷惑でしょうから」と彼女は言った。それは賢明だと私は思った。一週間後に来ていただければ、それまでにとにかく読めるところまで読ませていただいて、何か意見を申し上げましょうと伝えたが、その時にお母さんも一緒にどうぞとは言わなかった。母親がいない方がこの娘と自由に話ができるとわかっていた。たとえ五〇歳を過ぎた男が説教をしようとしているだけだとしても、母親はそばにいない方がありがたい。

彼女が帰るとじっくり原稿を読んでみた。章ごとに分けてあり、そこに自分で選んだ様々な題辞を付けていた。物語の題名を口に出して読んでみたが、それはただ単に女主人公の名で、素朴で気取りのない、作品にふさわしい題名だった。最後のページも読んでみた。こんな場合に原稿を読むことになった人間は、自分がこれからやろうとしている仕事は完全に無駄になるとほとんど確信した上で読み始めることになる。出来が良くないことは間違いないだろう。さらには、書き手にとっても、想定される読者や出版社、つまり関係者全員にとって、書かれた文字が活字にならない方が良いはずだ。そして、その歓迎されない意見を何らかの形で書き手に伝えることが自分の果たすべき義務なのだ。そうすると書き手は、一時的にせよ指導者となってくれた者が、無知や嫉妬や虚偽などの混じり合った、文筆に関わるありとあらゆる罪を犯したのだと思い込む。そして心中でその指導者を責めたてながら、あわれにも疑心暗鬼で帰っていくことになる。そのくせ、率直なご意見をお聞かせください、とにかく自分の力量を知りたくて、ほかならぬあなたなら正直におっしゃっていただけると思ってここに来たのです、という書き手の言葉に嘘偽りはない。自分の力量を知ろうとやって来て、ここで教えてもらえると思いこんでいるのだ。アポロ(9)のようだと称賛してもらえるとまでは思っていない。全く取るに足らないなやつだと言われるだろうと、自分でも覚悟して来ているはずだ。たとえば、その男がごく普通の体格で、五フィート七インチほどの身長(10)では入隊希望の連隊の基準に満たないことにこちらは気づく。そのことを出来る限り礼儀正しく指摘すると、相手の方ではこちらのことを、嫉妬心に満ちた無知な嘘つきだと内心で非難するのだ。それでもその男はおそらく非常に優秀な人材であり、十分任務をまっとうできる力を持っているのだろう——もしほかの連隊に入ったならばの話だが。

ミス・グレズリーの原稿をパラパラめくって眺めながら、あの娘でさえそういう反応を示すだろうと思った。彼女はすでに、その外面的及び内面的資質により、我々に二つのことを約束させていた。第一は彼女の書いた物語を読むということで、それも急いで読むというのが第二点である。しかし原稿は読むにしても、出版する可能性があるという確約を与えたわけではなかった。

確かに原稿を読んだ。大部分はその日の午後のうちに仕事場で読んだので、こうした仕事の者には毎日不可欠な散歩もできなかったし、家に帰るのに辻馬車を使うという出費まで強いられた。帰宅がいつもの夕食の時間より二〇分も遅れてしまったので、家ではちょっと不愉快な目にあった。軽くとがめるような言葉をかけられた時、「職場から辻馬車を飛ばして、たった今まっすぐに帰って来たじゃないか」と答えたが、どうして職場を出るのがそんなに遅くなったのかは説明しなかった。

読者諸氏には、我々がつい夢中になってしまったのは、その物語がたいへん面白かったからだとは思わないでいただきたい。物語に引き込まれたのではなく、読んでいるうちに書き手に対する思いがふくらんでいったのである。物語は単純素朴で、ほとんど痛々しいまでに盛り上がりに欠けていた。そこに書かれていたのは、あとでわかったのだが、彼女自身の婚約の成り行きがおそらくこうなるだろうとの想像にもとづく物語に他ならなかった。

婚約はしたが結婚はできない若いふたりの物語だった。男は何年もの婚約期間の後に、何度も真剣に婚約解消を求める。女は自分の愛は正しいと確信しながらも、それを受け入れて彼と別れ、傷心の末に死んでしまう。男の人物像は全く不自然で、女の方は真実味はあるが陳腐だった。それ以外には興味を引くところもなく、ほかには登場人物もいない。恋人たちの会話は多すぎるし退屈である。本物の恋人たちが交わしそうな会話は一言も出てこない。こんな作品に対して、もしかしたらこれで有名になってお金が入るかもしれませんよ、とは言えなかった。読み終えた時には、出版したほうがいいとはとても言えないと思った。しかし、彼女が自分の能力を過大評価しているとか、手の届きそうもない職業を目指しているとまでは言えなかった。文章は優雅で繊細で魅力的だった。時おり文法を無視していたが、それも誤りを楽しく指摘できる程度のものだった。若い女性が書くべきでないような言葉は一つもなかったし、作品全体に誠実な努力の跡がはっきりと見られた。彼女が次に来るまでにまだ六日間考える余裕があった。

彼女は約束の時間きっかりにやって来て、書記がドアを閉めて出て行くとすぐに我々の前の肘掛椅子に腰を下ろした。最初に来た時には特に不安そうには見えなかったが、初対面につきものの気おくれを克服しようとしていたのは明らかだった。しかし、今回は不安な様子を隠そうとはしなかった。「あのう……」と、両手を組み合わせて前かがみになって我々の顔を覗き込みながら彼女は言った。

たとえ「真実」の女神が正装して現われて断乎として要求しても、我々はメアリーに、そんなことで身を立てようとするのは諦めて靴下をつくろってパイを焼きなさいとは、到底言えなかっただろう。この娘にはとても逆うことができず、もしこれが単に作品について虚偽を述べるか完全に非難するかのどちらかを選ばねばならないだけだとしたら、思わず虚偽を口にすることになっただろう。厳しい言葉を浴びせて相手を傷つけるのは、キスをしようと近づいてきた子供をひっぱたくようなものだ。遺憾ながら我々は、最初に完全な真実を述べたわけではなかったせいで、後の苦痛をより痛ましいものにしてしまった。「あのう、読んでいただけましたか」と彼女はこちらの顔を見上げながら言った。我々は「一字一句残さず読みました」と言った。「それで、だめでしょうか?」まずいことに「なかなかよく書けていますよ」とつい言ってしまった。「それなりに、かなりのものです。あなたのお年と、経験がまだ乏しいことを考慮すると、実にいい出来ですよ」と言うと、彼女は首を振って目をキラキラ輝かせ、若いからというだけで大目に見たり中途半端にほめたりしても何の役にも立たないとでも言いたげな様子だった。

「だれかに買ってもらえるでしょうか」と彼女は尋ねた。「いいえ、どこの出版社もこの作品にお金を出すとは思えません」「私が費用を負担しなくても本にしてもらえるでしょうか」そこでこちらはできるだけ正直に、こう言った。「あなたは経験が足りません。もしこの前おっしゃったように、くじけずに頑張り通そうと決心しているのなら、これから何度もやってみなくてはなりません。読者に教訓を与えるためには、世の中の仕組みというものをあなた自身が学ぶ必要があります」

「それでは、すぐにもう一度書いてみますわ」と彼女は言った。我々は首を振った。ただし、できるだけ穏やかに。

「カラー・ベルは若くして成功しました」と彼女は付け加えた。カラー・ベルのこうした悪い影響は、ジャック・シェパードのしでかしたことに匹敵するほどである。それに、カラー・ベルはあの時もう若くはなかった(11)。

彼女は一時間以上、いや多分二時間以上も我々のところにいた。とは言えこちらは特に時間を気にしていたわけではない。帰る前に、副牧師との婚約のことを話してくれた。実際、ここまでにお伝えした彼女の生い立ちの大部分は、この訪問の際に聞いたことである。彼女が来るとすぐに、お母さんはお元気ですかと尋ねてみたが、今回は菓子屋で待ってはいないようだった。メアリーは乗合馬車の通る道をあらかじめ調べておき、親切な御者に乗せてもらってひとりで来たのだ。母親とふたりでロンドンに来た目的は、とにかく小説家になるという計画を前に進めるためだと言う。短期間で出版に価するものが書き上げられるとは思えないので、コーンバラに戻ったほうが賢明ではないだろうかとあえて提案してみた。すると、その辺はちゃんと計算してあり、どうしても必要なもの以外にお金を使わなければ、ロンドンにまる一年滞在できるとの説明が返ってきた。この娘は、我々に何ひとつ隠し立てをするつもりはないようだった。「その間に着る服はあります。大事に着るつもりです。乗合馬車に乗って来ましたが、でも、もう一度来てよろしいのでしたら、今度は歩いてまいります」それから彼女は助言を求めた。「出版社が買ってくれる可能性が高い作品を書くとしたら、どういうものを書いたらよろしいでしょうか?」

これもみんな、北部に住む文学好きの隠居紳士のせいなのだ。彼は糞化石(12)と牛の疾病についての記事を書いて、文筆の世界での地位を得た人間である。何の責任もあとくされもなく、この娘に、あなたの書いたものは十分将来性がありますよと吹き込んだのだ。将来性というのは可能性であるが、今回の場合はごくわずかな可能性しかない。そんなものに望みをかけて、住み慣れた小さな家を引き払って母親を連れて上京するとは、考えただけで恐ろしいことである。しかし我々は二時間も話をしないうちに、この娘を放り出すわけにはいかないと感じ始めていた。古くからの友人のような気持ちになり、そうなれば彼女のために時間をさくのは当然である。

彼女は肘掛椅子に座り、ひじをひざに載せて両手を伸ばし前かがみになっていたので、こちらもついその自然な打ち解けたしぐさの魅力にとらわれて椅子の向きを変え、状況が許す限りにおいて同じようなくつろいだ姿勢を取った。彼女の魅力はすでに効果が及び始めていた。やがて気が付くと、彼女がロンドンにとどまり別の本を書き始めるべきだと当たり前のように思っている自分がいた。とても抵抗できなかった。彼女が生まれる前からこういうことは隅から隅まで知り抜いていて、近頃では自分の編集者としての欠点は少し他人に厳しすぎることかと考えており、実際これまで何十人もの小説家志望の者たちを撃退してきた。それなのに、この話し合いが終わるころには、新しい本を書くことに、実際に我々が書くわけではないにしてもその計画に加担することに、同意していたのだった!

やり方はこうだ。彼女が構想を練り、便箋に書いて持ってくる。我々はその紙の裏面にコメントと修正案を書き込む。それから彼女は登場人物の骨格を作り、肉付けして血を通わせ皮膚をかぶせて、生きた人間に仕上げる。彼女はその後、全体の配分を整え、各章でどのようなことを語るのかを詳細に記述し、最後に実際に物語を書き始める。これらの工程の段階ごとに我々はコメントを与える。これだけのことをすると約束したのは、彼女の唇がかすかに震えていたからだし、その眼があるときは涙をたたえ、またあるときにはキラキラと輝いていたからである。彼女は「親身になっていただけたので、きっとうまくやれると思います」と言いながら我々の手を固く握り、帰っていった。

その後およそ一か月の間に二度ほど手紙のやり取りをしながら、彼女は構想を練り上げた。以前の物語を少し加筆修正したものだった。結末を死ではなく結婚にして、年老いた叔母を登場させて和解と収入の確保へとつなげていた。我々は細部にいくらか手を加えたが、あまりうまくいかなかった。今になってみると、最初のありふれた物悲しい単純な話の方がかえって良かったのではないかと思えてくる。それからまた長々と話し合った後で、この弟子に登場人物の骨格を作ってくるように言いつけて帰らせた。

その骨格を持って来るころには、彼女をメアリーと呼ぶほど親しくなっていた。彼女が初めて編集机の前に座って副牧師に恋文を書いたのはその時だった。冬のさなかで、クリスマスまであと二、三日という頃だった。アーサー（と彼女は彼を呼んでいた）は寒さが苦手だった。「あの人は何も言わないのですが、体の具合が悪いんじゃないかと思います。何をしてもうまくいかない人っていますよね」と彼女は言った。手紙を書いてしまうと、元気を取り戻して帰っていった。

我々は彼女をクリスマスの食事に招待して、お母さんも連れていらっしゃいと伝えた。我々が、気になって仕方がない人がいてね、と家内に打ち明けたところ、娘さんだけでなくお母さんにも手を差し伸べてはどうかと提案されたのだ。老婦人が娘と一緒に編集室へ来ないでくれたことをありがたく思っていたので、すぐにそうすることにした。招待を伝えると、最初は顔をまっ赤にしたが、その赤みが消えぬうちにあの見慣れた微笑みが浮かんだ。「みなさん、きれいな服をお召しになるのでしょう」と彼女は言った。我々は「午前中に教会へ行くときはきちんとした身なりで出かけますが、そのあとは着替えたりはしませんよ」と断言した。「こんな格好でよろしいのですね」と彼女は尋ねた。「もちろんです」と我々は愛らしいグレーのワンピースを見ながら言い、どんな帽子やリボンをつけてもこれ以上あなたがきちんとするなんてありえませんよ、とふざけて付け加えた。「じゃあ母も普段着でいいのですね。だったらおうかがいしますわ」と彼女は言った。クリスマス当日の午後にユーストン・スクエアに辻馬車で行く用事があるので、ついでにそちらに迎えに行きますと嘘っぱちを言って、母娘に出費をさせずにすむようにした。「そんなことしてくださらなくてもいいのに」と彼女は言った。こちらの言うことをまったく信じていないのはわかっていたが、嘘をつき通し、辻馬車の件はそういうことになった。

母親は想像通りの人だった。弱々しくて品があり涙もろい老婦人で、娘を自慢に思っていたが、プラム・プディングを食べ残してしまうほどの恥ずかしがり屋だった。メアリーはとてもおいしそうに食べていた。彼女は我が家の女主人に向かって目に涙を浮かべながら我々をほめちぎってくれたので、すぐに家内に気に入られた。娘たちともすっかり仲良くなって、息子たちの子供じみた冗談にも付き合い、最後にはスナップドラゴン遊び(13)をするのに呼び寄せた近所の子供たちを楽しませようと、幽霊の格好までしてくれた。

グレズリー夫人は少し離れたところのソファでお茶を飲んでケーキをつまんでいたが、それほど楽しそうではなかった。自分の古い服がやはり気になったのだろうし、家内とは初対面だったせいもあったのだろう。メアリーはそんなことは食事が半分もすまないうちに忘れていた。見たこともないほどかわいい幽霊だった。あんな幽霊がしょっちゅう出てきてくれるのだったら、死者の霊について考えるのも楽しいだろう。

クリスマスツリー

それから一年の間、ふたりは頻繁に我が家にやって来た。しかし、我々の交際の一番肝心な点はすべてあの編集室で発生した状況に関係するものであるから、我が家で彼女が過ごした時間については、それがどんなに心地良いものであったとしても、これ以上言及する必要はないだろう。愛らしくて育ちの良い、上品で賢いお嬢さんとして、彼女はいつでも歓迎された。小説は書き進められた。登場人物の骨格作りには我々もひどく頭を悩ませたし、彼女も大粒の涙を流してすっかり自信をなくしかけたが、決してあきらめたりはしなかった！　一八歳の少女が会ったこともない人物を一体どうやって描き出せばよいのか。あの副牧師との交際では、知性があるのは彼女の側だけだった。誰かを愛することが彼女には絶対に必要だったから彼を愛したのであり、その愛は鋼鉄のように揺るぎがない。しかし彼から学ぶことはほとんど何もなかった。

小説の計画は進み、それにつれて、うまく仕上がるかどうかますます不安になって来た。作業が進むうちに、失敗以外の結末を期待することは、いや、期待どころか夢見ることさえ、無理だとわかってきた。懇願に逆らうことはできなかったので、執筆を手伝ってはいた。それでもしばしば彼女に念を押して、最終的な成功を期待するのは当然だが一〇年は修行を重ねなければならない、と言い聞かせた。そんな時には彼女は涙をこらえて黙りこくり、自分の主張を支える論拠を何とか探そうとするのだった。

「一生懸命に書くことが修行です」と言いはったことがあった。

「それはそうですが、メアリー、でもきちんとした形でちゃんと修行すれば、書いた経験がもっと役に立つし、修行はもっと有意義になるのですよ」

「一〇年なんて言ってたら私は死んでしまいます」

「本気でそう考えているとしたら、ダンさんと結婚するつもりがないということになりますね。

でも、仮にあなたがそういう運命だったとしても、それで何かが変わるとでも言うのですか。世間はそんなことにはお構いなしですよ。仮に人がそれを知ったとしても、憐れんであなたの本を買ってくれますか？」

「憐れみなんていりません。でもあなたには手を貸していただきたいのです」と彼女は言った。そういうわけで我々は引き続き彼女を手助けした。四か月たっても、小説そのものはまだ書き始めていなかったが、構成には毎日手を入れ続けていた。

その翌月、三月半ばごろには、うまく行きそうな気配がかすかに見えてきた。自分で編集している雑誌には彼女の書いたものを載せるつもりはないと率直に伝えてあった。彼女を心からいとおしく思うようになっていたので、もし載せたとしたら、それは読者のためというよりもむしろ彼女のためにしたことになってしまうと危惧したからである。しかし、よその雑誌に短編小説を二つばかり載せてもらえるように取り計らった。彼女はこれで一二ギニー受け取り、まるで文筆家の黄金郷を探し当てたかのように喜んだ。自分の書いたものが印刷されると知った時の有頂天なありさまや、少額ながら初めての支払いを小切手で受け取った時の勝ち誇った様子を、私は決して忘れないだろう。文筆活動でそうした勝利感を抱くのは下劣だと考える人もいるだろう。我々は、成し遂げた仕事に対して支払われる金銭は、最良かつ最も正直な成功の尺度であると考えている。若い弁護士や医者はきっとそう感じているはずだ。それならなぜ文筆家を志望する者の場合だけ、長い間胸に抱いていた望みがかなって喜ぶことが、下劣と見なされねばならないのか。「私がこのお金で最初に何をすると思いますか」と彼女は言った。婚約者に何か送るつもりだろうと言うと、「母が教会に行く時にかぶるボンネットを買ってあげます。お話ししていませんでしたけど、母はここ三週間、日曜に教会に行っていないのです。ちゃんとした帽子を持っていないからって」と言うので小切手を現金に換えてやり、彼女はそれでボンネットを買いに行った。

うまく短編小説を二つ載せてもらえたが、それ以上は無理だった。報酬なしということなら、彼女の書いたもので雑誌のページを埋めることはできた。彼女自身はそんな仕事でも、やがてはもっと良い仕事につながると考えて引き受けたがった。しかし、我々はそれには反対で、実際やらせはしなかった。そういう仕事は、金をかけずにページを埋めようと考えている人間にしか喜ばれないものだ。

その冬いっぱい、彼女はこうやって書き続けていたが、その間ずっと婚約者のことを心配していた。暖かくなればまた元気になって体力を取り戻すだろうといつも願っていた。そんな空しい希望がどれほど悲しいものか、我々はよく知っている。夏の後には冬がやって来るものだし、そのあとにはまた残酷な春が来るのだから。この頃になると彼女はよく彼からの手紙を読んで聞かせてくれたが、その中で彼は自分の健康状態のことしか書いていないように思えた。彼女が世俗的な小説を書くつもりだと宣言して以来、彼はメアリーの文学的野心には全く興味を失ったようであった。この人物の唯一の長所は婚約者への誠実さだけであるように思えた。彼の考えでは、メアリーとはもうすでに教会の儀式で結ばれたのと同然だった。しかし、そういうことを言いながらも、書いて来るのはいつも自分のことばかりで、相手のことは話題にしなかった。やがて五月になった。危険で不確かで偽りに満ちた五月である。(14) そして容体が悪化した。その時になって初めて、あの恐ろしい「肺病」という言葉が彼女の口から洩れた。こちらももう薄々は気づいていた。彼女にどうしたいかと尋ねた。彼に会いにドーセット州に行くのかね？　彼女はしばらく考えて、もう少し待ちたいと答えた。

小説は書き進められ、ついに六月には一番肝心な小説本体の文章を書くまでに至った。章立てを工夫したせいか、どうやら小説らしい形になってきていて、私ですら時には望みを持ち始めるほどだった。彼女は希望がほとんど確信にまで高まる瞬間を味わっていた。六月の終わりごろに、ダン氏からだいぶ良くなったとの知らせがあった。八月には休暇を取る予定なので、婚約者に会いにロンドンに来るつもりだと言う。それでも自分の病状がこと細かに書いてあり、それを聞くと胸が痛んだ。だが彼自身が意気消沈していないのは明らかだった。メアリーは、彼の言葉を信用すべきなのか、それとも望みを絶つべきかで心底から悩んでいた。だが八月になると訪問の時期は延期された。暑さで身体が衰弱してしまい、会いに来るのは九月ということになった。

八月の初めには我々自身が毎年恒例の休暇に出かけた。ライチョウを撃つわけでもないし、休暇を取るなら一年中で八月と九月が最高だという確信があるわけでもないのだが、誰もが八月には出かけるものだ。我々は八月が特に好きというほどでもない。八月は、旅行先で人はよく蚊に刺される。暑さのせいで歩くのも厄介だ。旅館は一杯で鉄道も混雑する。四月や五月の方があちこち見て回るには、はるかに快適である。しかし世間の流儀には逆らえないもので、八月になると老若男女誰もがやりくりしてでもロンドンから出て行くのだ。我々は、ライチョウの猟場を持っていたわけでもないが、一〇日に出かけた。(15) 出発直前まで、メアリーの物語の新しく書かれた章を読んで手を入れていた。

九月の終わりごろにロンドンに戻ったが、例の婚約者はまだ来ていなかった。すぐにメアリーに手紙を出すと、次の日にやって来た。何も言わずにいつもの椅子に座ったメアリーの手を取って、あなたもお母さんもかわりはないかと尋ねた。それから少し明るい調子で、留守にしていた間に書いた分を読ませてくれと言った。すると彼女は「あの人はもう長くないのです」と答えた。

こう言いながらも、彼女は泣いてはいなかった。こういう時には、彼女の目に涙はあふれなかった。しかし、顔つきには苦しみの影が色濃く宿っていて、少なくとも彼女自身は、今しがた自分が口にしたことが間違いないと信じているようだった。我々は、あなたの思い違いであればいいのだがというようなことをつぶやいた。「向こうのお医者さまから母に届いた手紙にそう書いてあったのです。これがその手紙です」見ると、きちんとした文面で、たいていの医者ならここまで確信のある言い方はしないような内容だった。「大変お気の毒ですが、もはやあと数週間かと申し上げなければなりません」と書いてあった。我々は顔を上げて彼女の手を取った。言葉もなかった。

「あの人のところに行かなくては」と、少し間をおいてから彼女が言った。

「そう、そうですとも。そうした方がいいでしょう」

「でも、お金がないのです」ここで一言説明しておかねばならないが、我々は一度ならずメアリーと彼女の母にわずかな、ほんのわずかな金銭的援助を申し出たことがあった。そのたびにきっぱりと拒絶されたのだが、いつもほほえみながら、あるいは少なくともユーモラスな調子で断られたのだった。母親はメアリーに聞いてくださいと言うだけで、メアリーの方は、人様のお情けにすがる乞食にならずとも、何とかここで一年間暮らしてからコーンバラに帰れるようにやっていけますと言い切るのだった。彼女は母娘で共用している衣服のことに触れ、もしあの時いただいた一二ギニーがなかったら、ふたりで使っているあのブーツも買えなかったと言った。確かにあのちょっとした収入を倹約して使い、随分いろいろなものを買ったようだった。そうしたことを話すのを決して恥ずかしがったりはしなかった。グレーのワンピースは二つ持っているに違いなかった。いつも清潔だったし、ひどくすり切れてもいなかったからだ。我が家の娘たちは三着あるはずだと言っていた。メアリーはワンピースのことはなぜか一度も口にしなかったが、新しいブーツや新しい手袋や「それから、いちいちお話しできないけど、どうしてもないと困るようなもの」が、みんなあの一二ギニーから生み出されたのだった。そのお金を、彼女はただうれしいなどというのではなく、それこそ得意満面の思いで受け取った。しかし我々からの金銭的援助はいつも拒んだ。「それだけはいただけません」と言って。

「とにかく受け取りなさい」

「でも、人は赤の他人にお金をあげたりしませんわ」

「そうとも限らんよ。あなたはまだ世間を知らないから」

「そうね、乞食にはあげますわ。私たちはそうはなりたくないと思っているのです」彼女はきまってこんな風に答えたのだが、いつも目が笑っていて、自分たちが貧乏なのはほんの冗談だとでも言わんばかりだった。だが今度ばかりは、自分の安楽のためではなく本当に重要な問題だと思えることなので、旅費が足りないのだと躊躇なく申し出た。

「もちろんご用立てしましょう」と我々は言った。「すぐに出発するのですね」

「はい、すぐに立ちます。一両日中に。手紙が向こうに届くころに。それ以上待ってはいられません」我々は腰を下ろして小切手を書いた。彼女はそれを見て、どのくらいの金額かを尋ね、「その半分で結構です」と言った。「母は行きません。ふたりで話し合って決めました。ええ、重々承知しています。私が恋人に会いに行くのです。死にかけている恋人に。それでお金を無心しなければいけないのです。もちろん、私は世間知らずの娘です。でも、だからと言って情けをかけていただくには及びません。住み込みのメイドだって、一八にもなれば自分のことは自分でできます」彼女の言う通りにして、人をやって小切手を現金に換えさせ、その間に慰めようとした。どんな慰めが可能だったろうか。今のところ出口のない悲しみだと率直に認めるしかなかった。「そうです。いずれ時間が癒してくれますわ、ある程度は。人はいずれ死んでいくのですし、そしてもちろん、その悲しみもすべて癒されるのですから」

「こういう話はよく耳にしますが、たいてい死ぬのは女の子の方ですわね」と彼女はあとで言った。以前のように椅子に前かがみに座り、その目にはかつての、悲しみの中にもユーモアの漂う表情の名残りが、まだいくらか浮かんでいた。「死ぬのが女の方なら、結局のところあんまり傷つく人もいないでしょうね。男の人は世間でもまれて忘れていくだろうし、女の人はほかにもいっぱいいるし」

我々にとっては、この娘が今からこれが最後と会いに行こうとしている男性よりも、彼女自身の人生の方がよほど大事だったが、それを口にするわけにはいかなかった。しかし、そこである思いが湧いてきた。これまで彼女に納得させようと努力していた考えとは正反対の気持ちだった。それは、彼女は作家として成功する運命にあるという確信である。

メアリーは出かけて行き、恋人の枕もとに三週間とどまった。母親にはまめに手紙をよこし、我々にも一、二度書いてきた。もうかすかな希望の光すら抱くこともなく、自分の悲しみをすでに当然のこととして書いていた。向こうへ行く前に会ったとき、小説のことはほとんど何も言わなかったし、手紙でも全くそのことには触れていなかった。しかし、これからどうなるかを予期させるような一言があった。「今度お会いするときには、私がある点ではとても変化したことにお気づきになるでしょう。あなたに助けていただく必要もないくらいに変わったのです」と彼女は書いていた。ロンドンに戻る日は二度も延期されたが、とうとう恋人のもとを去ることになった。厳しい現実ゆえに、そうせざるを得なくなったのだ。ドーセット州ではできるだけ切り詰めて暮らさなければならなかった。向こうも貧しいのだから、彼に頼ることなど問題外だった。こうして彼のもとを去り、ロンドンに着いた日の翌日、ユーストン・スクエアから編集室まで歩いて来た。「ええ、すっかり終わりました。天国の門のこちら側で彼に会うことはもう二度とないでしょう」と彼女は言った。この娘が自分のことで涙を流すのは見たことがなかった。どんな重荷でも背負うことができそうな素晴らしい精神力を持った女性だった。彼女は、そこで少し間をおいた。我々はただ黙って床を見つめていた。「彼に約束したのです」と彼女はやっと口を開いた。もちろんどんな約束なのかと尋ねた。しかしその瞬間、どういう答えが返ってくるかわかっているような気がした。「もう、小説を書くのはやめます」

「そんな約束は求めるべきではないし、あなたも約束すべきではなかった」と激しく言った。

「求められるべき約束だったのです。あの人がそうすべきだと思ったのですから」と彼女は答えた。「もちろん約束しました。彼の方が私より良くものを知っているはずです。神に任命された聖職者なのですから。私ほどあの人に従うことが義務付けられている者はこの世でほかにはいません」こうなると、もう反論しても無駄である。死の床での別離によって生み出された情熱ほど強いものはない。「この哀れな娘をあれほど熱心にご指導してくださったのに、ご期待に沿えずに無駄骨を折らせてしまったことを、心から申し訳なく思っています」

「あの仕事が無駄だったとは思っていません」と我々は言い返した。物書きをめざしてもたいていは不毛な努力に終わるのだと、これまで何度も口にしてきたが、ここではその考えを百八〇度変えてしまっていた。

「全部燃やしてしまいました」と彼女は言った。

「なんですと。あの小説を燃やしたのですか?」

「一ページも残さずに。そうするって約束したのです。そして燃やした後で報告すると。ゆうべ家に戻ってから、全部燃やしました。そして手紙を書いてから寝ました」

「人が小説を書くのが悪いことだと言うのですか」

「彼の考えでは、神様がお与えくださった才能を乱用することになるのです。私にはそれで十分です。彼が私に代わって判断してくれます。でも、私は他人の代わりに判断したりはしません。今さらどうでもいいことですわ。もう小説は書きたくありません」

妻帯者の方の副牧師が一年間この母娘の家を借りて住んでいたので、ふたりはその一年の終わりまではロンドンに残り、それからコーンバラに帰って行った。我々は母娘がロンドンにいる間はちょくちょく会い、ちょうど冬が始まるころ、北に帰る列車に乗ったふたりを見送った。その時はドーセット州の若い副牧師はまだ生きていたが、クリスマスが来たころには墓の下に横たわっていた。メアリーは二度と彼に会わず、葬儀にも参列しなかった。

彼女はそのころも、そのあと何年もたってからも、しょっちゅう手紙をよこした。「お墓に行ってみたかったのですが」と書いて来た。「でもそれは悲しみという贅沢を求めるようなものですから、贅沢のできない人間がすべきことではありません。家の者は何とか私を行かせようとしてくれたのですが、でも断わるのが正しいことだとわかっていました」まったく、その通りだ！　我々が知る限り、彼女はただの一歩でも正しい道から外れたことはなかった。

これはすべて何年も前の話である。メアリー・グレズリーはコーンバラに帰ってから、例の妻帯者の副牧師にいわば弟子入りして、聖書朗読奉仕者[16]と自称するようになったようだ。近所の貧しい人々を宗教の立場から手助けするために日々懸命に働いたそうだ。我々は何度か文学作品を書くように勧めてみた。彼女はその手紙に答えて、聖人トムと罪人ボブとの間で交わされる立派な小問答集を送ってくれた。我々は今ここでそれを批評する気はないし、このたぐいの宗教教育は実に嫌なものだと思っている。だがこれだけは言えるのは、そんな書物にさえ、彼女の文学的才能がはっきりと現れているということだ。読んでいると、時々あのユーモアの輝きが目に浮かび、何だかメアリーが向こう側に座って我々を見つめていて、そして彼女が聖人トムで我々が罪人ボブであるかのような、そんな気持ちになってくる。我々は彼女をその選んだ道からそらそうとできる限りのことを書き、雄弁と思慮の限りを尽くした手紙を送ったが、雄弁も思慮も何の役にも立たなかった。

やがてダン氏の死から八年がたち、彼女はある宣教師と結婚した。その人物はアフリカの植民地のどこか人里離れた土地に行くことになっていた。彼女はそこで死んだ。船で出発する時には見送りに行った。別れの時、彼女の眼にはあの涙があふれ、唇には懐かしいあの訴えかけるような微笑みが浮かび、顔いっぱいにあの陽気なきらめきが輝いていた。我々は彼女に初めて、そしてただ一度だけキスをして、最後の別れを告げたのだった！

訳注

（1）語り手はひとりの編集者であるが、新聞や雑誌の論説などの筆者が用いる一人称複数形「我々」を用いてこの物語を語っている。語り手は時おり「私」という単数形も用いる。

（2）ローレンス・スターン（一七一三〜六八年）は牧師・作家。代表作は『トリストラム・シャンディ』。彼は何人かの女性への恋文を残した。とりわけ晩年、三〇歳以上も年下の人妻エリザベス・ドレイパーにあてて書いた日記体の恋文は後に一冊の本として出版された。ウィリアム・メイクピース・サッカレー（一八一一〜六三年）は作家。代表作は『虚栄の市』。彼は『一八世紀英国ユーモリストたち』（一八五三年）の中でスターンを酷評した。

（3）ジョナサン・スウィフト（一六六七〜一七四五年）は作家。代表作は『ガリヴァー旅行記』。ステラという女性をはじめ、幾人かの女性との親しい関係があったとされる。

（4）サミュエル・ジョンソン（一七〇九〜八四年）は『英語辞典』の編集で知られる。

（5）ヨハン・ヴォルフガング・フォン・ゲーテ（一七四九〜一八三二年）はドイツの文豪。小説『若きウェルテルの悩み』や詩劇『ファウスト』などで知られる。彼は年下の女性クリスティアーネを内縁の妻とし、一七八九年には長男アウグストも生まれているが、一八〇六年まで正式に結婚はしなかった。

（6）ここでトロロープは一七世紀末に創設された「キリスト教知識普及協会」の出版物を念頭に置い

ているようである。

（7）ロンドン市内の主要鉄道駅で最も古くからある駅。現在のユーストン駅。

（8）当時の長編小説は通常は三巻物として出版され、一巻物は商業的にはあまり歓迎されなかった。

（9）詩歌・音楽などをつかさどる太陽神。美男子。

（10）約一七〇センチメートル。

（11）シャーロット・ブロンテ（一八一六〜五五年）はカラー・ベルという筆名で一八四七年に『ジェイン・エア』を発表して大評判になった。これは彼女が三一歳の時だった。また、ジャック・シェパードは実在した有名な泥棒である。ウィリアム・ハリソン・エインズワース（一八〇五〜八二年）は彼を主人公にした小説『ジャック・シェパード』（一八三九年）を書いたが、犯罪者を賛美して若者に悪影響を与え、模倣犯罪を引き起こしたと非難された。

（12）南米の島や海岸で海鳥などの糞が堆積して硬化したもので、肥料に用いる。

（13）一七四頁の訳注（2）を参照。

（14）「五月が過ぎるまではぼろでも脱ぐな」という諺があるほど、イギリスの五月は天候不順である。

（15）ライチョウは猟鳥の王座を占めるもので、その猟は毎年八月一二日に始まる。

（16）貧しい人や文字の読めない人の家などに行って聖書を読んで聞かせる人。

女主人ボッシュ

ヴェルネ温泉はピレネー山脈の峡谷にあるのだが、英国からの旅行者にはあまり知られてはいない。英国人だけでなく、どこの国から来た旅人でも、ヴェルネ峡谷を知る者は少ない。景色の美しい場所で快適なホテルに泊まりたいのなら、普通の観光客はわざわざピレネーの東部にまで行ったりはしない。たいていはリュションあたりまでしか行かないが、そこはピレネーで最も美しい景勝地なのだから、その先まで行く必要はない。それに、どんなに素晴らしい場所であっても悪い連中がいるもので、人につけ込んだり、だましたり、まごつかせたりするような、そんな案内人や宿屋の主人や貸馬屋などに出くわすと、旅を続けたいと思う気持ちなど消え失せてしまう。遠方からの湯治客もヴェルネまで足を運ぶことはない。金持ち連中はオボンヌやリュションに行き、本当に身体の具合の悪い者はバレージュやコテレに行く。こういう場所にはパリから来た連中が山ほどいるし、ボルドーの金持ちの商人の娘や妻や、それに今では英国人の男女もかなり見かける。しかし、ピレネー東部を訪れる人はいまだに数少ない。たぶん今後も増えることはないだろう。なぜなら、たしかにピレネー東部には美しい峡谷が数多くあって、特にヴェルネ峡谷の美しさは格別であるが、それでもヨーロッパの他の人気のある観光地の山岳風景には太刀打ちできないからだ。ピレネー西部のヴェナスク峠やロランの窓(1)など、正確に言えばフランスからスペインへ山越えで入る道の周辺の風景は、スイスや北イタリアやチロル地方やアイルランドなどの景色と比べても、見劣りすることはないだろう。しかし、東部の山々はそういうわけにはいかない。東部では山々はそれほど連なっていないし、標高はそれなりにあるが、谷から谷へと抜ける山道は、そそり立つ岩が間

カニグー山

近に迫ることもなく、美しさばかりでなく壮大さにも欠ける。そうなると当然の結果として、そこにあるホテルにもあまり期待はできない。

しかし、ピク・デュ・ミディー山やマレデッタ山にも負けない山がひとつだけある。孤高にして峻厳なカニグー山をあなどってはいけない。この山はペルピニャンからスペインへ通じる二つの山道、つまりプラード経由の街道とル・ブル経由の街道とのあいだにそびえ立っている。先ほど述べたヴェルネ温泉はカニグー山麓西方の人里離れた谷間にあり、そこはわたしの知る限り、ピレネー山脈東部で最も素晴しいところである。

数年前まではこの温泉を訪れる常連客は、近隣の町のペルピニャン、ナルボンヌ、カルカッソンヌ、ベジエなどから来る者がほとんどで、したがって知る人も少なく、金もかからず、贅沢もできない保養所であった。しかし、信奉者たちは、この温泉には確かな効能があると思い込んでいた。実際、辛い仕事で疲れ果て、不摂生で体調を崩し、取り越し苦労で神経が参ってしまったような者も、ここに来ると気分一新で元気を取り戻し、厳しい人生にもう一度挑戦する気持ちになるのだった。こうした様子は最近になっても変わっていないようだが、信奉者の輪は多少は広がったのかもしれない。

当時、ヴェルネ村で知らぬ者のいないほどの一番の有名人は、ホテルの女主人ボッシュ夫人だった。夫人はかつては結婚していて夫がいたことがあったのは確かで、というのも息子がひとり、母親と暮らしていたからだ。しかし、その夫のことになると、昔は亭主がいたらしいという以上のことは誰も知らなかった。ボッシュ夫人はこの村の出身だったが、よそに嫁ぎ、ほどなくして未亡人となって村に戻り、ホテルの女主人兼支配人となった。いわば、彼女こそがヴェルネのボッシュ・ホテルそのものだった。

このホテルはあまりあか抜けない大きな建物で、ヴェルネに来る湯治客向けの施設だった。源泉のすぐ上に建てられていたので、地下からの温泉が直接風呂場に流れ込んでいた。収容人数は七〇人で、夏や秋はいつも満室だった。冬と春にもかなりの客が来たのは、宿泊料が安くて設備もそれなりに良かったからだった。

こうした点や、他のあらゆる面においても、ボッシュ夫人は律儀な人という評判を得ていた。いったん決めた宿賃は決して割り引いたりはしなかったが、その代わりに朝食と夕食や温泉と寝室は十分その料金に見合うものを厳格な良心に従って提供した。ホテルの経営者として、このような資質はいくら賞賛されてもされ過ぎることはないし、世間から高く評価されるのも当然だった。にもかかわらず、ボッシュ夫人のような女性の態度にさえ、ときには文句をつける余地があると考える者もいた。

彼女はまず第一に、ホテルのような公の場所の主人であればごく当たり前の、客の心を和ませる愛想笑いができなかった。たいていの場合、客に対して厳しくて口数は少なく、ときには理不尽とまで言えるほど独裁的で横柄、そして矛盾だらけだった。さらにたった一日のことでも何かの変更を求められたり、わずかな不平のささやきでも彼女の耳に届いたときなどは、まったく理性を失い、人を寄せつけないところがあった。

特に設備に対して苦情が出ようものなら容赦がなかった。そのような場合の返答は決まっていた。そういうことでしたら、どうぞ今すぐよそへおいでください、お泊まりになれる場所は他にいくらでもございますから。こうした強気の発言は、宿賃が安いからこそ言えることで、またそれが彼女の強い信念の源となっていた。

医師の処方に応じて温泉は異なる時間帯に入浴できたが、通常は朝の五時から七時までだった。朝食は九時、夕食は四時だった。夕食後はボッシュ・ホテルでの飲食は一切禁止となっていた。村には一軒のカフェがあり、紳士、淑女たちはそこでコーヒーやジュースを飲めたが、ホテル内ではそのようなサービスを受けることはあり得なかった。金で買収しようとしても、また、どんなに頼んでも、食事は決められた時間以外に提供されなかった。ベルが鳴り止んでから一〇分以上も遅れて食堂に入ろうものなら、ボッシュ夫人の不機嫌な視線を浴びることとなった。彼女は食事時間中はずっと自分のテーブルに、でんと陣取っていた。万が一、三〇分でも遅れようものなら、コースの途中からの料理しか与えられなかった。しかし、最後の料理が運ばれてしまった後では、誰が食堂に入って来てもまったく無駄だった。

この物語の当時、夫人は見た目のせいで損をしていた。六〇歳くらいで、ずんぐりとして首が短かかった。白髪は夕食時にはきちんと手入れされていたが、日中は帽子の下からほつれた髪が乱雑に顔を出していた。眉毛は太く、もじゃもじゃだったが、それだけが彼女の断固たる厳めしさを示すものではなかった。眉毛だけでもぎょっとさせる効果があったが、いつもその下にかけている緑の眼鏡はそれ以上に不気味だった。この点について分析した人たちは、ボッシュ夫人の威厳の大きな秘密は、彼女の緑の眼鏡に隠されていると結論づけた。

夫人の日課は、毎日朝食が済んでから夕食の着替えをするまで施設全体を動き回ることだった。客室と風呂場をひとつひとつ見て回り、食堂には一度か二度、そして厨房にはひっきりなしに顔を出した。ありとあらゆることを隅々まで調べ、緑の眼鏡越しにあらゆるものを覗き込んだ。こんなときに彼女と遭遇するのは、必ずしも心地良いものではなかった。いつも両手を後ろで組んでひどくゆっくりと歩いていて、話しかけられない限り口を開くことはめったになく、話しかけられても、それが世間話にまで広がることはまずなかった。もしホテルに関して何か言いたいことがある人がいたら、耳を傾けて返事をしただろうが、たいていはあまり愉快な返答ではなかった。

このようにして、夫人は我が道を行くという生き方をしていた。厳めしくて頑固で厳粛な老女で、ときには激昂することもあったけれども、正直者で、内に秘めた善意や本当の心の優しさを持っていないわけではなかった。子沢山で七人か八人の子どもがいた。ひとりかふたりが亡くなっていたが、それ以外はもう結婚していた。息子たちは家から遠く離れたところに住んでいて、この物語の当時、母親の権威の及ぶ子どもとしては、息子がひとりだけ家に残っていた。

アドルフ・ボッシュは、そうした子どもたちの中で、現在の常連客や長期滞在者が良く覚えている唯一の人物だった。末っ子で、ボッシュ夫人がヴェルネに戻る直前に生まれ、ここでずっと育てられてきた。他の兄弟姉妹に比べても母親にとりわけ可愛がられており、彼女にとって最も大切な宝石のような存在だと地域の人たちから思われていたが、まったくその通りだった。当時彼は二五歳くらいで、二年前からヴェルネを離れていたが、その経緯はこれから明らかになろう。彼は社会勉強のためにパリへ行かされ、そこで山間の訛りを直し、きちんとした話し方を身につけた。パリのあとに南に下りラングドックへ行き、そこでヴェルネの山間農業に役立ちそうな農業知識を身につけた。母親としてはとても嬉しいことに、その息子がもうすぐ家に帰って来るのだ。

母親が自分のお気に入りの子どもに対して優しく情が厚いとしても、それだけではその女性の慈悲深さの十分な証明にはならないだろうが、実は彼女は隣人の孤児にも、それも商売仇の宿屋の主人が残していった子どもに対して、優しく情け深いことをしていた。かつてヴェルネにはもう一軒の温泉宿があったが、その主はボッシュ夫人が実家に戻った数年後に亡くなった。その宿はつぶれてしまい、ひとりきりの幼い娘が一文無しで残されたのだった。

ボッシュ夫人はその宿の主をひどく嫌っていたのだけれど、この少女マリー・クラヴェールを父親の死後すぐに引き取った。マリーはまだほんの子どもで、ボッシュ夫人はこの娘にこの先どんな運命が待ち構えているかなどとはあまり考えもせずに世話を引き受けた。しかし、その後、夫人はこの少女に対して母親としての義務を完全に果たし、やがて少女はホテルのみんなに可愛がられるようになった。そしてアドルフ・ボッシュのお気に入りの遊び相手となり、ついには当然の成り行きとして彼の初恋の人となった。

そういう訳で、村でもめごとが生じることになった。もちろん峡谷に住む人たちはみんな、ボッシュ夫人が気づくずっと前から、何が起こっているのか、そしてこれからどうなりそうかが、すっかりわかっていた。しかし、ついに夫人もやっと気がついた。彼女のすべての美徳とすべての財産の相続人であり、この村で、いや周辺一帯の峡谷のどこへ行っても一番の若者である息子アドルフ・ボッシュが、あの可哀相な孤児マリー・クラヴェールとの結婚を真剣に考えているのだ。

誰かがマリー・クラヴェールに恋するなどとは、ボッシュ夫人にはまったく予想もできなかった。夫人にしてみるとマリーはただの子どもで、単なる慈善の対象であり、世間からはいつも気の毒な娘だと言われるような存在に過ぎなかった。たとえ緑の眼鏡を通して見ても、夫人には、マリー・クラヴェールが若い男たちから一目置かれるような成熟した、魅力ある美人とはまったく考えられなかった。マリーは山ほどある毎日の雑用をこなすのに大変役立っていて、ボッシュ夫人は娘の能力を認めて高く評価していた。まさにこうした理由から、夫人はマリーを便利な雑役婦以上の存在として認識することはできなかった。夫人はこの娘がとても気に入っていて、他の人の言うことには耳を貸さないのに、ホテルのことで彼女の意見を聞くほどだったが、「奥様」（とマリーは夫人を呼んでいた）はマリーの娘らしい可愛らしさ、しとやかさ、美しさには、まるで気づきもしなかった。

しかし、不運なことに、アドルフ・ボッシュは気がついてしまった。当然の成り行きであるが、彼は母親がまったく見ようとしなかったそうしたすべての長所に気づき、その結果として彼女に恋するようになった。これも自然な成り行きであるが、彼は愛を告白し、さらにまた自然な成り行きとして、マリーも彼の愛を受け入れた。

アドルフは、わずかなことを除けば、それまでほとんど母に反対されたことはなかったので、マリー・クラヴェールと結婚したいと母親に告げさえすれば、あらゆる困難を乗り越えられるものと考えていた。しかし、マリーは女性ならではの勘で、彼よりも事情を良く察していた。彼女は、夫人に彼への愛を告げたとき、恐怖で震え、ほとんど立っていられないほどだった。アドルフが結婚に同意してくれるように母親に歩み寄ったとき、彼女はその場からすでに身を隠していた。

ボッシュ夫人の怒りの嵐は、この物語の二年前にもうすっかり治まっていたので、その件について詳しく語る必要はあるまい。夫人は最初は敵意をむきだしにして罵倒したが、これはマリーにとって辛いことだった。その後、マリーにはさらに辛いことに、夫人は沈黙という手段で敵意を示した。当然のことながら、マリーはどこかの孤児院か救貧院、つまりどこか邪魔にならないところにへ追放されることになった。マリーの将来とか、幸福とか、いや彼女の存在自体がどうなっても良かったのだ。アドルフ・ボッシュの将来や幸福こそ、ヴェルネにおいて一番重要なものなのだから。

しかし、こうした恐ろしい事態は長くは続かなかった。第一にボッシュ夫人は、あの緑の眼鏡の奥に本当は優しさと愛情に満ちた心を持っており、怒り出した二日後には、マリー・クラヴェールに何らかの処遇を施す必要性を認めた。さらに四日後には、ホテルには、ということは彼女自身には、マリー・クラヴェールがなくてはならないことを認めた。次に、ボッシュ夫人には友人がいて、彼女は深刻な問題に関してその友人の助言を時々参考にしていた。その友人は夫人に次のように助言した。つまり、どちらかを追い出す必要に迫られているのだから、アドルフを追い出す方がはるかに良いし、彼も何か月間か故郷の峡谷を離れれば、いろいろと得ることがあるだろう。それに一年か二年ここを離れていれば、たとえマリーが恋人を忘れることはなくとも、彼の方は娘を忘れてしまうだろう。

ここでこの友人について少し触れておかねばなるまい。彼はヴェルネで常に「大尉さん」と呼ばれていたが、実際はその階級には達していなかった。軍隊でまだ少尉のときに脚を負傷し、その後は恩給を支給され、そういうわけで栄光へと続くいばらの道を進むことを阻止されたのだった。この一五年間、彼はボッシュ夫人と同じ屋根の下で暮らしていた。最初は時々訪れる客としてだったが、今では長年のあいだずっと滞在し続けていた。

彼はいつも大尉さんと呼ばれていたので、名前を耳にすることはほとんどなかった。しかし、彼の名がテオドール・カンパンだということはお知らせしておいた方がいいだろう。背が高くて顔立ちの整った男で、いつも黒い服を着ていて、明らかに粗悪品だが、とても清潔で丁寧にブラシをかけてあった。年の頃は五〇くらいで、背筋をピンと伸ばしているのと黒い木製の義足が人目を引いていた。

この木製の脚が、彼の特徴を示す最も顕著な物体だった。時に応じて大尉が自らの手で塗装したり、磨いたり、黒ワニスを塗ったりしていたので、いつも黒光りしていた。大尉は普通の人よりずっと背が高かったので、その木製義足も通常のよりも長かった。それでも彼の軍人らしいきびきびとした動作の妨げとなっているようにはまったく思えなかった。一般の義足装着者とは異なり、彼の場合は義足は何の障害にもなっていなかった。その義足の真中くらいのところ、普通の脚でいうところのふくらはぎの辺りには、磨かれた金のようにピカピカ光る真鍮製の帯金がついていて、輝きを増していた。

大尉はこの数年のあいだ、毎晩七時頃にボッシュ夫人の聖所で、つまり彼女が請求書を書いたり儲けを計算したりする暗くて狭い居間で、夫人とともにくつろぐのが習慣となっていた。ここでの経費はすべて夫人もちだった。というのも、コーヒーとコニャックの代金は請求されなかったからだ。夕食時間以降は施設内での飲食は一切できないと先ほど述べたが、それは一般的な取り決めにすぎない。営業面では例外は一切は認められていなかったが、友情面では目下のところ多くのことが大尉に認められていた。

ボッシュ夫人が個人的問題について話し合い、助言を求めたり受けたりするのはまさにこうしたときだった。ボッシュ夫人といえどもやはりひとりの人間だったので、いくらあの緑の眼鏡をかけているとはいっても、他人の助けなしには人生の様々な難局を乗り切ることはできなかった。ヴェルネ村の人々が、ボッシュ夫人が大尉と結婚するのではと勘ぐり始めたのは今から五年前で、その後一年半はその話題で持ちきりだった。しかし、いつまでも待てるものではない。お茶を飲むだけの関係から少しの進展もなかったため、その話題は消えうせた。ボッシュ夫人はそんなことはまったく気にも留めなかった。

しかし、夫人は自分の結婚は考えていなかったが、他人の結婚には大きな関心を寄せていた。コーヒーやコニャックを飲みながら、ある結婚の計画がここ最近毎晩のように話し合われた。ボッシュ夫人の怒りが爆発したとき、大尉はマリーを擁護した。最終的にマリーが家に残され、アドルフがよそへやられたのは彼の助言によるものだった。

「でも、アドルフをずっとよそにおいておくわけにはいかないわ」とボッシュ夫人は異議をとなえた。その通りだと大尉は認めた。しかし、マリーは二年が過ぎる前に他の男と結婚するかもしれないじゃないか、と彼は言った。そして、そういうことで話は決まった。

しかし、マリーが一体誰と結婚するのか？　この質問に対して大尉は、自分よりボッシュ夫人の方がずっと良い人選ができるだろうと深い考えもなしに答えた。彼は、マリーがお金に関してどのような立場に置かれているかをわかっていなかった。もし夫人がわずかでも持参金を持たせてあげれば、問題はごく簡単に解決するだろうと大尉は考えていた。

ふたりがこんな話をしているうちに数か月が過ぎ、その間マリーは陰気でものうげな様子で仕事を続けていた。彼女の心を慰めてくれるのは彼が残した約束の言葉だった。家を離れる前にアドルフは、マリーがあげた小さな十字架を握りしめながらこう約束した。「いかなる理由があろうとも僕たちを切り離すことはできない――遅かれ早かれ僕は必ず君の夫になるんだ」マリーはこの言葉がなかったら、手足を動かすことも言葉を発することもできなかったことだろう。

それから、何かを考え込んでいたボッシュ夫人はあることを思いつき、二杯目のコーヒーにいつもよりスプーン一杯分は余計にコニャックを注ぎながら大尉にこう言った。「大尉、あなたがマリー・クラヴェールと結婚したら？」

大尉はこの提案にはすっかり驚いてしまった。自分が結婚するなんて、それまで生きてきてまったく考えたこともなかった。しかし、ボッシュ夫人は、まるであり得ないわけでもないと思わせるように巧みに話を進めた。持参金に関しては、夫人は気前良くはずむつもりでいた。夫人は心からマリーを愛していたので、何をあげてもいいと思っていた――最愛の息子のアドルフ以外なら何でも。彼女の提案は次のようなものだった。アドルフに温泉宿の経営はさせない。もし大尉がマリーを妻とすれば、自分が亡き後、アドルフに財産を分与することを条件とした上で、マリーをこのホテルの女主人とする。

この計画は幾度となく話し合われ、ついにはそれをマリーに伝える運びとなった。呼び出された娘は、ボッシュ夫人と将来の夫候補の前に座った。可哀相にマリーは、あてがわれた相手が堅苦しく不格好な男であっても嫌悪感を示すことはなかった。大尉は全身が木製の義足であるかのようにぎこちない様子だった。総じて言えば、マリーは大尉が好きだったが、それは友人としてであった。この地方ではこのような結婚も珍しいことではなかった。大尉は、世話係兼妻として若い娘の奉仕を求めるには、年齢が確かに少しばかり行き過ぎてはいたが、一方マリーにしても、若さと美しさと優しさ以外には与えるものは何も持ってはいなかった。

しかし、彼女は承諾するわけにはいかなかった。アドルフと堅い契りを結んだのだから。多大なる金銭的利点が次々と彼女に提示され、最後にボッシュ夫人が、大尉の妻となればメイドではなく宿の女主人となるのだと言ったときにも、マリーはただただ泣きじゃくり、どうして良いかわからないと言うしかなかった。

「君にはうんと優しくするつもりだ。本当にできる限り優しくするよ」と大尉は言った。

マリーは彼のゴツゴツでしわだらけの手を取り、そこにキスをしてから、訴えかけるような眼差しで彼の顔を見上げた。その思いは大尉に少なからず伝わった。

「このくらいにしておこう、時間はたっぷりあるから」と大尉は言った。

しかし、たとえマリーの眼差しに彼の心がどれほど揺らいだとしても、変わらぬことがひとつあった。それはアドルフとの結婚は許されないということだった。この点については、大尉の気持ちは揺るぎないものであった。それを撤回してしまえば、彼はボッシュ夫人のホテルで身の置きどころを失ってしまうことになる。それに彼の良心がそのような結婚など許されるはずはないと言っていた。あり得ないことだ。もし、可愛い娘がみんな初恋の若者と結婚して良いということになったら、世の中は一体どうなることか？

それに、時間も十分あるわけではないことがやがて明らかになった。実際、足りないくらいなのだ。三か月もすればアドルフが戻って来る。もしそのときまでにすべてが決着していなければ、収拾がつかなくなってしまうかもしれない。

そこで、ボッシュ夫人はダメ押しの質問をした。「もうアドルフと結婚できるなんて考えていないわよね」そう尋ねたとき、夫人の例の緑の眼鏡はいつもの十倍も恐ろしいもののように思われた。マリーは、再びとめどなく流れる涙で答えるだけだった。

その問題は三人のあいだでついに決着した。マリーは、アドルフ自身の口から直接自分をもう愛していないと聞いたら、大尉との結婚に同意すると言った。彼女は涙にくれながら、アドルフとの固い約束と誓いがあるからこれ以上のことは約束できないときっぱり言った。とにかくこの段階では、アドルフを愛したからといって、彼女に罪があるわけではない。また、少なくとも今の段階では、アドルフとの誓約に縛りつけられていたとしても、それは彼女の責任ではない。「彼の口からもう愛してはいないという言葉を聞いたら、そのときは大尉と結婚いたします」と彼女は言った。「もし大尉と結婚しなかったとしても、とにかく奥様がお望みのように何でもしますわ。そうなったら、わたし、もうどうなってもかまわないんです」

ボッシュ夫人の眼鏡は微動だにしなかったが、心中は穏やかではなかった。夫人は大尉に次のように告げた。マリーがカンパン夫人という肩書を得れば、ホテル内で自分と同等の立場となり、自分にとって実の娘同然となる。そして、毎晩コーヒーを飲み、大きなテーブルで食事をとり、教会ではシルクのガウンをまとい、召使いたちはみんな彼女をマダムと呼ぶことになる。アドルフへの愚かで子どもっぽい恋心を捨てさえすれば、彼女の将来はバラ色である。それで、こうした輝かしい内容の約束事が、大尉からマリーに繰り返し伝えられた。

それにもかかわらず、世界中で何よりも大切なものがマリーにはあった、それはアドルフ・ボッシュの気持ちだった。それがなければ彼女には生きている意味もなく、それを信じるからこそ運命の日まで辛抱強く待てるのだ。

こうした波乱に富んだ事態が展開しているあいだ、何通もの手紙がアドルフに送られ、彼からは一通の手紙が届いた。その内容は、彼はマリーの愛を大変ありがたく思うが、マリーとの結婚は彼女のためにも自分のためにもならないということが明白になったので、結婚はあきらめるつもりだ、というものだった。また彼は、マリーと大尉の結婚に同意し、母親が自分に約束した当面の資金援助に対して感謝の意を伝えていた。ああ、アドルフ、アドルフよ！　しかし、男はたいていそんなものだろう。女にだってそういうのがいるのだし。

マリーはこの手紙を読んで聞かされたが、味気ない法律関係の書類のようなもので、彼女の心に何ら影響を与えるものではなかった。当時、こうした地方の人々は手紙をそれほど信用していなかったし、書かれたとしてもそこには人の心情や感情はあまり込められてもいなかった。アドルフの眼差しや口調からならば、マリーは読み取ることができた。恋人の真意を、彼が何を求めているかを、そして心の奥底で自分にどうして欲しいと強く望んでいるかを、彼女はじかに感じ取ることができた。だが、こんなよそよそしい一方的な手紙からは、何も理解できなかった。

そこで、アドルフが戻って来て彼の口から運命を告げるのなら、マリーはそれを受け入れるということになった。気の毒なのはマリーだが、彼女よりは人生経験が豊富な大尉は、自分の結婚にかなりの見込みがあると感じていた。アドルフは外の世界を少しは見てきたのだから、故郷の峡谷の娘にはもうそれほど魅力を感じないだろう。金と快楽とある程度の社会的地位があれば、あの若者はすぐに恋人を捨て、やがてマリーも自分の運命を受け入れるだろう。この国が始まって以来、同じような境遇の娘たちはみなそうしてきたのだ。

さて、アドルフの帰郷予定日の前日の晩のことである。ボッシュ夫人はいつも通りコーヒーを飲みながら、大尉とこの件について話し合っていた。夫人は最近ではその問題に神経質になっていて、自分たちは軽率にもマリーの意向を汲み過ぎたのではないかと考えていた。今や、別れるかそれとも結婚するかは、結局は若いふたりの気持ちひとつにかかっているように思えた。ボッシュ夫人はまさかこんな状況になってしまうとは予想もしていなかった。彼女は当事者すべてに祝福を与えるつもりであった。もちろんそれは、すべてが自分の意向に沿ったものであるという条件付きでのことだった。もしも自分の思い通りに行かなかった場合は、祝福どころではない言葉をみなに浴びせるのだ。夫人はこのことに関しては自分なりの道徳律を持っていた。可能ならば、身の回りの人すべてに善行を施すだろう。しかし、いかなる理由があろうともアドルフがマリー・クラヴェールと結婚するのには同意できなかった。もしそうなったら、マリーも大尉も、さらには息子のアドルフさえも家から追い出すつもりだった。

そんなことから彼女は大尉との話し合いでも、どことなく怒りっぽく独断的になっていた。

「ああわからない、わからないわ。うまく行くだろうと思うけど、もしアドルフがわたしの言うことを聞かなかったらどうしようかしら」と夫人はその晩の話し合いの中で尋ねた。

「ボッシュさん、アドルフがわれわれに逆らうことはないさ」と大尉はコーヒーをすすって葉巻をふかしながら言った。この結婚計画が持ち上がってからは、彼は室内で以前よりも気楽にくつろぐようになり、夫人との話し方も馴れ馴れしくなったと多くの人が何となく気づいていた。ボッシュ夫人自身もそれに気づいていて、必ずしも好ましくは思っていなかった。しかし、この状況でそれを止めさせることができるだろうか。大尉が結婚したら、マリーとの約束はきちんと守るにしても、彼には身の程を知らせてやろう。

「それでもあの子がマリーを好きだと言ったら？」とボッシュ夫人は続けた。

「ボッシュさん、そんなことを言うはずありませんて。二年もよそにいればマリーに負けないほどの可愛い娘たちと出会ったはずですから。それにあの手紙もあるじゃないですか」

「あんな手紙当てにならないわよ、あなたが香草入りのオムレツをあっという間に食べてしまうみたいに、あの子もすぐに前言を飲み込んでしまうかも知れないわ」

たしかに大尉は香草入りのオムレツには目がなかった。

「それに、あなたが財布のひもを握っているんだし、アドルフはあなたの機嫌をそこねたらオムレツも食べられないことくらいわかってるさ」

「可哀相な子、わたしがお金をあげなかったらあの子は一文無しだわ」と夫人は声を大きくして言った。そうは言っても、そのこと自体はまんざらいやではない様子に見えた。

「アドルフはもう一人前の男さ。あの娘の赤い唇のためにすべてを投げ出したところで、どうにもならないことくらいわかるよ。そんなことは愚かなガキのすることで、アドルフはもう大人だ。大丈夫だよ、きっとうまく行くさ」と大尉は続けた。

「そうなればマリーは落ち込んで、わたしたちの目の前で半分死にかけてしまうのね」とボッシュ夫人は言った。

この言葉は大尉の気にさわった。「それはなんともわからないが、きっとマリーは乗り越えるさ。若い娘はそんな恋の病なんかで死んだりはしない。次の候補者が待ち構えているときには特にそうさ」

「いい加減にして」と夫人は言った。その言葉には、大尉が最近になってあまりに図々しくなってきたことへの仕返しの気持ちが込められていた。彼は肩をすくめて嗅ぎタバコをひとつかみ取

ヴェルネ＝レ＝バン教会

り、自分で勝手にコニャックをスプーン一杯コーヒーに注いだ。そこで話し合いは終了し、翌朝の朝食前にアドルフ・ボッシュが戻って来た。

その朝、可哀相なことにマリーは身の置きどころがないような思いだった。一か月か二か月前までは、さらには昨日か一昨日さえまでも、アドルフは決して自分を裏切らないはずだという一種の確信を持っていたが、運命の日が近づくにつれ、可哀相に娘の確信はどんどん揺らいでいった。彼女は、老獪なふたりが自分の幸せの妨害を企てていることを知っていたし、そんな恐ろしい敵と対決して勝つ望みはほとんどないだろうと感じていた。前夜、ボッシュ夫人は廊下でマリーに会い、「おやすみ」とキスをした。マリーは生贄の儀式についてはほとんど何も知らなかったが、生贄になってキスをされたように感じた。

当時、オレット行の一種の乗合郵便馬車が朝早くプラードを通過していた。そこからヴェルネ温泉までアドルフを連れ帰るために迎えが出された。まるで王子様か王女様が御帰還なされるのかというほどであった。ボッシュ夫人は到着の予定時間よりずっと前に起きて身支度を整え、息子が戻って来ないのではないだろうかと嘆く声が何度も聞こえた。大尉は幹線道路に出て、まるで街灯の柱のように黒くまっすぐな義足であたりを動き回っていた。マリーも起きていたが、誰も彼女の姿を見ていなかった。みんなが起き出す前に外の様子を見に出かけたのだ。しかし、今やあたりがざわめき出したので、野ウサギが巣に隠れるように身をかがめていた。

そのとき、古い馬車のけたたましい音が玄関に響き、アドルフが馬車から飛び降りて母親の腕の中に飛び込んだ。彼は母親が二年前に見たときよりも恰幅がよく、色白で立派なあごひげを生やし、身なりも整っていて、確かに一人前の男に見えた。マリーも自分の部屋の小さな窓から見つめて、彼が神様のように思えた。「あんな神様のような人がわたしのことをまだ思ってくれているのかしら」と彼女はひとり呟いた。

母親は息子の帰りを喜び、息子もくつろいだ様子で話をした。息子は大尉と固い握手を交わした。自分の恋人と大尉との仕組まれた結婚のことはすでに知らされていた。そして、母親の腕を支えながら家に入ろうとしたとき、彼は母親に「それで、マリーはどこにいるの」と尋ねた。「ああ、マリーね、二階にいるわ。朝食の後で会えるわよ」とボッシュ夫人は言った。それから彼らは家に入り、朝食をとるために客たちのいる食堂に入った。誰もが話の経緯を多少は聞いていたので、みんながその若者を一目見ようと待ちかまえていた。彼が娘を愛しているかいないかが、非常に重要な問題だと思われていた。

「きっとうまく行くさ」と大尉は背筋をまっすぐに伸ばして言った。

「そう、そう思うわ」とボッシュ夫人は言った。確かに大尉の言った通りだったので、もはや彼の言葉に逆らおうとはしなかった。

「うまく行くさ。俺が言った通りアドルフは一人前の男になって戻って来たじゃないか。見てみろよ、もうマリーのことはこの小石ほども気にしてないさ」と大尉は言うと、身のこなしも大胆になって、手に握っていた小石を近くの塀の向こうに放り投げた。

その後、全員が喜びの表情を満面に浮かべて朝食をとった。外見ばかりでなく心の中にも喜びの気持ちがあった。というのは、ボッシュ夫人は息子がマリーとの愛を断ち切ったものと考えていたからだった。一方、マリーはまだ怖くて顔も出せずに二階の部屋で座っていた。

「お坊ちゃまがお戻りですわ」と召使いをしている若い娘がマリーの部屋のドアに駆け寄って言った。

「ええ、わかっているわよ」とマリーは言った。

「とても素敵な方ですね」と少女は両手を合わせて天井を見上げながら言った。マリーは彼がそんなに素敵になっていない方が良かったのにと心の底から願っていた。その方が彼の心を引き戻すチャンスが大きいだろうから。

「それにみんな、まるで知事さんがいらっしゃったみたいにあの人に話しかけていました」と召使いは言った。

「誰が話しかけているなんて、どうでもいいわ。出て行って、ひとりにして。他に仕事があるんでしょう」とマリーは言った。どうして彼はもっと以前に自分に話しかけてはくれなかったのか。自分に対する愛に変わりがないなら、どうしてそうしなかったのか。彼女の心に影が差し始めた。彼が裏切るのでは。もしそうなったら、そのときはわたしはどうすればいいのだろうか。彼女は暗い気持ちでじっと座ったまま、別の相手との仕組まれた結婚のことを考えていた。

朝食が終わるとすぐにアドルフは、母親の私室での話し合いに呼ばれた。夫人は大尉をその場に招くべきか否か何度も考えた。いろいろな理由から、彼女はできれば大尉を呼びたくなかった。問題をひとりでは処理できないと息子に悟られたくはなかった。それにできることなら、あなたの助けがいつも必要だというわけではないと大尉にわからせてやりたいという気持ちもあった。しかし、アドルフはもう世間を知って一人前の男になったのだから、緑の眼鏡に以前ほどの効き目がなくなっているのでは、という一抹の不安を夫人は心に抱いていた。一人前の男となった息子なら、男同士で向き合った方がいいのかも知れない。そういう訳で大尉がその話し合いに招かれた。

そこで何が話し合われたかを詳細に語る必要はあるまい。三人は二時間小部屋に閉じこもり、その後、一緒に部屋から出て来た。ボッシュ夫人の表情は晴れ晴れと満足気で、完全なる勝利への期待が以前にも増してみなぎっていた。大尉の顔は、偉大な外交官のように、まったく表情というものを見せてはいなかった。木製の義足を見事なまでに巧みに扱い、背筋を伸ばして穏やかに歩いていた。しかし、哀れなアドルフの表情は曇っていた。哀れなアドルフ。彼は意気消沈していた。マリーとの結婚をあきらめて、母親の提示したかなりの金額を受け取ることを約束したが、彼はこれからマリーに直接それを伝えなければならなかった。

「お母さんから伝えてくれませんか」と彼はまったく情けない表情で言ったが、そこには母親が誇りに思うような男らしさのかけらもなかった。それに対してボッシュ夫人は、マリーがあなたの口から直接真意を聞くということで話がまとまったのではないかと説明した。

「でも、心配することはないさ」と大尉はまったく無頓着に言った。「あの娘だってわかっているよ。ただあの娘は、お前が婚約を解消するまでは、自分の方ではお前から離れられないと、そんな子どもじみた考えでいるのさ。あの娘が取り乱すことはないさ」その瞬間アドルフは、この大尉を母の家から放りだしてやりたいと心の底から思った。

では、どこでその話をしたらいいのだろうか？　温泉場の広間はどうかとボッシュ夫人は提案した。そこならいくらでもぐるぐる歩いていられるし、日中のその時間は誰も来ないから。しかし、アドルフはこの提案に反対した。あそこはひどく寒いし陰気で憂鬱だ。

大尉は、ボッシュ夫人の小部屋ではと考えたが、夫人は嫌がった。話し声が外に漏れるかも知れないし、それにきっと悲しげな泣き声が間違いなく部屋の外まで聞こえてくることになるだろうと彼女は思った。

「洞窟へ行くように伝えて下さい。僕もあとから行きますから」とアドルフは言った。この案にみんなが同意した。その洞窟とは岩壁にできた自然の洞穴で、その岩壁はホテルに覆いかぶさるように真っ直ぐにそそり立っていた。石段が果てしなく続く曲がりくねった険しい小道が、山の真下のホテルの小さな花畑から、岩肌に沿って作られていた。ホテルの前を水音を立てて小さな谷川が流れ、川とホテルの入り口のあいだにごく狭い道があった。川には花畑へ通じる木製の橋が架けられていて、橋から二、三百ヤードほどのところから石段が始まり、そこから洞窟へ登って行けた。

観光シーズンたけなわで天気が良い日であれば、その場所を訪れる人はかなり多かった。洞窟には緑色のテーブルがひとつと松材の椅子が四、五脚あった。緑色の庭園用ベンチもひとつあったが、その後部の脚に何か不具合があるようで、洞窟の一番奥の隅へ追いやられていた。高さ二フィートくらいの塀が洞窟の表側に沿って設置してあり、そこを訪れた者が断崖から落ちる危険を防いでいた。実際そこは洞窟と言うよりは、峡谷の岩場の上部でよく目にする小さな岩の裂け目だった。また、険しい石段を登ることから、宿泊客の運動や娯楽の場になっていた。

塀のところからは花畑が見えて、ボッシュ夫人のホテルのキラキラしたスレートの屋根も見下ろせた。そして、左手には、ピレネー山脈東部の王者とも言うべき、黒く堂々として頂に雪を被ったカニグー山の厳めしい姿が見えることもあった。

さて話を戻すと、ボッシュ夫人は、マリーをその洞窟に行かせる役目を引き受け、アドルフは彼女のあとを追ってそこへ行くことになった。春になって風が穏やかになり、低い峰々にはもはや雪は残っていなかったが、風があって寒かったので、数少ない宿泊客が洞窟まで行く恐れはなかった。

「あの娘に外套をはおるように言ってやってくれ、ボッシュさん」と大尉は言った。結婚式で新婦が風邪をひいているのはいやなのだ。夫人はフンと鼻で笑って、そうした進言に気を留める様子はなかった。それでも約一五分後にマリーが小さな橋をゆっくり渡るのが目撃されたとき、頭にはスカーフをかぶり、こげ茶色の外套をしっかり身にまとっていた。

可哀想にマリーは冷たい風が吹いているのはちっとも気にならなかったが、顔を隠すのに役立つ外套を有難く思っていた。ボッシュ夫人がマリーの小さな部屋にやって来て、微笑みながら優しくキスをして洞窟へ行くように命じたとき、彼女はすべて終わったと思った。そんな気がした。

「アドルフが本当のところを全部話してくれるよ。どういうことになっているか、全部ね」と夫人は言った。「いいかい、おまえを幸せにするためにみんなでできる限りのことをするつもりだよ、マリー。でも、司祭様が先日おっしゃったことを思い出してね。このつらい世の中ではすべてを手に入れることはできないの。でもいつの日か、わたしたちの邪悪な魂がすべて清められたときには、きっと思いがかなうのよ。さあ、行きなさい、外套を持ってね」

「はい、奥様」

「すぐにアドルフが行くから。いい子だから取り乱したりしないようにね」

「はい、奥様」もう一度、額への生贄のキスに耐え、悲しみに押し潰されそうになりながらマリーは出て行った。

アドルフは彼女よりも前に家を出ていたが、見つからないように馬小屋の前にいて、門の内側から、娘がゆっくり橋を渡り石段を登り始めるのを見ていた。かつて、彼はマリーがその石段を軽快に駆け上るのを何度も目にし、いつも足早にそのあとを追っていた。彼の声を聞くと彼女は走り出し、頂上で息切れした彼女を捕まえて唇を奪おうとすると、必死に逃れようとするものの、やがて力が抜けていったのだった。もはや以前のように走ったり、追いかけたり、キスしたりすることは不可能だった。

彼にしてみれば、できることなら話し合いを避けて逃げ出したい心境だった。しかし、そんな勇気もなかったので一〇分ほどそこでしょんぼりと待ち、自分が冷静であるのを示そうと近くにいた風呂番の男に時々話しかけた。しかし、その男は彼が心中穏やかでないことを知っていた。ごまかしは所詮ごまかしで、そうした見え透いた嘘はたいてい見抜かれるものだ。そして一〇分後、マリーと同じくらいゆっくりと、彼も洞窟に向かって石段を登り始めた。

マリーは上から彼を見ていたが、見つからないようにしていた。しかし、彼はマリーを見つけようと上を見あげたりはせずに、ずっと下を向いたまま洞窟への道をトボトボ歩いた。彼が洞窟に入ると、彼女はうつむきながら両手を握りしめて中央に立っていた。自分を裏切った恋人以外の目にさらされないように、塀から少し離れたところにいた。身震いしてはいけないと思っていたのに、彼が入って来たとき、彼女の全身は木の葉のように震えた。

彼は最後の石段を登り終えたときにようやく、どう対応するかを決心した。たぶん結局は大尉の言う通りだろう。たぶん気にしないだろう。

「マリー、久しぶりに会うにしては妙な場所だね」と努めて明るく言うと、片手を彼女に差し出した。そう、片手だけを。あいさつのキスもなかった。兄が妹の頬にするようなキスさえもなかった。峡谷の外の世界の習慣をマリーはほとんど知らなかったことを思いだしていただきたい。恋人となる前は、彼は彼女にとって兄のような存在だったのだ。

それでも彼女は握手しながら言った、「ええ、本当に久しぶりね」

「僕が戻って来たんで、いろいろとごたごたしてしまったみたいだ。こんなことになるとは思ってもみなかったよ。でもその方がお互いにとって最善のことのようだね」と彼は言った。

「たぶん、そうかも」とマリーは相変わらず激しく体を震わせ、足元を見つめながら言った。その後、一分ほどはふたりとも無言だった。

「こういうことなんだ、マリー」とアドルフは彼女の手を離し、自分に与えられた役割を果たそうと努めながら、やっと口を開いた。「お互い、道理をわきまえていなかったと思うんだ。君はそう思わないかい。僕たちの結婚は絶対に無理だと思うよ。そういうふうに思わないかい」

マリーは気が遠くなって頭がくらくらしたが、気を失う体質ではなかった。三歩ほど後ろに下がって洞窟の壁にもたれかかり、ここでどう戦ったら一番良いのかを考えた。自分に勝ち目はないのかしら？　どんな言葉をもってしても、愛をもってしても駄目なのかしら？　自分の美しさはあまり当てにはできないけれど、神様にお祈りすればどうにかなるかしら。ふたりで何度も真剣に心を込めて誓い合ったのだから、そのことを話せばいいのかしら？

「絶対に無理ですって！」と彼女は相手の言葉をおうむ返しに言った。「絶対になの、アドルフ？絶対に結婚できないの？」

「神に誓って無理なんだ、マリー。母が猛反対だって知ってるね」

「だけど、わたしたち待つことはできるわ」

「ああ、だけど、問題はそこなんだよ、マリー。もう待てないんだ。ここで今日はっきり決めなければならないんだ。僕は母からの金がなければ何もできないし、君だって大尉とすぐに結婚しなければ家から追い出されることくらいわかっているだろう。年は取っているけど、大尉はとてもいい人だよ。彼と結婚すれば、ねえ、君はここに住んで、何でも好きなようにできるんだ。僕だって時々君たちに会いに来るよ。そして僕は将来の道を切り開くことができるようになるんだ」

「アドルフ、あなたはわたしに大尉と結婚して欲しいの？」

「誓って、それが君にとって最善の道だと思っているよ。本当さ」

「ああ、アドルフったら！」

「僕が君にしてあげられることが他にあるかい？　もし僕が母のところへ行って、マリーと一緒になることにしたと言ったとして、それからどうなる？　そこのところを考えてごらん、マリー」

「あなたを追い出すはずがないわ。だって自分の息子だもの」

「でも君のことは追い出すよ、それも情け容赦なく。絶対そうだよ、間違いないさ」

「そうなってもわたしは構わないわ」と彼女は片手を動かし、自分はそのような仕打ちを受けても意に介さないことを伝えた。「そんなことはどうでもいいの、あなたがまだわたしを愛しているって約束してくれるのなら」

「それで君はどうするんだい？」

「働くわ。あのホテル以外にも働く場所はいくらでもあるわよ」と彼女はボッシュ・ホテルのスレート屋根を指さした。

「そうなると僕は一文無しになってしまう」とその若者は言った。

彼女は彼に歩み寄ってその右手を両手で包み、優しく、優しく握りしめた。「あなたにはわたしの愛があるのよ。わたしの心からの熱烈な至上の愛は、あなたの愛があるなら、それ以外この世で何もいらないわ、何にも」と彼女は言った。そして彼の肩にもたれかかって、その顔をじっと見つめた。

「でもマリー、そんな馬鹿なこと、できないよ」

「いいえ、馬鹿なことではないわ、あの人たちの言いなりにならないで。愛が愛でないとしたら、愛なんて言葉にどんな意味があるっていうの？　ねえ、アドルフ、わたしを愛しているわよね、愛しているわよね、そうでしょう？」

「ああ、愛してるよ」と彼はゆっくり言った。まるで言わないですむなら言わなかったというように。それから彼の腕がゆっくりと彼女の腰へ伸びた。これもまるでそうせざるを得ないかのように。

「あなたを愛しているのがわかるでしょう?」と情熱を燃やす娘は言った。「そう、心から、心の底から愛しているの、アドルフ。愛しているからあなたをあきらめられないの。あなたと一緒になるって何度も、何度も誓ったわ。あんな男と結婚できるはずがないでしょう? ねえアドルフ、大尉と結婚しろなんて、あなたはどうしてそんなことが言えるの?」そう言うと彼女は恋人にしがみつき、彼を見つめて涙ながらに嘆願した。

「僕だってそんなのいやだけども、ただ……」そこで彼は言葉に詰まった。母親から金をもらいたいから彼女を老人の生贄にしようとしているのだとは、とうてい言えなかった。

「ただ、何なの! アドルフ、そんなこと言わないで! わたしを妻にすると誓ったでしょう? 見て、これを見て」そう言うと彼女は、彼に贈った十字架のお返しにもらった小さなお守りの首飾りを胸元から取り出した。「マリア様の像の前でわたしを妻にするとあなたが誓ったとき、このお守りにキスしたでしょう? お母さんを怒らせるからってわたしがためらっていたら、あなたがわたしに誓わせたのを覚えていないの? そんなことがあったのに、アドルフ! ああアドルフ! 少しは希望があると言って。わたし、待つから、辛抱強く待つから」

男は娘に背を向けて離れ、落ち着かなげに洞窟を行ったり来たりした。たしかに彼女を愛していた。男なら誰だって、優しくて可愛い娘を愛するものだ。彼女の手のぬくもりが、無心の愛が、そして涙で濡れて純粋に輝く情熱的な眼差しが、彼の心に残るわずかな愛の力を呼び覚ました。しかし、それでも彼に何ができるだろう？　仮に母親の提示した当面の資金援助をみすみす捨て去るとしても、これからどう話を進めて、どうやったら自分を犠牲にしていけるだろうか。マリーは追い出されるだろうし、彼は母親とあの堅い木製義足をつけた退役軍人のせいで、ひとり取り残されるだろう。一文無しで、何の権限もなく、何の楽しみもなく、ただここでふさぎ込むだけだ。

「でも僕たちに何ができるんだ？」と彼は大声で言った。そしてマリーの真剣な眼差しに目を向けた。

「わたしたち、誠実に愛を貫くことができるわ。待つのは平気よ」と彼に近づいて腕を取りながら彼女は言った。「わたしは恐れないわ、あの人はわたしの母ではないの、アドルフ。あなたも自分のお母さんを怖がることはないわ」

「怖がるなんて、もちろん怖がってなんかいないよ。でもどうやったらいいのか、まるでわからないんだ」

「わたしからあなたのお母さんに言ってもいいかしら？　大尉と結婚するつもりも、あなたとの婚約を破棄する気もないことを、そして家を出る覚悟があることを」

「そんなこと言っても無駄だよ」

「もう一度あなたの誓いの言葉があれば、もう一度あなたの口から愛の言葉を聞ければ、すべてうまく行くわよ、アドルフ。この場所を覚えていないの？　ここだったのよ、あなたがわたしに愛してると言わせたのは。そして、この同じこの場所で、わたしは騙されていたのだとあなたは言おうとしているのよ」

「君を騙すなんて、そんなことするわけないじゃないか」と彼は言った。「どうしてそんなにひどいことを言うんだい。僕だってものすごく悩んだんだよ」

「そう、もしわたしがあなたの悩みの種なら、それは仕方ないわね。もう勝手にしてよ」そう言うと彼女は岩壁に背をもたれて両腕を胸の所で組みながら、彼から目を背けてカニグー山の鋭い花崗岩の頂きに視線を向けた。

彼は再び洞窟内を行ったり来たりし始めた。愛しているからこそ、この娘と結婚したいと思っていた。愛しているからこそ、彼女が大尉と結婚するのだと考えると、今ではひどくいやな気持ちになった。さらに、運命が彼女との結婚を許してくれるなら、十分に良き夫となるだろうほどには彼女を愛していた。しかし、その愛は、母親の機嫌を損ねた場合に確実に下されるはずの罰に耐えられるほどの強い愛情ではなかった。さらに彼はマリーとの結婚をあきらめると母親に約束していたばかりでなく、大尉との結婚計画への全面協力を宣言してしまっていた。母親によって運命づけられた人生こそが、一人前の男として歩むべき道だと認めてしまった。一人前の男としての義務というこの考えが、大尉の巧みな口調で吹き込まれて彼を縛り続けていた。そう、カンパン老人の圧勝であった。話し合いが口先だけのものではなくて、年二千フランという裏付けがある場合には、意志が弱くて収入のない若者の同意を得るのは実にたやすいことである。

「じゃあ、こうするよ」とようやく彼は口を開いた。「母がひとりのときに話をして、この問題をしばらく先延ばしにしてくれるように頼んでみる」

「お母様とお話しになるのがおいやなら、結構ですわ、アドルフさん」と、誇り高きその娘は両腕を胸に組んだまま山を見続けた。

「マリー、僕の言いたいことわかるだろう。母と大尉にはかなわないんだよ」

「でも、教えて、アドルフ、わたしを愛してる?」

「愛してることはわかってるだろ、ただ……」

「それなら、わたしとの結婚をあきらめないのね?」

「母に頼んでみる。母に認めてもらえるようにしてみるよ」

マリーは、恋人との約束からしっかりした確信を得られたという気はしなかった。弱々しく頼りない確信だったが、たとえそれでも、そんな不確かなものであっても、全面否定されるよりはましだった。だから彼に感謝し、目に涙を浮かべながら、いつまでも彼を愛し続けると誓い、彼に家に戻るように促した。彼が下に着いた頃に目立たないように後から行くと言った。

それから彼女は、復活した愛のしるしを期待するかのように彼を見つめた。しかし、相手はそんなものを示すつもりはなかった。娘は頬にキスしてほしいと切に願っていたのに、彼は見向きもしなかった。促されるままに彼は歩き出し、ひとりでゆっくりと降りて行った。その三〇分後に彼女はそのあとを追い、気づかれないように忍び足で自分の小部屋に戻った。

今度も、母親と息子とのあいだに何があったのかをお話しする必要はないだろう。ただ、その晩遅くに、すでに客たちは寝静まった後であったが、マリーはホテルの端にある小さな客間にいるボッシュ夫人のところに来るようにとの伝言を受け取った。その部屋は、居間のついた特別室に宿泊を望む客が訪れたときのためのものだったので、めったに使われることはなかった。マリーが入って行くと、小さなテーブルには二本のろうそくが立ててあり、その後ろのひじ掛け椅子にボッシュ夫人が座っていて、壁際に据えられたソファーにはアドルフがいた。大尉はその部屋にはいなかった。

「ドアを閉めて、マリー、ここに来てお坐りなさい」とボッシュ夫人は言った。その口調を聞いただけで、夫人が腹を立てていて険しい顔つきで、決して妥協しないつもりだというのは容易に察することができた。あの恐ろしい眼鏡が発散するありとあらゆる脅迫を文字通りに実行しかねない様子だった。

マリーは言われた通りにドアを閉め、一番近くにある椅子に座った。

「マリー」とボッシュ夫人は言った。その声は娘の耳に強烈に響き、怒りの炎が緑の眼鏡からメラメラと燃え上がっていた。「話は聞いたけど、一体どういうことなの？　まだこの子と結婚できると思ってるの？」母親は威厳を持ってそう言い、返事を待った。

しかし、マリーは返す言葉がなかった。彼女は、すがりつくような視線を恋人に向けた。それは母親に立ち向かえと言わんばかりの視線だった。しかし、彼女がひとりで抗戦できないとしたら、彼が加勢できるはずもなかった。彼が持っていたわずかばかりの戦意は、マリーがこの部屋に入ってくる前に完全に消失していた。

「さあ、答えて、今すぐに」とボッシュ夫人は言った。「情けをかけた人間にこっぴどく裏切られるなんてまっぴらなの。誰があなたをどん底から救い出したの、誰が育てたの、誰が食べさせてくれたの、そうでなければ孤児院行きじゃなかったの？　これまでしてあげたことへの感謝の気持ちがこれなの？　わたしから食事を与えられ、服を着せられ、大切にされたことに満足していないどころか、わたしの息子を奪うつもりなの！　さあ、覚えておいて、アドルフはあなたのような孤児とは絶対に結婚させないわ」

マリーはこうした残酷な言葉に圧倒されながらじっと座っていた。ボッシュ夫人はそれまで何度も彼女を叱ったことがあるし、実際、しょっちゅう叱っていたものだった。しかし、それは母親が子どもに対するような叱り方だった。そしてマリーがアドルフに恋しているという話が初めて夫人の耳に入ったときに彼女は激怒したが、どんなに怒ってもこれほどまで激しいことはなかった。マリーは、今回のことをそのような視点で見るなど、これまでは思いつきもしなかった。今まで誰も、施しのパンを食べていると彼女を蔑む者はいなかった。孤児という理由でアドルフの妻にふさわしくないなどとは、彼女には思いもよらないことだった。この峡谷では人々はみなほとんど対等で、自分が劣った立場にいるということを彼女はこれまで身に染みて感じたことはなかった。でも、今度だけは……。

夫人の話が終わったとき、マリーはもう一度彼の方を見やったが、それはもはや嘆願する眼差しではなかった。この人もわたしを蔑んでいたのだろうか？　彼女の視線はその答えを探るものだった。いや、彼が自分を蔑んでいたとは思えなかった。彼はソファーのクッションの房を引きほどくことに夢中になっているように彼女には思えた。

「さあ、こんな馬鹿げた話はもう終わりにするつもりなのかどうか、今すぐ教えてちょうだい」とボッシュ夫人は続けた。「はっきり言うわよ、わたしたちの幸せと喜びを壊すつもりなら、あなたをここに置いておくわけにはいかないわ。あなたはマリー・クラヴェールとしてはここにいられない。カンパン大尉があなたとの結婚を望んでいるのだから、あなたが大尉の妻になれば、わたしは前に話した約束を守るわ。あなたみたいな娘に、約束を守ってあげる価値があるとは思わないけど。大尉と結婚しないのだったら、出て行ってもらうわ。息子のことはね、今、そこにいるから、わたしの前ではっきり言わせるわ。残念ながらあなたを妻にすることはできないってね」

そして、夫人は口を閉じると、たまたま手近にあった封緘用の刻印でテーブルを叩きながら返事を待った。マリーは無言のままだった。アドルフは呼びかけられていたのに、まだ口をつぐんでいた。

「さあ、どうなのマリー？」とボッシュ夫人は言った。

するとマリーは立ち上がり、彼に歩み寄って肩にそっと手を触れた。「アドルフ、ねえ、話してちょうだい。言う通りにするわ」と彼女は言った。

彼は長い溜息をつき、最初にマリーを、次に母親を見て、少し体を震わせて次のように話した。

「マリー、僕は母さんの言う通りだと思う。僕たち、結婚してもうまく行かないよ、絶対に」

「それでは決まりね」とマリーは言うと席に戻った。

「では、大尉と結婚するのね」とボッシュ夫人は言った。

マリーは承諾の証として頷いただけだった。

「さあ、これで元通り仲良しね。ここへ来てマリー、キスしてちょうだい。自分の息子の世話をするのがわたしの義務だということをわかってちょうだい。でも、できるならあなたと仲違いしたくないのよ、本当よ。あなたがマダム・カンパンになったときには、あなたもわたしの子どもになるのよ、だから家の中で好きな部屋を選んでいいわ、どこでもよ!」そして、夫人はまたマリーの冷たい額にキスをした。

三人がそれぞれどのような気持ちで部屋を出て、自分の部屋に戻ったのかはわからない。しかし、この最後のキスから五分後、彼らは解散した。ボッシュ夫人はマリーに優しく手を触れて微笑みかけ、親愛なる若奥様とかホテル・ボッシュの若女将とか呼びかけて、その後で勝利感に酔いながら部屋に戻って行った。

読者のみなさんにはボッシュ夫人にあまり手厳しくならないで頂きたい。夫人はこれまでマリー・クラヴェールのためにずいぶん力を尽くしてきたのだ。彼女は部屋に戻ってひとりになると、孤児にひどいことを言ってしまったような気がして、許しを求めて祈りを捧げた。しかし、夫人は、お気に入りの十字架を持って小さな聖母像を前に祈りを捧げながら、息子に対する義務を申し立てた。許されぬ結婚から息子を救ったのは間違っていたのでしょうか、と彼女はマリア像に問いかけた。そして彼女は、マリーがカンパン夫人になったらすぐにそれなりの償いをしますと、聖母マリアとマリーに誓いをたてた。聖母にはキャンドルを、マリーには鎖のついた金時計を、嫁入り支度として贈りますと。夫人は残酷なことをしたと自覚していた。しかし、このような危機的状況では、仕方がないことではないか？　それに償いだって十分ではないか！

だが、その夜もうひとつの話し合いがあった。ごく短時間だったが重要な話し合いだった。三人が部屋を出てほどなくして、家がすっかり静寂に包まれた頃、その日に起こったことを部屋でじっくり考えていたアドルフは、ドアを軽く叩く音を聞いた。男性ならこういうときはいつでも「どうぞ」と言うものである。するとマリーがドアを開けたが、まだ中には入ろうとしなかった。上の洞窟で見せていたような、愛を懇願するあの優しい表情ではなかったし、彼の母親の前で見せた、押し潰されそうな怯えた顔つきでもなかった。いつもよりいくぶん背筋をまっすぐに伸ばし、優しいまつ毛の下から彼をじっと見つめていた。そこにはまだ愛があったのかもしれないが、それは自らの思いを消し去ろうとする誇り高い愛だった。アドルフは彼女を見て、なにか怖いような気がした。

「それじゃあ、わたしたちはもう終わりなのね、アドルフさん」と彼女は言った。

「ああ、そうだよ。そうなった方がいいと思わないかい、マリー」

「そう、これがふたりの誓いの意味だったのね。あれ程神聖な誓いだったのに」

「でも、マリー、母さんの言ったこと聞いただろう」

「アドルフさん、もう一度わたしを愛してとお願いに来たのではありません。違いますわ。そんなこと考えていません。でも、これです。今これをわたしが持っていたら偽りになってしまいます。あの男の妻としてこれを身に着けていたら、自分の首を絞めることになってしまうから、お返しします」と、彼に贈られて以来ずっと身に着けていた小さなお守りの首飾りを手渡した。彼は、自分でも何をしているのかわからないままにそれを受け取り、化粧テーブルの上に置いた。

「あなたも」と続けた、「あの十字架をまだ持っているつもりですか。駄目です、返してください。あの十字架があったら、あなたはいつも偽りの誓いを思い出すことになるでしょう」

「マリー、そんなに辛く当たらないでくれ」と彼は言った。

「辛くですって！」と彼女は言うと「そう、もう辛いことはたくさんです。これからはあなたに辛く当たることはありませんわ、アドルフ。でも、十字架は返してください。あれを持っていたらあなたは嫌なことが忘れられなくなりますわ」

こう言われて、彼はテーブルの上にある小さな箱を開け、十字架を取り出して彼女に渡した。

「では、さようなら」と彼女は言った。「お互いにもう何も言うことはありませんわね。あなたを愛したことが間違いだったと、今やっとわかりました。わたしはホテルのほかの可哀想な娘たちと同じように、おとなしくしているべきだったのです。でも、あなたを好きにならずにいられなかった」これに対して彼は何も答えなかった。彼女はドアを静かに締めると自分の部屋に戻って行った。こうしてアドルフ・ボッシュの帰郷第一日目が終わった。

翌朝、大尉とマリーが正式に婚約した。これはホテルの宿泊客全員の前でちょっとした儀式として執り行われた。マリーを褒めたたえる心温まる賛辞もあれこれと述べられた。ボッシュ夫人はマリーに出来る限りの気配りを見せていた。もはやマリーが施しの対象であるとか、どん底にいた娘だとかいうことは口にされなかった。ボッシュ夫人は、婚約の儀式が終わると自らの手でケーキとワインのグラスを持って来て、マリーの頬に手を触れて、親愛なる可愛いマリー・カンパンと呼んだ。すると、大尉はこれ以上ない程礼儀正しくして、客たちもみんなマリーの幸福を願い、ホテルで働く者たちも、マリーを敬意を示すべき存在であると見なすようになった。前夜マリーに加えられたあの酷い仕打ちとは、すべてが打って変わっていた。ただアドルフだけがこうした喜びの輪に加わらなかった。その祝宴に出席はしていたが、一言も話さなかった。彼は、そして彼だけが、祝福の言葉をかけなかった。

こうした祝宴の中心にいても、マリーはほとんど何もしゃべらなかった。ボッシュ夫人はそれに気づいていたが、大目に見ていた。マリーが立場をわきまえずに息子を愛したことについては、怒りに駆られて自分の気持ちを口にしたが、心の奥底ではそんな愛も自然なことだとは認めていた。アドルフが危険にさらされている限り、マリーを可哀想だと思わなかったが、今は慰めてやりたかった。だから夫人はマリーを可愛がって励ましたが、マリーの方は冴えない表情で黙々と日課をこなすだけだった。

大尉について言えば、そうしたことは彼にはどうでもよかった。彼は世慣れた男で、アドルフのような若い男よりも自分の方が好かれるなどと期待してはいなかった。しかし、マリーに対しては、他の娘と同様に、言われた通りに行動することを期待していた。そして、数日もすれば機嫌を直し、そうした人生に折り合いをつけるだろうと思っていた。

それから、ごく近いうちに結婚式が挙げられることになった。それは、夫人が「待つ意味などないでしょう。もうみんな決心したのだし。だから結婚は早ければ早い程いいわ。大尉もそう思うでしょう」と言ったからだった。

大尉はその通りだと言った。

それからマリーの意向が尋ねられた。彼女はおまかせしますと言った。ボッシュ夫人が望むことなら、何でもその通りにするつもりでいたが、ただ自分で日取りを決めるのは嫌だった。実際、結婚を前向きに進める方向で何かをしたり、発言したりしようとはしなかった。その代り、他の人がしたり言ったりすることに、快くとは言えないまでも黙って従った。そうして結婚式はアドルフが戻った一週間後に執り行われることとなった。

その一週間は毎日同じように過ぎて行った。マリーの依怙地で強情で恩知らずな態度がホテルで働く者たちの話題にのぼった。嬉しそうな表情を見せることもなく、ボッシュ夫人の優しい言葉に喜んで答えようともしなかったからだ。夫人はまったく怒りの表情を見せなかった。マリーは夫人の前に屈服したのだから、それ以上を求める必要はなかった。夫人はまた、目的を達成するのに用いた残酷な言葉を思い出し、マリーが失ったものについて思いをめぐらせた。夫人はこうした理由から、じっと辛抱して何も無理強いはしなかった。ただ生贄の儀式だけは自分の思い通りにするつもりであった。

そして、その儀式は執り行われた。ふたりは朝食後すぐに大広間、つまり食堂で式を挙げた。ボッシュ夫人は新しい暗褐色のシルクのドレスをまとい、その場にふさわしく堂々としていた。作り笑いをして、例の眼鏡にもかかわらず陽気に見えた。そして式が行われているあいだは鎖付きの金時計を固く握りしめていた。それは式が終わり次第マリーに贈るつもりのものだった。

大尉は、いつもとまったく変わらぬ服装だったが、すべて新品だった。ボッシュ夫人は青い背広を着るようにと強く勧めたが、彼はそんなのを着たらマリーの趣味に合わないだろうと答えた。正直に言えば、彼が深紅の式服を着ていたとしても、マリーはちっとも気づかなかっただろう。

一方、アドルフはとても素敵な装いだったが、派手な格好ではなかった。マリーは注意深く彼を見ていたが、誰にも気づかれなかった。彼女はアドルフの服装を正確に描写することができたことだろう。いや、服装ばかりでなく彼の外見のありとあらゆる点を。「あの人はこの様子をずっと見ていても平気なのかしら」と彼女はこっそり思った。

マリーもシルクのドレスを着ていた。周りの者が勝手に選んだものを身に着け、不平も言わなければ、うぬぼれることもなく、花嫁としての役を耐え忍んだ。司祭のいるテーブルに歩み寄るときに顔を赤らめなかったし、必要に迫られて返事をするときにもためらいなく答えた。求められれば大尉と手を握った。指輪が指にはめられると身震いしたが、ほとんどわからない程だった。ボッシュ夫人だけはそれに気づいた。「一週間もすれば慣れるわ。そうすればわたしたちはみんな幸せになれる」と夫人は呟いた。「それにわたしも、わたしもあの娘にうんと優しくしてあげることにしよう」

こうして式は終わり、あの時計がすぐにマリーに手渡された。「ありがとうございます、奥様」とマリーは言い、時計はすぐにベルトに取り付けられた。たとえ金時計ではなく安物の針刺しをもらったとしても、マリーにとっては同じことだっただろう。

その後ケーキやワインや砂糖菓子などが供され、数分してマリーは姿を消した。大尉は一時間余りのあいだ、友人たちの祝福を受け、妻帯者という人生の新たな名誉を得るのに必要な役目を懸命に果たしていた。しかし、その後、新妻がそばに姿を見せないのできまり悪くなってきた。午後二時か三時頃、彼はボッシュ夫人に不満を訴えに行った。「これじゃ全然盛り上がらないじゃないか」と彼は言った。「とにかくもうだいぶ時間もたっている。マリーはわたしたちのところへ下りて来て、夫に満足している気持ちを示してくれないと」

しかし、ボッシュ夫人はマリーの味方をした。「マリーにそんなに厳しくしないで」と彼女は言った。「あの娘はこの一週間にいろんな目にあっているの。それにまだずいぶん若いのよ、あなたと違って」

大尉は肩をすくめるだけだった。そのあいだにボッシュ夫人は二階に上がり、部屋にいる被後見人の部屋を訪ね、マリーは頭痛で苦しんでいるという報告とともに戻って来た。ディナーには顔を出せないけど、晩に予定されている内輪のパーティーには顔を出すでしょう、とボッシュ夫人は言った。これを聞いて大尉は納得せざるを得なかった。

そんなことからディナーはマリー抜きで、普段と同じ様に静かに進んだ。その後少し空き時間があり、男たちはカフェでコーヒーを飲んだり、葉巻を吸ったりしながら、午前中に執り行われた式の話をした。また、女たちは髪を整え、普段着にリボンやブローチをつけた。このあいだに二度マリーの部屋に上がったボッシュ夫人は、何か手を貸そうかと申し出た。「まだ良くならないのです、奥様。まだあんまり」とマリーは涙声で悲しそうに言った。こうして二度目も夫人は部屋を出て行ったが、その緑の眼鏡をかけた眼にも涙が浮かんでいた。ああ、わたしは何てことをしてしまったのかしらと夫人は思った。本当にひどいことをしてしまった。でも、もう引き返すことはできないわ。

やがて廊下や外もすっかり暗くなり、客たちは広間に集まった。夫人は落ち着かない足取りで広間を三度か四度出たり入ったりしたが、暗い顔つきだったので、誰もが事態は良からぬ方向にあると感じ始めた。「たぶん、病気なんだ」とひとりが言った。「緊張しすぎたんだ」ともうひとりが言うと、「新郎は相当な年寄りだからな」と別の者が囁いた。すると大尉は背筋をぴんと伸ばして木製義足で歩き回ると、嗅ぎタバコを吸って無関心を装った。しかし、彼も心中は穏やかではなかった。

やがて女主人がさっきより足早に広間に現れ、最初はアドルフに次に大尉に何かを囁き、その後ふたりは夫人のあとから広間を出て行った。

「自分の部屋にはいない」アドルフは言った。

「それならあんたの部屋にいるんじゃないか」と大尉は言った。

「どっちの部屋にも、ホテルの中にもいないの」とひどく厳しい口調でボッシュ夫人は言った。

もはや三人とも平静を装ってはいられなかった。彼らは狼狽の色を隠せなかった。大尉は客たちにはまだ知らせないでおこうと強く主張した。いつも夢見がちな娘だから、川沿いに散歩にでも出かけたんだと大尉は言った。彼ら三人と風呂番の老人とで外に出て彼女を探そうということになった。

「でも、真っ暗よ」とボッシュ夫人は言った。

「ランタンを持って行こう」と大尉は言った。そして、四人はホテルの中の人たちに聞こえないように砂利の上を忍び足で進み、若い新妻を探しに向かった。

「マリー、マリー、お願いだから戻って来て」とボッシュ夫人は悲しげな口調で言った。

「静かに！　大きな声で呼んだらみんなに聞こえてしまう」と大尉は言った。彼は、自分との結婚が、マリー・クラヴェールにとって余りにも不快だったと世間に思われるのが耐えられなかったのだ。

「マリー、愛しいマリー」とボッシュ夫人は大尉の気持ちをまったく無視して、一段と大きな声で叫んだが、返事はなかった。今やボッシュ夫人は、こんな残酷な結婚などさせなければよかったと心の底から後悔していた。

アドルフはランプを持って先頭にいたが、彼女がきっと身を隠しそうだと思われる場所を訪れる勇気がなかった。あの洞窟でふたりだけでもう一度会うなんて。しかし、四人の中で若者は彼ひとりだけだった。当然、彼が登ることになった。「マリー、そこにいるのかい」と彼は長い石段をゆっくりと登り始めながら叫んだ。

しかし、登り始めるとすぐにヒューっという音が耳元で聞こえ、近くの空気が動くのを感じた。そして、何かが下の岩盤にぶつかる音がして、うめき声が二度、それもひどく弱々しい声がした。シルクのサラサラする音が聞こえ、二〇歩くらい離れたあたりでかすかにもがく様子が伝わって来た。やがて静寂が戻り、すべてが夜気に包まれた。

「今のは何だ?」と大尉はかすれた声で尋ねた。小さな花畑の中ほどまで歩いてきていたので、彼もその平たい岩盤から四、五〇ヤードのところにいた。しかし、アドルフはそれに答えることができなかった。彼は気を失ってしまい、その手から落ちたランプは石段の一番下に転がっていった。

だが大尉は、内心ではほとんど希望を失っていたが、まだその岩までたどり着くだけの力があった。そこでランプを頭上にかざすと、新妻の最期の姿が目に入った。

ボッシュ夫人は、もう二度とあのテーブルにつくことはなかったし、二度と客に指図することもせず、二度と他人のことに独断的に口を出すこともなかった。みじめな寝たきりの老女として、退屈な日々をほぼ七年にわたってヴェルネの自分のホテルで過ごし、やがて先祖の元に召されていった。

大尉のことは、まあ、そんなことはどうでもいい。彼はそんな軟弱な男ではなかった。そして、アドルフ・ボッシュのような男がその後どうなったかは、それもまた、どうでもいいことだ。

訳注

（1） フランスとスペインの国境を分ける岩壁にある巨大な窓型の裂け目。

ジョージ・ウォーカーのスエズの七日間

私はロンドンのフライデー・ストリートに住むジョージ・ウォーカーである。いままでに世界のいろいろな地域を旅してきたが、紅海の北端にあるエジプトのスエズ(1)は、いちばん不潔で、不愉快な、見るべきものがない所だった。そこに女たちの姿はなく、水もなければ草木も生えていない。まわりは広大な砂の世界で、街はしばしば多量の砂におおわれてしまい、空からは太陽が容赦なく照りつける。大きな広いホテルがあるが、ここでは文化的な暮らしに欠かせない設備をわざと置かないらしい。それでも、私はスエズで過ごした一週間のことを思いだすと、かならず勝利感が湧いてくる。いや、とりわけあの一週間の、あの一日の思い出はスエズの七日間だけではなく、エジプトに滞在したすべての日々を、清らかな光輪のように照らしているのである。

じつを言うと、べつに私は偉い人間ではない。しかし世に出た頃はもっぱら偉大な人物に憧れており、多くの人に尊敬されたかった。できることなら高名な雄弁家となり、何千人もの聴衆から送られる賞賛の言葉に酔いしれたい。それが無理なら、周囲のみんなから尊敬され、また怖れられる権力をもつ人物になりたかった。私は大望を抱いたことを恥ずかしいとは思わない。フライデー・ストリートに住む連中にしたって、もし心の内をさらけだせば、似たような告白をするにきまっている。

しばらく前のことになるが、私は咽喉炎を患ってしまい、年が明けて一月から四月までカイロで静養することを勧められた。医者の診断は正しかったと思うが、共同経営者たちがわれわれの商事会社の方針を変えようと企んで、私を厄介払いしたのではなかろうか、その疑念がいまでも拭えな

1860年のスエズ運河

い。鼻をかんだり、声がしゃがれて咳払いしたくらいで、私の健康を彼らが心配するはずがないのだから。共同経営者たちがセント・バーソロミュー病院の医師とともに、アルビオンで二回も食事をしたというのがどうも怪しい、彼らが医者とそんなに懇意なはずがないのである。もし事務所に私がいたなら、会社の経営方針を彼らは勝手に変えられなかっただろう。だからカイロに療養に行かせて、留守中に経営方針の変更をやってのけたにちがいない。まあ、いずれにしても病気が心配になって私はカイロへと向かった。そしてカイロに滞在した四ヶ月のうちで、一週間だけスエズに滞在することになった。

カイロに行ったものの、さっぱり楽しいことはなかった。知り合いはひとりもいなかったし、ホテルの従業員は案のじょう礼儀知らず。お情けで泊めさせてやっていると言わんばかりだ。いまいましいが、宿泊料金は毎週きちんと払ってやった。ホテルには多くの宿泊客たちがあふれていたが、どれも二、三人のグループがほとんどで、たがいに気心の知れた友人たちのようだった。他人を寄せつけないイギリス人気質に負けまいと何度も話しかけてみたものの、「我に《ノリ》触《メ》れるなかれ《タンゲレ》」という箴言を守るイギリス人の頑迷さには呆れてしまう。自分の妻のそばには、見知らぬ男を近づけようとしない。結局のところ誰とも知り合いにはなれない有様で、気がつけば毎日毎日、朝食も夕食もぽつんとひとりで食べている。これじゃあ大聖堂の喫茶室の片隅にある席で、ポークチョップをひとりで食べるのと変わらない。三〇人から四〇人が食事する食堂で、朝も夜も寂しく食事していると、気が滅入ってしかたなかった。

だがある朝、正面玄関の階段に立ちながら、喉の具合がこんなに良いのは本当に久しぶりだなと感じていると、とつぜん背中をポンとたたかれた。あの時くらいうれしかったことはない。すぐに後ろを振り返り、心からの喜びをこめて握手をかわした。まるで砂漠で一杯の水を差しだされたような気分だ。オーストラリアに向かう旅行者の一行が、その日の朝カイロに着いたのは承知していた。カイロに汽車が到着しだい彼らはあわただしくスエズに向かう。だからエジプトに友人が来ていて、背中をポンとたたかれるなどとは思いもよらなかった。もっと早く説明しておくべきだったが、カイロに来る旅行者の一団のせいで、ひと月に四回くらい、ホテルの単調な空気がガラッと変わってしまうのだ。多くの旅行者たちがどっと押しかけると、まるでイナゴの大群が襲来したみたいに、用意された料理はあっという間に平らげられてしまう。われわれ宿泊者と同じテーブルで彼らは食事をとるが、そんなことなどお構いなしに、金儲けや未来の夢について大声でしゃべっている。彼らは陸路でスエズまで行き、そこからインド行きとオーストラリア行きの二つのグループに分かれる。[2]もしも読者にお話しする物語がなかったら、海外の植民地に出かける彼らの習慣とマナーについて喜んで語りたい――、やむなくイギリスを去りスエズへ来た人々の顔つきは、本国へ帰る人々の表情とはぜんぜんちがっているからだ。しかし、ここではスエズでの輝かしい勝利について語らなくてはならない。

私はサッと振り返ると、相手に手を差しのべた。すると、ジョン・ロビンソンが私の手を握りしめていた。「おい、ロビンソン、君なのかい」「やあ、ウォーカー、ここで何をしているんだい?」こんな調子で挨拶を交わした。もしどこか他の場所だったらロビンソンに会ってもこれほど喜ばなかったはずだ、彼は社会に出てからというもの何をしてもさっぱりうまくいかない男だったから。起業してサイズ通りにあるかなり大きな会社と取引をしていたのだが、まだ若いうちに結婚したせいだろうか、万事がうまくいかなかった。取引先の大きな会社は倒産しなかったようだが、彼のほうは破産の憂き目にあった。しかたなく、五人の子どもをつれてオーストラリアへ移住することになったのだ。もしカイロ以外の場所だったら、彼にばったり会ったりするのは嫌だった。でも、カイロのシェパード・ホテル[3]の正面階段ならば、誰に後ろから肩をたたかれてもうれしかったのだ。

妻と子どもたちを連れ、オーストラリアの生活に必要な物をすっかり揃えて、その日の午後にスエズまで行くとロビンソンは教えてくれた。そして、彼と話を交わしているうちにロビンソン一家とともにスエズまで同行することを承諾してしまった。イギリスを発つ時から、エジプトの壮大な

エジプトの砂漠に広がる化石の森

遺跡をすべて見て回ろうと考えていた。ところがエジプトへやって来たのに、まだどこも見物していなかったのである。残念ながら一度だけ、カイロから約一五マイル離れた「化石の森」へロバに乗って行っただけ。その時雇ったガイドは自分は通訳《ドラゴマン》だと言っていた。通訳だから「化石の森」への道をまちがったのかもしれない。さもなければ、私を騙そうとしたにきまっている。われわれは石が転がっている平坦な砂漠を半日かけて進んだ。強風が吹くと何も見えない。しかも、その風のせいで口の中まで砂が入ってくる。ようやくガイドがロバからおりた。「旦那よ」と彼は話しかけてきた。小さな石のかけらを拾いあげると、「これ、化石の森のかけら。持っていきな、記念に」と下手な英語で言った。それからわれわれは、ロバの向きを変えてカイロへと引き返した。こういうわけで、エジプトについて学んだことと言えば、「風が吹けば口の中に砂が入る」という教訓だけである。一日のみのガイドなのに、二五シリングも払わされた。それ以来、どこにも出かけなかったから、スエズへ行く機会ができたのは、ひとしおうれしかった、それに、友人と一緒の旅ができるのも楽しみだった。

当時すでに鉄道が通じていて、記憶にあるかぎり、カイロからスエズまでのほぼ中間地点まで線路が完成していた。(4)他国のように列車が一日に四、五回走ることはなく、一月《ひとつき》に四、五回くらいがせいぜい。じつはこの列車が運行するのは、イギリスと東洋の植民地との間を行き来する大勢の人々の群れが到着する時だけなのだ。カイロを散歩する道すがら、駅に向かったり、その近くを通ってホテルへ帰る時には、ひんぱんに列車が行き来するのを見かけた。聞いたところでは、それらの列車は線路工事で働く人夫たちと、砂漠で働く彼らのための飲料水を運ぶためのものだった。その時に私はしみじみ感じた、カイロからスエズへの鉄道建設事業に投資して大金を手にする連中がいるが、そんな真似《まね》だけはしたくないと。

ともあれ、ロビンソンと連れだってスエズへ向かった。エジプトではどこでも同じだが、スエズへの旅は風で舞い上がる砂に悩まされ、ひどい暑さに苦しめられて、とても楽しむどころではない。列車はかなりきれいで、ずいぶんすいていた。それでも客車の中を見ると、あちこちに砂がつもっている。われわれの乗る列車は時速約一〇マイルでのろのろと進む。しかも一〇マイル進むたびにたっぷり一時間は停車した。いい加減うんざりしたが、われわれには葉巻があるし、ブランデーと水も用意してあった。まあ、こうして鉄道の旅はつづいたのである。ところが真夜中に列車は停止してしまい、われわれ乗客たちは列車から数台の乗合馬車——ともかくそれらは乗合馬車と呼ばれていた——に乗り換えさせられた。私は不愉快だった、乗合馬車と言っても、木製の箱が二輪車の上に置かれている代物《しろもの》にすぎないからだ。六人まで乗ることができたが、この乗客席にロビンソン、彼の妻、そして五人の子どもたちが乗り、そのうえ私まで押し込められてしまった。ロビンソン一家と同行するなんて愚かなことをしたものだ、と後悔した。乗合馬車にはそれぞれ四頭の馬、もしくはラバがつながれていた。列車は線路の上をじつにのろのろ走ったが、一方、乗合馬車の馬やラバたちは砂漠を全力で疾走した。バーミンガム・ロードで、ボイスの運転する狐狩り用四輪馬車《フォックス・タリホー》を見たことがある。だが、そのスピードは、機械のように疲れを知らないスエズの乗合馬車には比べ物にならなかった。スエズ港を目指す乗合馬車が走り出すと、乗客席がいきなりグラッと揺れて、私は赤ん坊を抱くロビンソン夫人にドスンとぶつかってしまった。夫人は幼い子どもがどこか怪我をしたのではないかとしきりに心配していた。だが、なんとかスエズに到着し、赤ん坊も船に乗ったが、どこにも怪我がないように見えた。

　ロビンソン一家には、あの広いスエズのホテルで朝食をとる時間が認められていた。乗船してからの食事代を節約できるようにホテルが便宜を図っているようだった。食事がすむと、彼らはあわただしくオーストラリアへと旅立っていった。埠頭で別れを告げる時にロビンソンと心をこめて握手をかわしながら、見知らぬ土地で生きる困難をロビンソンが切り抜けられるようにと祈った。妻と五人の子どもをつれて海外のイギリス植民地に移住して、新天地で荒稼ぎをしようとするとたいてい失敗するものだ。そういう人間は本国にいても成功しない。私はどうかと言えば、たとえ沈みそうな老朽船だろうと、ロッカーに非常食のビスケットが一袋あるかぎりは、船を見捨てるつもりにはなれない。哀れなロビンソン！　あの日以来、彼とその家族の消息は杳《よう》として知れない。乗合馬車の中で私とぶつかった赤ん坊が、いまは無事に育ったことを祈っている。

それからスエズの一週間をどうやって過ごそうかと考えてみた。するとロビンソン親子と別れてから三〇分もたたないうちに、「カイロのほうが、ずっと良かったな」と後悔の念が湧いたが、ともかくスエズのホテルに泊まるしかない。一部屋を取り――その気になれば六〇部屋くらい予約できたのではないだろうか――それからホテルの外に出ると、正面入口つまり正門にしばらく立っていた。中庭を囲んで建つ大きなホテルで、正面は紅海の北端を望み、背後は、殺風景でガランとした砂まじりの四角な広場に面している。私はそこに一〇分ほど立っていたが、暑さに我慢できなくなってしまい、ロビンソン一家と食事をとっただだっ広い食堂にもどった。これから六日間は、暗くて陰気な食堂で食べることになる。カイロにいたらイギリス人たちと一緒に食事ができたのにな、と悔やんだ。葉巻に火をつけ、一週間無事に過ごせるかどうか思案した。ロビンソン一家と一緒にスエズへ来るなんて、なんて馬鹿なことをしたんだろう、としきりに悔やんだ。

近くから、何者かが私の名前をたずねた。私は「ジョージ・ウォーカー」とはっきり答えた。自分の名を恥じたことはなかったし、また恥じる理由もなかった。私の名前はフライデー・ストリートだけでなく他の場所でも知られているのである。世の中には有名になる者もいるが、いっこうに認められない者もいる。どちらの道を歩むかは、取るに足りぬ些細な状況しだいで決まる。人の名前の価値は、銀行にどこまで評価されるかにかかっているのだ。ティー・スプーンもグレイビー《肉汁》・スプーンも取引したことは一度もないが、私の名前は他の人間に負けないほど多くの人々が知っている。だから、名前をたずねた相手に威張った口調で「ジョージ・ウォーカー」と名乗ったのだ。男はスリッパを履き、古ぼけた部屋着姿でホテルの正門の内側に座っていた。

まったく憂鬱な一日だった。夕食の時間になるまでに、「ああ、なんとかカイロに帰りたいものだ」と二〇回も考えていた。一晩中休まずに旅をしたあとだから、せめて少しくらい眠りたかったのに、ベッドに横になるとすぐに蚊がブンブン飛んできた。他の土地なら蚊は夜に出てくるのに、スエズでは夜昼おかまいなく刺しにきた。燃えるような太陽が空から照りつけてくるので、ホテルの外へはまったく出られなかった。ベランダにしばらくいて、埠頭に停泊している二、三隻の小型の船を眺めた。どの船もひっそりしていて、マストの帆はすべて下ろされている。水夫や船員たちの姿も見えない。そして、まるで海水さえも熱湯になっているかのようだった。船縁《ふなべり》に塗られたペンキが、太陽の光線を浴びてみるみるひび割れていく様子が手に取るように見える気がした。ホテルに宿泊しているのは私だけだった。午前中は、使用人たちがホテルから忽然《こつぜん》と姿を消したかのようだった。

四時に食事をとった。その時間を私が指定したわけではなく、別の時間を選べなかったからである。エジプトではホテルが決める時刻にしか食事ができなかった。いくら変えてくれと頼みこんでも突っぱねられるだけ。しかたないから四時に食卓についたが、食べ終わるとまた憂鬱になってきた。

陰気な食堂にひとり座り、これから一週間どう過ごしたらよいだろうか思いあぐねていると、なんだか頭がおかしくなりそうだった。すると中庭に通じる廊下から幾人かの足音が響いてきた。新しい宿泊客たちが来たのだろうか。彼らはキリスト教徒なのだろうか。眼を合わせ、話声を聞き、言葉を交わしたら、気が置けない友人になれるだろうか。しかし私は食卓から動かなかった、まだ体がほてっていたのだ。それに最初からあせって近づくのはまずい、静かに待つほうが仲良くなれるチャンスが多くある。しかし、食堂のドアはすぐに開いた。けっきょく少なくとも一つの点で、私の期待は裏切られる運命にあった。扉を開けて入ってきた人たちは、彼らが着ている衣服から見るかぎりキリスト教徒ではなかった。

ドアを開けたのはスリッパを履いた古ぼけた部屋着姿の男だった。ホテル正門の内側に先ほど座っていた男にまちがいない。彼はアラブ人で荷物係をしており、新しい客たちを食堂に案内してきたのだが、その時、ジョージ・ウォーカー、つまり私の名前らしきものを口にしながら、こちらを指さしていた。客たちの中で最も身分の高い人物に目くばせしながら、彼は私を指さしていたのだ。その人物は、どっしりとして、恰幅《かっぷく》がよく、頭から足先まで華やかな色柄の東洋の衣装をまとっていた。頭にはどこにでもあるような赤いトルコ帽をかぶり、さらに帽子の上にターバンを巻いていた。私もトルコ帽をかぶるのに慣れていたが、アラブ紳士の帽子に巻かれているターバンの織り成す無数の襞は雪のように白かった。顔立ちはふくよかだったが、威厳がそこなわれることはなく、こめかみから下は立派な顎髭で覆われ、さらに髭は顔のまわりを包み、彼が歩くとその胸に触れていた。白髪まじりのじつに堂々たる顎髭は、この人物の容貌に並はずれた風格を与えていた。

流れるような優美な外衣《ローブ》は色鮮やかで、その下にまとう服は彼の胸にぴったりと合い、さらに下半身までのびて、飾り帯の下からはゆったりしたパンタロンになっていた。おそらく、だぶだぶな袋みたいと説明すればわかりやすいのだろうが、その生地は贅沢な最高級の絹である。ゆるいパンタロンは足首の上のあたりと、真っ白な長靴下の上のあたりで、しっかりと脚にむすびつけられていた。そして、彼は黄色のスリッパを履いていた。贅を尽くすのを厭わずに、最上の服装を身に着けてきたことが一目瞭然だった、

さて、ここで彼らアラブ人たちの立居振舞《たちいふるまい》について私見をぜひ述べておきたい。アラブ人でも、トルコ人でも、コプト人でも、彼らはほとんど同じである。たぶんみんな卑屈で、嘘つきで、臆病な民族だ。拳で殴られても彼らは我慢する。怒るどころか、自分を殴った相手に敬意を抱く始末だ。彼らにあっては、愛ではなく恐怖をもって人を動かすのが常であり、男同士の場合は容赦がない。脅して要求すれば何もかも手に入るのに、脅してまで要求する気のない男は愚か者と見なされて、すべてを失う羽目になる。キリスト教的な教えがしみついているわれわれよりも、こういう点については劣っている。ところが一つの点で彼らはわれわれにまさっている。人間の品位を保つ術を、彼らは心得ているのである。

友人で会社の共同経営者のジャドキンスが、ズボンのポケットに両手をつっこんでフライデー・ストリートの会社の戸口に突っ立っている姿を見るがよい。どうしてあんなに下品なのだろうか。ずんぐりした体形で、背が低く、しかも太っている。とはいえ、その点ではスエズで会ったアラブ

の友人も変わらなかった。ジャドキンスは頭から足の先まで上等の黒のスーツを着ている、上着はきっと燕尾服で、着古したものや、安っぽいものには見むきもしない。きらきらとした光沢のある新品のシルク・ハットをかぶっているが、それはわれわれの大都会で人気のファッションなのだ。まったく、きざな男としか言いようがないが、本人は自分の服装を自慢に思っている。あのアラブ人の風貌と比べると、彼の外見ははるかに劣る——、歩き方は卑しく見えるし、その足音もまた卑しく聞こえる。ジャドキンスなら、もしも競売会であのアラブ人の四倍以上の値をつけて品物を競り落としても、大金を無駄にしたとは思わないだろう。しかし、かりに二人が同じ部屋に居合わせることにでもなったら、ジャドキンスは相手を見るだけで、自分は彼より人間的に劣っているのを、しぶしぶ認めるはずである。ひょっとして二人の間に些細なことから言い争いが起きたら、ためらわずにジャドキンスはアラブ人の頭を殴りつけ、無理やり相手を膝まずかせるだろう。もしジャドキンスが怯えて相手を殴りつけられなかったら、彼は自分に絶望してしまうはずだ。それに引き替えアラブ紳士は、不当な恥辱でもじっと耐え忍ぶだろう。つまらないことで喧嘩するよりも、人間としての尊厳を重んじることにアラブ人の誇りがあるのだ。それがジャドキンスには欠けている。いずれにせよ、私はエジプトで暇を持て余しながら、なんとか東洋の衣裳をフライデー・ストリートに輸入できないものだろうか、と考えたりしながら過ごしたのである。

アラブの紳士が暗い食堂の喫茶室に入ってくると、私は自分がみすぼらしい人間に見えてきた。先頭を歩くアラブ紳士のように華やかな服装ではなかったが、彼と少し似た衣服の者たち四、五名が従っていた。そしてもう一名、上着とズボン姿の紳士がついていた。最後に入ってきたこの紳士が他のアラブ人より地位が低いのはすぐに見て取れた。いっぽう、ターバンを頭に巻いた、どっしりとしたアラブ人たちの風格には圧倒されてしまった。威厳のあるアラブ紳士が食堂をまっすぐ横切ってこちらの席の方にくるのが見えると、立ちあがってキリスト教徒らしく敬意を表した。私は小柄だが、ジャドキンスのようにはずんぐりしていない。ともかく彼よりは礼儀正しく振る舞ったと自惚れている。

いま言ったとおり、それなりにキリスト教徒らしい敬意の払い方をした。私はちょこんと頭を下げた、少くとも両手をこすりながらお辞儀をしたのである。そして「今日は良い天気ですね」と挨拶の言葉を述べた。ところが、かりに礼儀を守ったとしても（私はそう願っているが）、アラブ紳士のほうがはるかに礼儀正しかった。ほぼ六歩前まで私に近づくと、絹地の服を着た胸に右手を開いて添え、そのまま体を前に折り曲げて深々とお辞儀をした。ジャドキンスには絶対にできやしない。ターバンと優美な衣装はフライデー・ストリートでも流行するかもしれないが、人間らしい高尚な感情が欠けていたら、外見をつくろう衣服や飾り物が何になるだろうか。ひとりの時にいくども試したが、あの見事なお辞儀は私にはとうてい無理だった。優美な衣装を着るアラブ紳士が深々とお辞儀をすると、彼にならい他のアラブ人たちもお辞儀をした。最後に、例の上着とズボン姿のキリスト教徒の紳士は右足をひいてお辞儀した。わたしも右足をひいてお辞儀をし、両手をすり合わせ、今日はずいぶん暑いですね、と先ほどと似たような挨拶をした。

「おっしゃるとおりで」と、傍にいた汚い部屋着姿のアラブ人荷物係が言った。私への態度がガラリと変わったのが一目でわかる。惨めな思いをさんざん味わったが、ようやく慰められた気持ちになった。フライデー・ストリートに住むキリスト教徒が、ポケットにお金をいっぱい詰めてエジプトへ来たら、カイロより、このスエズのほうが尊敬される。スエズには何も見るべきものはないが、そんなことは気にしないはずだ。「グライムズ、ウォーカー、アンド、ジャドキンスのマンチェスター商事」の第二共同経営者にふさわしい応対を、残念ながら、あのカイロでは受けられなかったのだ。

ふたたび深々とアラブ紳士がお辞儀をする様を目にすると、彼のようなお辞儀ができないのが恥ずかしくて、なにか埋め合わせがしたいと思った。しかし、立派な礼儀作法には頭が下がったものの、この新しい友人と親しくなるには厄介な障害があった。アラブ紳士がフランス語で挨拶を始めたからである。両親がフランス語を教えてくれなかったことを、いまでも悔やんでいる。その弱みにつけこんで、フランス語のできるジャドキンスは、実際には取引先の手紙を訳すくらいしかできないくせに、生意気にも私を見下して横暴な振舞いをするのだ。アラブ紳士の話す流暢なフランス語の挨拶を、ジャドキンスが一言だってわかるはずはないのだが、ともかく私はフランス語ができなかった。アラブ人紳士の挨拶はつづいて、それが終わるまでに三、四分ほどかかったが、それがすむと、彼はまた丁重に深々とお辞儀をした。あの気品ある礼儀作法さえ身につけられたら、ジャドキンスがいくらフランス語ができようとも、あいつより私のほうがずっと立派な人間だろうと思えた。

「まことに恐縮ですが」と私は言った。「フランス語ができないのです——フランス語でお話をなさっても私にはわからないのです」

「なに！　フランス語できない！」とアラブ人はたどたどしい英語で言った。「それ、残念」。いったいアラブ人たちは砂漠の太陽の下にいながら、どうして様々な言語を身につけられるのだろうか。あとで知ったが、イタリア語、トルコ語、アルメニア語を彼らは話し、また英語と同じ程度にドイツ語も片言くらいなら話せた。それに引きかえ、英語以外の言語で食事を注文するなんて、飢え死にするぞと脅かされても私にはできない。立派な風貌のアラブの紳士は、ズボンをはいたキリスト教徒に声をかけた。私の憶測にすぎないが、通訳を頼んだのだろう。しかし残念ながら、きちんと通訳するためには、彼にはひとつの難点があった。この紳士は英語をもともと話せなかったのだ。おそらく彼は英語という言語については知っていただろう。アラブ紳士より多少は知っていたはずだ。しかしアラブ紳士と私との通訳を務める能力は、まったく欠けていたのである。

通訳はトリエステ出身のイタリア人で、アレキサンドリアのオーストリア領事館に所属していた。かりにこの通訳がマフムトの言葉をすらすらと英語にしてみせたとしても、マフムトが言った挨拶の趣旨や、彼の述べた提案を理解するのはさぞかし大変だったろう。風格のただようアラブ紳士の提案について読者に伝えたいが、その前に、私への歓迎の儀式の模様について説明させていただきたい。このアラブ紳士はマフムト・アル・アクバーという人物であるとあとで知った。これからは、彼をマフムトと呼ぶことにしたい。さて、アラブ人一行が部屋に入ってきた際には気づかなかったが、従者の一人が両腕に一束の長い細棒を抱えていた。また別の従者はスチール製のポットと皿を持っていた。こういう有様で、二人の従者は儀式を行うために前へ進み出た。マフムトにソファーに強引に座らされ、私は儀式が進むのを見まもった。ソファーにマフムトも座ったが、準備の間、彼は一言も話さなかった。細棒を持つ従者はまず床に小さい二つの平鍋を置いた。一つは私の足元に、それからもう一つは主人の足元に。それがすむと首から下げた美しい袋の紐をゆるめ、中から刻みタバコを取り出し、二つのキセルに詰め始めた。いかにも厳粛に行い、また細心の注意を払っていた。二つのキセルの一方の先端にはすでに細棒が取りつけられていた。そしてもう一方の先端に従者はそれぞれ大きな黄色の玉を結びつけた。あとから教えられたが、それは琥珀の吸い口だった。従者はキセルに火をつけ、吸い口を深く吸い、慎重に煙を細棒の中に吸い上げた。そして吸い上げるのが楽になると、一つのキセルを私に、別のキセルを主人に手渡した。従者は床の上の平鍋の中に、あらかじめそれぞれ鉢を置いていた。

こうして準備が整うまで、誰もが無言だった。なぜ私を歓迎してくれるのか、かいもく見当がつかなかった。部屋の隅には据え付きソファー（ここでは長椅子と呼ばれている）が置かれていた。マフムト・アル・アクバーは脚を組んでソファーの一方の端に座り、私は別の端に座った。従者たちが周囲に立っていたが、私には事情がよく飲みこめていなかったので、従者たちに座るように声をかけてよいものかどうかわからなかった。このもてなしの目的がはっきりしなかったのだ。キセルは私が用意したのではない。部屋の隅で従者の一人が淹れたコーヒーも私が用意したのではない。なんだか自分が情けなくなってきた。そして、渡された細棒の吸い口の使い方がわからず途方にくれていた。葉巻さえあれば、「シティ[5]」のどんな連中にも負けないくらいゆったり構えてみせるのに。まず葉巻の端を噛み切り、最後まで吸い終わる頃には心地よい眠気に誘われる。手元に葉巻がないのが残念だった。目の前の奇妙なパイプでタバコを吸ったことがなかったのだ。あの大きな黄色い琥珀の玉はどう使えばいいのだろうか？　どうしてよいかわからぬまま、マフムトをただ見つめるしかなかった。

　私がタバコを吸わないうちは、マフムトも吸わなかった。そうした細やかな気配りを見ると、彼が都会的な洗練さを身につけているのがわかる。キセルの扱いに困っているのに気づくと、彼は吸い口の玉を手に取ってようやく吸い始めた。その様子を眺めていると、威厳ある表情と気品のただよう物腰が羨ましくなった。それに比べて、私が吸うと細棒がブクブクと音をたててしまう。とても味わうどころではない。物静かに座る彼の口と鼻からは、煙が渦を巻きながら立ち昇っている。キセルを口にしながら私は黙っていた、沈黙していることがアラブの人々にもっとも尊敬されると思ったからである。ところが、思いがけず煙で咳きこんでしまった。やがて、従者が小さな錫《すず》のカップに注いだコーヒーを運んできた。ブラック・コーヒーで、砂糖が入っておらず、飲むとザラザラした舌ざわりがした。コーヒー豆を突いて砕いただけ、きちんと挽いていないからだ。だが飲むのを断るわけにはいかない。カップを手に取り、気持ち悪いコーヒーを一息にグッと飲みこんだ。できれば砂糖とミルクが欲しかった。ひどく恥をかいてしまったが、キセルを吸う儀式にはどこか面白味があり、慣れてくるとキセルをくわえてくつろいだ気持ちになってきた。

マフムトはタバコを吸い終わった。そして私も吸い終わったのに気づくと、通訳に向かいイタリア語でなにやら話しかけた。すると、あわてて通訳が近づいてきて、一行が来訪した理由を伝えた。なにしろ語彙が乏しいカタコト英語しか彼には話せなかったので、マフムトが何を言ったのかわからない。しばらく聞いているうちに、なんとか理解できたように思えたが、もしかしたら、錯覚しただけなのかもしれない。通訳はマフムト・アル・アクバーが言ったことを、おおむね次のように英語で伝えた。なんでもマフムトは、私が成し遂げた立派な業績にいたく敬服しているらしい。そうは言われても、マフムトが褒める相手はいったい私本人なのだろうか、それとも私の父親なのだろうか——、それが通訳の下手な英語ではわからなかっ

水タバコキセル。イスラム国で大成した喫煙具の一種

た。私がスエズへ来る前に、父はすでに世を去っていた。父はリバプールの波止場の所有者だったから、マフムトがリバプールの港を訪れた時に知り合った可能性が十分にある。私がエジプトに来たことを、マフムトは人づてに聞いたのではないか。そして、私がスエズに来て、そこから船に乗って海外に行くつもりと思い込んでしまったらしい。まあ、こんなふうに通訳はざっと説明したのだろう。彼が何を言ったかあまりわからなかったが、ともあれ彼の話は聞いた。私がスエズへ来たという喜ばしい知らせをマフムトがうけたと通訳が話すと、ソファーの端に座ったままで私に深々とマフムトは頭を下げた。明日歓迎の意味をこめてささやかな宴会を開きたい、ついては東洋行きの船に乗るのは、そのあとにしてほしいとマフムトは伝えたのである。招待に応じると言って安心させると、この周辺には由緒ある史跡があると彼は話を進め、ピクニックに出かけるつもりで、史跡に出かけて食事を楽しみましょう、と熱心に誘った。紅海を渡って広大なアジアの中に入り、「モーセの井戸」を訪れましょう、というのである。翌朝に海を渡るのに必要な船はもう手配ずみで、しかも、太陽が沈んだあとにスエズへ帰る際に乗るラクダの手配もすんでいた。場合によっては、ラクダに乗って往復することもできるという。また、行きはラクダに乗り、帰りは船に乗ることもできるとか――、とにかく、なにもかも私の希望しだいで決まるのだった。暑さが心配だとか、甲板のない船《オープンボート》に乗るのが嫌ならば、担い籠に乗ることもできるという。こういう招待に首を振るはずがないとマフムトは見越して、食料などは「モーセの井戸」にもう送ってあった。

断るなんてとんでもなかった。この国の美しい風景を愛でて、そのうえ古代の史跡を訪れるとはまさに本望だった。しかも礼節をわきまえる人たちと一緒の旅である。「モーセの井戸」についてはは聞き覚えがなかったが、それがアジアに今も遺されていることを知った。アジアとヨーロッパは別の世界なのに、眼前の紅海を渡ればアジアへ行ける、しかも帰路には涼しい夜の砂漠をラクダの背に揺られてもどってくる、そう思うと船で紅海へと乗り出すのが待ち遠しい。もしこの旅の話をジャドキンスにしたら、どんな顔をするだろうか！　古代イスラエルの民が往来した地にまぎれもなく「モーセの井戸」はあり、イスラエルの民はその井戸の水で喉をうるおしたのだ。エジプト王《ファラオ》の乗る二輪戦車の車輪が眼にうかぶ。マフムトの誘いをすぐ承諾すると、ふたたび厳かに儀式が始まり額手礼《サラーム》がいくども繰り返され、それが終わるとマフムト一行は去っていった。「スエズに来て本当に良かった」としみじみ思った。

その晩はスエズの蚊がうるさくて、あまり眠れなかった。いまいましい蚊のせいで気が滅入ったが、マフムト・アル・アクバーのことを思い出すと気持ちが安らいでホッとした。旅行をしたことのある読者なら、礼儀知らずの思いやりがない連中から、旅先で冷たい目で見られたらどんなに辛いかおわかりだろう。カイロではそんな惨めな目にあった。だがスエズに来て、ようやく苦しみから救われたようだ。マフムト・アル・アクバーの振る舞いには思いやりが随所に感じられる。私はマフムトの好意に甘えることにして、彼が敬服している「私が成し遂げた立派な業績」については詮索しないことにした。いろいろ尋ねられるのはマフムトの望みではないし、それで彼が満足しているなら、私だって満足しても構わないだろう。

翌朝の六時には身支度を整えて待っていた。寝室の窓から見ると、すぐ近くの埠頭に船が近づいてくるところだった。われわれはそれに乗りアジアへと渡るのだ。真昼の日光を避けるために船の出発は早朝、朝食は船上でとる手筈になっている。朝と昼の食事をマフマトは用意している。紅海を渡り「モーセの井戸」に着くと、近くの休憩所で真昼に休息をとり疲れを癒す。そのあとに豪華な午餐に舌鼓をうち、やがて夕暮れが訪れるとラクダの背に揺られて帰ることになる。これほど心地よい、素晴らしい旅は考えられない。食料はすでに休憩所に送られているから、午餐の準備が行き届いているのはまちがいない。窓から眺めていると、今まさに細首のワインボトルが入っているバスケットが、船内に積み込まれるところだった。これなら、マフムトの従者たちが淹れるザラザラした舌ざわりのコーヒーを飲まずにすむはずだ。

六時にはホテルを出発できる、と知らせてあった。身支度を入念に整え、午餐に備えて清潔な襟カラーと櫛をポケットに入れた。正門へ降りていき、それからゆっくり埠頭の方へ向かった。ホテルを出ると、荷物係が深々とお辞儀をして出迎えた。さらに先へと進んでいくと、自信にみちた足取りで自分が歩いているのがわかった。人間というものに名誉と風格をあたえるのは、たいていの場合は人間そのものではない。地位こそが名誉と風格をもたらすのだ。法廷に座る大法官は、重々しい威厳と堂々とした態度を備えている。幾度となく羨ましいと思ったものだ。しかし、大法官の立派な鬘《かつら》をつければ、ジャドキンスだって立派な大法官と思われるだろう。マフムト・アル・アクバーはわざわざ訪ねてきて、初めて会った私に深い敬意を示してくれた。スエズの人々の前を歩きながら、マフムトの友人にふさわしく、毅然と振る舞おうと私は誓った。

荷物係のあとから、しっかり道を踏みしめて進みながら、街路沿いの広場から前方に目をむけると、町では騒ぎが起きているらしかった。私のところからは背中しか見えなかったが、たくさんのアラブ人たちの衣服が動いていた。すると、マフムトと同じようなターバンと礼服《ガウン》を身に着けた、恰幅のいい小柄な男性の後姿が目にとまった。その男は遠くの角を急ぎ足で曲がったところだった。あれは間違いなくマフムトだった。私は海岸へ通じる道を歩いていたが、召使たちのなかに出航の準備をしくじった者がいるらしかった。あわただしく動くマフムトを見て、彼がいかに私に尽くそうとしているかを改めて感じた。

岸壁にたたずみながら船内に視線を向けると、座席に敷かれた惜しげもなく豪華な敷物に目を奪われた。出発の準備をしている男たちは見ず知らずの私には関心がなかった。いちばん綺麗で座り心地の良い敷物の上にきっと座れるぞ、と内心でほくそ笑んだ。しばらく埠頭の上をぶらぶらと往復していたが、やがて遠くから人々のどよめきが聞こえてきた。きっと町でなにか騒ぎが起きたのだ。男たちのあわただしい動きと多数の話し声は「モーセの井戸」への旅とどこかで関係しているようだ。そこにフランス風の衣服を着たひとりの若者がこちらへ歩いてきたので、何が起きたのかたずねてみた。彼はイギリスの倉庫に勤める事務員で、カイロから誰かが到着したのです、と教えてくれた。それ以上は知らなかったが、乗合馬車が着いた音が聞こえました、と若者は言った。それではマフムト・アル・アクバーは古い友人が来たと知らされて、迎えに行ったのだろうか、そんな疑問が心をよぎった。

　思いがけない人物が現れたと聞くと、初めはうれしかった。あの敷物がどれほど素晴らしかろうと、私にはひとり占めするつもりは微塵もなかった。それに、新たな客と私とが一緒にあの通訳を使うことになっても、べつに残念ではなかった。カイロから来たという人物はたぶんイギリス人だろう、それなら英語が母語である友人ができるかもしれないではないか。しかし、やがて私はイライラしてきて、徐々に不安が募ってきた。アラブ人の船乗りの一人が、船からホテルの正面玄関へ歩いていき、その帰りにじっと私を見つめていた。案のじょう、いかにも胡散《うさん》くさそうに。その時、ホテルのベランダに一人の男がいるのに気がついた。彼は私に視線を向けていたのかもしれない、あるいは、彼の声が私に聞こえたのかもしれない。あの男にずっとベランダから見つめられていた、と思わざるをえなかった。それから埠頭を長く歩きつづけたが、いっこうにマフムトたちは姿を現さなかった。腕時計を見るともう七時になっている。いよいよ人々のどよめきはホテルの方へ近づいてきて、乗合馬車の車輪の音が正面玄関で止まり、多くの人声が聞こえてきた。マフムトが待っているのは私ではない、という予感がした。ではマフムトは、どうして使いを寄こしてそれを知らせないのかと訝しく思いながら、埠頭の先端から後ろを振り返った。すると、イタリア人通訳がこそこそと去っていく後ろ姿が見えた。彼はマフムトから命じられ、私に連絡するためにやってきたにちがいない。それなのに、マフムトの言葉を伝えるのが怖くなり逃げだしたのだ。どうしたらいいのだろうかと迷ったが、けっして諦めないぞと心に決めた。正直に言うが、じつは、ホテルの正面玄関にもどるのは怖かった。岸壁を隅から隅までゆっくり歩きつづけ、なにも心配していないふりをして口笛を吹いた。アラブの船乗りたちが迷惑そうに私を見つめ、船乗りの一人が埠頭の角をまがって私の様子をジロジロ見つめた。もう七時半を過ぎている。太陽が昇っていくと暑さがつのってくる。どうして、あの船の天幕の下に座るマフムトたちが来ないのだろうか、と不安が増した。

ホテルに出向いて事情を尋ねてみようと決めたが、ふと後ろを振り返ると、イギリス紳士らしき服装の人物が近づいてくるのが目にとまった。私の前までくると、彼は帽子を上げて、いかにも英語らしい英語で話しかけてきた。「ジョージ・ウォーカー氏ですね」と彼は言った。「そうですよ」とやや高慢な態度をとって私は答えた。「ロンドンのフライデー・ストリートで営業するグライムズ、ウォーカー、アンド、ジャドキンス商事のウォーカーです」

「ご立派な会社と承知しております」と彼は言った。「恐縮ですが、ささいな誤解があったようです」

「誤解があったとは心外ですな。私の会社はロンドンでは高い評価をえているのですよ」と私は告げた。ようやく会ったイギリス人紳士から、いきなり「ささいな誤解があった」と言われ、自分が誰にも相手にされぬ人間のような屈辱感がまたおそってきた。しっかりしなくてはいけない、と言いきかせた。マフムト・アル・アクバーは私を見捨てたのだ、もう疑いの余地はない。

「無論、おっしゃる通りです。しかしですね、この短い探検の旅に関しては」と述べて、埠頭に留まる船を彼は苦々しげに指さした。「明らかに誤解があります、ミスター・ウォーカー。ここの英国副領事を私は務めております」

帽子をぬいで私はお辞儀をした。イギリス領事館の重要な地位にある人物から丁重に話しかけられるのは初めてだった。

「無理やり彼らに寝床から起こされ、あなたに事情をお話しするために参りました」

「事情を話すって、いったい何のことですか」と私はたずねた。

「あなたは世事に通じた方です。包み隠さず申し上げましょう。私とは古い友人のマフムト・アル・アクバーは、あなたをペグー[6]の新任総督ジョージ・ウォーカー卿と思い違いをしたのです。ジョージ・ウォーカー卿は今スエズにいらっしゃいます。今朝、到着なさいました。とんでもない人違いをしてマフムトはすっかり恥じ入り、あなたにお目にかかれないのです。私と一緒にホテルに引き返していただけますか。そこで詳しい経緯をお話しいたします」

私はまるで雷にうたれたように驚いた。いまでも思うが、内心では、領事にもっと婉曲に話してもらいたかった。領事は見るからに急いでいた、いきなり私に向かい、「ここから入りましょう」と伝えると、埠頭への道に面する小さなドアを指さした。私としてはついていくしかない。言われたとおりにしたのだが、彼から告げられた二言三言で、すべて事情は明らかになった。人目につく道から私を引き離したことで心配はなくなったのか、領事は私を残して去っていった。事の顛末は、私の知る限りでは次のとおりだった。

ジョージ・ウォーカー卿は新任の副総督としてペグーに向かうところだったが、それ以前にインドに赴任して軍隊を指揮していた。彼の噂は聞いたこともなかったので、そういう偉い親戚がいると騙《かた》ったこともなかった。この騒動では私が一番潔白な人間なのだ、それどころか、むしろ被害者にほかならないだろう。ジョージ・ウォーカーと名乗る資格は、ウォーカー卿だけではなく私にだってある。領事が言うには、ウォーカー卿がインドにいた当時、彼は激しい包囲戦の末にベガム市――たぶん、領事はベガムと言ったと思う――を攻略した。当時のベガムではマフムトは大物だった。それからも彼は大物であり、今でもそうらしい。他でもない、そのマフムトの生命と財産を守ったのがウォーカー卿だった。それ以来、万事が順調に進んできたのである。それから先の説明は必要ない。何もかも手に取るようにわかったのだ。荷物係からジョージ・ウォーカーという名前を聞いてマフムトは歓迎会を開くために私のところに駆けつけたというわけだ。そこまでは良かったのだ。しかし翌朝に、彼はどうして私と会うのを避けたのだろうか？　騒動の原因がすべてマフムトにあるのは明らかなのに、どうして「モーセの井戸」に私を誘わなかったのだろうか。ジョージ卿と私とは従兄弟同士の可能性だってある。臆病ゆえに私と会うのをマフムトは怖がっていたにちがいない。埠頭にいる私に気づくと、マフフトたちはどうやって私を追い払えばいいかわからず、うろたえてしまったのだ。私は一日中埠頭にいて、彼らが船に乗る頃合いを見計らい、ひとりひとり睨みつけてやりたかった。でも意気消沈して、領事が去ると疲れ切って部屋に帰った。

領事は私を置き去りにしてさっさと帰っていった。同時に私の心中に「彼が朝食に招いてくれるかもしれない」というかすかな希望が湧いてきた。もし招待してくれたら、味わった苦しみは癒されるかもしれなかった。私はべつに厳格ではないが、礼儀正しさは十分にわきまえている。フライデー・ストリートでは周囲から尊敬を集めているし、これからも一生フライデー・ストリートにとどまるつもりだ。それなのにこの領事からは、まったく思いやりの言葉がなかった。埠頭への道から私を連れ出して、必要なことを二言三言いうと、さっきと同じようにちょっと帽子を上げただけで、すぐ帰ってしまった。私も帽子を上げた、そしてとぼとぼ部屋まで帰った。

白いカーテンの陰に身を隠して、部屋の窓から出航までの模様を眺めた。マフムト・アル・アクバーが埠頭に姿をみせて、少し暑がっているようだが、昨日の夕方と変わりなく優雅な身のこなしで仕事を片づけていた。もし足がすべって仰向けにザブンと水の中に落ちたら、さぞかし大恥をかいたろう。そうなったら私の気持ちは晴れ晴れとしたろうに。しかし、マフムトには万事がうまく運んだ。その場にはジョージ卿も姿をみせていた。彼と私は同姓同名であり、たぶん従兄弟同士でもあったが、今の彼はさっぱりした顔つきをしていた。それもそのはず、私がずっと埠頭を歩いているあいだに、彼はのんびり風呂に入って体の汗や汚れを落としていたのである。総督とか、総司令官という連中は、どうして恥知らずにも甘い汁を吸っていられるのだろうか。総督が乗合馬車に揺られていた時から、まだ二時間もたっていなかった。一晩中ずっと馬車に乗ったあとに、すぐさま彼は出航できるというわけだ。スエズに到着してから風呂に入り、すぐさま「モーセの井戸」へ旅立つなんて、私には夢みたいな話だ。権威のある地位が、不可能なことを可能にする。組織の頂点に立つ者は、立派な仕事を成し遂げるためなら無能な部下を平気で切り捨てる、そのことを私はとっくに承知している。人間を動かすものは地位へのあくなき執着なのだ。

いよいよ彼らは出発した。私がスエズにいたことをジョージ卿は知らないだろう。もし知っていたら、彼は「一緒に行きましょう」と誘ってくれたのではあるまいか？

それなのにマフムトとその従者たちは、人違いという小さな誤りをジョージ卿には隠し立てていた。埠頭から沖へと彼らは進んでいく。そよ風が吹いているので、水面にはさざ波が立ち、帆はふくらみ、船は湾の先へと向かう。マフムトを別にすれば、私は誰にも敵意を抱かなかった。私を避けるほど、なぜマフムトは臆病なのだろうか。船上で朝に吸うキセルがジョージ卿に渡された時にも、部屋からはまだ彼らの姿が見えた。ジョージ卿に災いが降りかかることは望まないが、豪華な敷物に寄りかかる彼が妬ましかった。

私の人生の中で、あれほど惨めな一日はない。ホテルに出入りするたびに、正面玄関の荷物係は人を馬鹿にしたような笑みをうかべた。ホテルの部屋で、よし文句を言ってやろうと一度は考えた。しかしアラブ人がずる賢いからといって、今の私に何が言えるだろうか。彼らとしては、これが自分たちの宗教だ、民族的な習慣だ、礼儀はこうだ、と言いつのることができただろう。見ず知らずの国に来て、「この国では人に会ったら顔に唾をかけるのが礼儀なのですよ」と告げられたら、それはそれで仕方がないではないか。だから私は耐えるしかなかった、男らしくじっと黙っているしかなかったのだ。そして、フライデー・ストリートを想っては溜息をついていた。

一つのことを、その日のうちに決意した。そして次のように自分の決意を実行に移した。先ず船で紅海を渡り「モーセの井戸」に向かう。次にアジアの海辺を見て、最後にラクダに乗ってアフリカ大陸のエジプトにもどる。ひとり旅だが、十分に楽しめるだろう。ポケットにお金は入っているし、二〇ポンドかかるかもしれないが、私と同じ名前の人物が見るものを何から何まで見られるのだ。実際に旅の費用は二〇ポンド近くもかかってしまったが、それだけの値打ちがあったかどうかは定かではない。

その晩は早く床についた。金に抜け目がない、英語のできるアラブ人と取引して明日の旅の手配はすませている。早く眠ることにしたのは、スエズへ帰ってくるマフムト一行と会うのを避けるためだった。翌朝には、また六時に埠頭に行った。海辺の道を歩いて岸壁につくと、さっそく船に乗りこんだ。自分に必要なものは自分の金で払う、これほど肝心なことはない。眼の前にはブランデーと冷肉《コールドミート》が用意されている。葉巻をケースから取り出して吸うのは、細棒のキセルで吸うよりもずっと心地良い。ペグーの総督には細棒がお似合いだろうが、フライデー・ストリートではあのキセルは不都合このうえないはずだ。

さて、アジアにある「モーセの井戸」への旅の様子について、読者にここで詳しく物語るのはご容赦いただきたい。いつか別の折に語ることもあるだろう。私は「モーセの井戸」にはたしかに行ってきた。砂漠をすこし登った高い所に、小さな、濁った塩水の池があった。それがもし井戸と言えるなら、私はたしかに行ってきたのだ。休憩所《パビリオン》という呼び名がつく、崩れかけの小屋で午餐を食べる羽目になった。帰りはラクダの背に乗ったせいで体の芯まで疲れた。もしジョージ卿があんなに朝早く出かけて、翌日の朝にはもうペグーへ出発したのなら——実際その通りだったのだが——彼の体は鋼鉄でできているにちがいない。それに引きかえ、私はホテルにもどると、情けないがまる一日動けずにベッドで横になっていた。そのうえ、砂漠を旅する時にはブランデーではなくオレンジで喉を潤すべきだったと言われた。

その後の四日間は惨めだった。そして、さらにカイロで一ヶ月を過ごすと、もとどおり私はフライデー・ストリートに帰っていた。スエズではさんざんな目にあったが、マフムト・アル・アクバーと並んで静かにキセルを吸った時のことを思い出すと、私の心はすこし慰められる。しかも、新たな栄光を求めてペグーへ旅立つ、ベガムの英雄の姿を見ることもできたのだ。自分で借りたヨットに乗って、私はアジアまで渡った。そして、ラクダの背に揺られてスエズに帰ってきた。ジャドキンスがいくら悪知恵を働かせても、スエズの思い出を私から奪うことはできないのである。

訳注

（1）エジプト北東部の都市。地中海と紅海を結ぶスエズ運河——アジアとアフリカの接する境界線

――の南端に位置する。

（2）当時インドとオーストラリアは、イギリスが支配する植民地だった。その頃のスエズは、大英帝国と二つの植民地をつなぐ重要な港だった。

（3）カイロにあったホテル。帝国時代の英国の諜報活動家が落ち合う場所としてもっぱら利用した。一九五二年の暴動で消失した。

（4）一八五〇年代の半ばまで、カイロとスエズを結ぶ鉄道は中間地点までしか完成していなかった。

（5）テムズ川の北岸に広がるロンドン橋の北の地域は「シティ」と呼ばれる。古くからイギリスの金融・商業の中心地である。

（6）ミャンマー南部の都市。一六世紀にはビルマ部族連合の首都。一八五二年にイギリスに併合された。

解説

(一) いま、トロロープを読む

ヴィクトリア朝を代表するイギリスの男性作家といえば、まず思い浮かぶのがチャールズ・ディケンズであろう。その人気は少なくともわが国では群を抜いており、研究者の数、一般読者向けの翻訳点数など他の追随を許すものではない。おそらくその主たる原因は、ストーリーの面白さと個性的な人物造型にあるのだろうが、もうひとつ、ディケンズが下層階級の人々に目を向け、弱者に寄り添うように描いたことも大きく影響していると考えられる。というのも、弱者とは、多くの場合、不運にもその国の「主要な」文化や伝統からはじき出されてしまった人々であり、皮肉なことにそうであればこそ、その人たちの喜怒哀楽は時や空間を超えて読者に訴えかけてくる力を備えているからである。それは同時に、読者の側に文化や伝統について十分な予備的知識がなくとも比較的容易にその作品を受け入れることが可能であることを意味してもいる。

これに対して、アントニー・トロロープ（Anthony Trollope, 1815–82）の作品世界はどうだろうか。「バーセットシャー小説群」や「パリサー小説群」に代表される彼の長篇小説では、聖職者、政治家、地方の名士などまさにイギリスの文化や伝統を中心的に担っている人物が活躍する。サッカレーもこのような人物を取り上げているが、そこには作者の主張としての皮肉、諧謔、批判が混じる。しかし、トロロープは抑制のきいた筆で、読者の感情をいたずらに刺激することなくどこまでも淡々と話を進めてゆく。もちろん、人物たちをまるきりの善人や悪人に仕立てたりはせず、宗教問題や政治問題に深く立ち入ることもしない。その意味で、かつて筆者が初老のイギリス人女性から聞いた「ディケンズはグロテスクでいけない。その点、トロロープは安心して読めるから好きだ」という言葉は、この作家の特徴を見事に言い当てているし、イギリスの書店や駅の売店にトロロープの作品が多く並び、テレビやラジオでしばしばドラマ化される理由もこのあたりにあると得心がゆく。そして、それは皮肉なことに、この作家がヴィクトリア朝を代表する作家のひとりでありながら、わが国においてほとんど顧みられてこなかった理由でもある。

厳然たる男性社会であるヴィクトリア朝のイギリスにおいては、ディケンズの描いた人々のみならず、女性たちもまた社会的弱者である。そして、ブロンテ姉妹をはじめとする女性作家たちはその男性社会の中に生きる女たちの姿を見事に描いてみせた。そうなると、私たちの理解から欠落しているのが、ヴィクトリア朝において「強者」として存在した、一定の社会階層以上の男性たちということにはならないであろうか。たとえば、社会や組織の支配階級に属し、家庭にあっては家父長として君臨する男たちの「個人的感慨」を教えてくれる小説は意外に少ない。トロロープの作品はまさにそこを埋める。つまり、ディケンズ、サッカレー、そしてブロンテ姉妹をはじめとした女性作家、そこにトロロープが加わることで、ヴィクトリア朝の社会とそこに暮らす人々の全体像が浮かび上がってくるのである。それは資本主義の確立期であり、現代社会やグローバリズムの原点がそこにはある。その意味で、トロロープの作品は、現代を理解するための貴重な手掛かりを与えてくれる歴史的資料として読むことも可能である。

以上は主としてトロロープの長篇作品に基づく見解だが、長篇と短篇を問わず、彼の作品に見られるストーリー展開上の特徴について一言しておきたい。先ほども少し触れたようにトロロープは基本的に英雄的人物や悪魔的人物を描くこともしなければ、奇抜なストーリーを用意することもしない。等身大の人物の様々な思惑をもとにして、誤解や言葉足らずをもとに人間関係の微妙なずれを描くのが彼の流儀である。それはオースティン以来のイギリス小説の伝統を引き継いだものであり、そのことは本書に収められた作品からも感じ取ることができるであろう。

短篇作品独自の特徴について、ここではふたつだけ挙げておく。ひとつは、本書に収められている六作品のうち三作品がイギリス以外の国を舞台としていることからもわかるように「国際性」である。トロロープは名門パブリック・スクールに学びながらも、父親が経済的に破綻したために、大学進学をあきらめ一九歳で郵政省に勤務する。やがて官吏として頭角を現した彼は公務として多くの国に出張し、その出張先を舞台とした短篇作品を執筆した。今日の読者としては、それらの作品と二一世紀の混乱した世界情勢との結びつきを考えてみるとこの作家の可能性はさらに膨らむに違いない。

もうひとつは巧みな語りである。特に一人称の語り手を駆使した妙技は、ストーリーや人物造型とは違う小説の魅力を教えてくれる。

次項では、具体的に個々の作品についての解説に入るが、その前にトロロープが生前に単行本として出版した短篇集について紹介しておこう。

1 『あらゆる国の物語 一』*Tales of All Countries, 1st Series*（一八六一）*TAC1* と略す。以下同様。

2 『あらゆる国の物語 二』*Tales of All Countries, 2nd Series*（一八六三）*TAC2*

3 『ロッタ・シュミット、その他の物語』*Lotta Schmidt and Other Stories*（一八六七）*LS*

4 『ある編集者の語る物語』*An Editor's Tales*（一八七〇）*ET*

5 『フローマン夫人が値上げをした理由、その他の物語』*Why Frau Frohmann Raised Her Prices and Other Stories*（一八八二）*WFF*

（二） 作品解説

「ジャマイカの恋人たち」（原題：Miss Sarah Jack, of Spanish Town, Jamaica, *TAC1* 所収）

イギリスの植民地ジャマイカに生まれ育った若い男女の恋愛と、そのふたりを見守り、無事結婚へと導くおせっかいな叔母の話であり、その構図自体は特に珍しくはない。この作品について何よりも興味深いのは、ジャマイカにおける砂糖キビ生産と奴隷制度廃止の問題が背景に置かれていることである。

ジャマイカをはじめとする西インド諸島におけるイギリスの砂糖生産は、保護主義と外国産砂糖への極端に高い関税によって守られていた。しかし、「砂糖入り紅茶」が労働者にも広がるなど砂糖の需要が大幅に増えてくると、砂糖の価格がいつまでも高いままであることに不満がつのり、それが奴隷貿易や奴隷制度への批判というかたちをとって、表出する。そのやり方であれば、「宗教的な立場から奴隷貿易や奴隷制度に反対している人たちと、いっしょに行動できたから」(川北稔『砂糖の世界史』岩波ジュニア新書、一八三頁)である。その結果、一八〇七年に奴隷貿易が廃止され、一八三三年には、イギリス領植民地全域で奴隷制度そのものも廃止される。また、関税についても一八五二年には、イギリス領植民地の砂糖と外国産の砂糖の関税が同率とされることになった。

トロロープは作中で「ジャマイカの砂糖キビ農場主と聞くと、つい、徒労、破産、絶望という言葉が浮かんでしまう」と書いているが、その背景には右のような事情があったのである。しかし、それでも主人公のモーリス・カミングは父親の遺志を継いでジャマイカに残り続け、そんなモーリスを叔母のセアラ・ジャックは厳しくも優しく激励する。そして、やはり姻戚関係にあり、ジャマイカ生まれのイギリス人であるメアリアンとの仲を取り持つのである。

なぜ、セアラ・ジャックはこれほどの「おせっかい」をするのか。その答はひょっとしたらシャーロット・ブロンテの『ジェイン・エア』に登場する「屋根裏の狂女」バーサが教えてくれるかもしれない。『ジェイン・エア』が出版されたのが一八四七年、トロロープが西インド諸島を訪れたのが一八五八年の秋、本作品が雑誌に掲載されたのが一八六〇年、当然トロロープは『ジェイン・エア』を読んでおり(『自伝』十二章に言及がある。また、「メアリー・グレズリー」にはカラー・ベルの名が出てくる）、ジャマイカを舞台にするにあたり、バーサのことがふと頭に浮かんだのではあるまいか。そして、植民地から本国に帰っても必ずしも幸せになれるわけではない。そんな思いがトロロープの心に去来したと想像を巡らせてみるのもおもしろい。さらに、二一世紀の読者としては、ジーン・リースというカリブ海出身のイギリス人作家が、自分と同じカリブ海出身のバーサがひどい扱いを受けていることに反発するかのように書いた『サルガッソーの広い海』（一九六六）を重ねてみると、イギリス小説とジャマイカをめぐるまことに興味深い図絵が浮かび上がってくる。

「オフィーリア・グレッド」（原題：Miss Ophelia Gledd, *LS* 所収）

この作品は「レディとは何か」という問いかけから始まり、「彼女（主人公のオフィーリア・グレッド）はロンドンでレディだと認められるでしょうか」という問いかけで終わる。トロロープはこれらの問いをイギリス人読者に向けて発したのであろうが、およそ一五〇年の時を経て、われわれ外国人があれこれ思案に暮れるのも読書の楽しみのひとつであろう。同じように英語を話す国民とはいえ、イギリスとアメリカの距離感は今日でも測りがたく、およそ一五〇年前にイギリス人がアメリカ人をこのように描いていることを知るだけでも一興である。

本作品の主人公は題名が示す通りオフィーリアという名だが、周囲の男たちを翻弄し、自らの人生を自らの力で切り開いていこうとするその姿は、『ハムレット』のオフィーリアのちょうど対極にある。トロロープがどのような意図でオフィーリアという名前を採用したかは不明だが、「ボストンの華」と呼ばれるアメリカ人女性に、英文学史上もっとも有名なヒロインの名を与え、それがレディであるか否か考えろというのが作者トロロープの仕掛けであり、その材料を提供するのがイギリス人の語り手、アーチボールド・グリーンである。

一人称話者による奇妙な語りはトロロープの短篇作品における大きな特徴のひとつである。実際に、本書に収められた作品でも、「メアリー・グレズリー」、「ジョージ・ウォーカーのスエズの七日間」、そして「オフィーリア・グレッド」と三作品が一人称の語りによる物語である。これらの語り手はいずれもいわゆる「信頼できる語り手」とは言い難く、読者は警戒が必要である。本篇の語り手、アーチボールド・グリーンは「バリモイのジャイルズ神父」（『電信局の娘』所収）、「メイヨー州のコナー館のオコナー一族」（『ピラミッドに来た女』所収）でも語り手を務めているが、アイルランドを舞台とするこれらの作品では当地を蔑視する姿勢を隠してはいない。彼は明らかに「大英帝国」の優越性を信じており、それは本作品においても変わっていない。たとえば、オフィーリアに夢中なアメリカ人ハンニバルについては、その実直な人柄は認めながらも、彼がいつもかぶっている帽子に再三再四言及し、その野暮ったさを強調している。

しかしながら、オフィーリアに関して語り手が微妙に揺らぎを見せている点も見逃してはならない。彼女の口を通して語られるイギリス人批判の言葉や彼女の奔放な振る舞いに対する戸惑い、そしてその振る舞いの背景にある彼女の意志の強さに徐々に惹きつけられていく様子は、新興国アメリカの潜在的な力強さに対する脅威や容認とも受け取ることができる。オフィーリアのモデルはアメリカ人の作家・女優で、フェミニストでもあるケイト・フィールドであるとされており、この女性についてはトロロープ自身も「家族を別にすれば、もっとも親しい友人である。彼女は私にとって一筋の光であり、彼女のことを考えるといつも才気煥発となる」（『自伝』、一七章）と書いている。彼女はまたメアリー・グレズリーのモデルでもあると言われており、トロロープにとって晩年に至るまで心の支えであった。

「フレッド・ピカリングの冒険」（原題：The Adventures of Fred Pickering, *LS* 所収）

自らの才能を過信した若者が、経済的に破綻してゆく様子を描いた作品である。主人公のフレッド・ピカリングは父親の勧めに応じて事務弁護士になるべくマンチェスターで実務修習をしていたが、地元の新聞や雑誌に論説文と詩が掲載されると、ロンドンに出て文筆で身を立てたいと父親に申し出る。これは当然拒否され、金銭的援助もしないと告げられるが、この青年は軽率にも六歳下の「一文無し」の娘、メアリーと結婚してしまう。このような振る舞いについて作者は「無鉄砲であり、「もう少し分別があってもよかったし、もっと懸命にふるまうべきだった」と冒頭の段落に書いている。トロロープは一八六四年から「王立文芸基金」（Royal Literary Fund）の委員になった。これは作家志望の若者たちの経済的援助をする団体だが、そこで出会った多くの若者たちがフレッド・ピカリングという人物と結びついたのであろう。

トロロープの長篇小説を読んでいると金銭への言及が多いことに気づく。たとえば、『アリントンの小さな家』では公務員の給料、伯爵夫人の寡婦年金、ロンドンの下宿代、はては地方の小さな町の郵便局員の日当に至るまで事細かに紹介されている。この短篇でも同様でフレッドの給料、速記を習うための授業料、メアリーの家庭教師としての給料などが具体的に記載されている。そして、そのようなディテールから読み取れるのは、人間がそれなりの社会生活を営むためにはそれ相応の収入が必要であり、それを忘れた行為は無鉄砲で軽率なものとする作者の考え方である。

トロロープの祖父はリンカンシャーのケイスウィックの准男爵（准男爵は世襲位階）であり、土地持ちのジェントリーであった。父親はオックスフォードのニュー・カレッジに学んだのちに大法官裁判所の法廷弁護士を務めていた。まさにジェントルマンの家系なのだが、この父親が農業経営に手を出して負債をつくり、さらに見込んでいた遺産も手に入らないことになったため一家は困窮する。トロロープは確かに名門パブリック・スクールに進んだが、「通学生」としてであり、貧しさゆえに随分といじめられもした。母親が小説を書いて家計を支えたが、父親の債務を返却するには至らず、結局一家でベルギーに逃げる。このような思春期から青年期の経験が、金銭をめぐる先のような考え方を形成したことは間違いないだろうし、フレッド・ピカリングの破産におびえる様子を描く際にも、それが背景にあったはずだ。しかし、この作家が描く領域は、多くの場合、そこまでである。貧困のつらさや恐怖を教え、最後にはそっと救い出す。それがトロロープのトロロープたるところである。

「クリスマスを迎えるカークビー・コテッジ」（原題：Christmas Day at Kirkby Cottage, *Routledge's Christmas Annual*, 1870 所収）

題名が示すとおりクリスマス・ストーリーズの中の一篇だが、トロロープ本人は「自分の書くものにクリスマスの風味を添えることほど嫌なことはない」（『自伝』二〇章）と語っており、雑誌社の要望に応じて仕方なしに書いたようである。とはいえ、クリスマスの準備と若い男女の恋愛を巧みに綴ったこの作品から作家のそのような気分を想像することは難しい。

主人公は教区牧師の娘イザベル・ローンドと、その牧師の三〇年来の友人の息子モーリス・アーチャーである。ふたりの関係は、冒頭の「それにしても、クリスマスはつまらないですね」というモーリスの台詞をきっかけにしてこじれてしまうが、最後には落ち着くべきところに落ち着く。周辺にはイザベルの両親、イザベルの妹でちょっと生意気なメイベル、教会書記、庭師、近隣の人々などが配置され、クリスマスらしい温かい家族や共同体の存在を印象付けられる。トロロープは「英語で書かれたもっとも優れた小説は『高慢と偏見』である」（『自伝』三章）と明言しているが、心を開きたいと思いながらも頑なさを捨てきれないふたり、その様子を見守る周囲の人々は、まさにジェイン・オースティンの世界をほうふつとさせるものである。

しかし、トロロープが描いたマクルワート夫人のような家庭をオースティンは書いたであろうか。夫人は「足の不自由な娘と、両親を失った三人の孫をかかえ」る年老いた未亡人であり、イザベルはその家にクリスマスの食材がじゅうぶんに配られているかを確認に行く。そこでわかったことは、モーリスがわざわざ遠方の肉屋に注文して、牛肉を届けさせていたことだった。イザベルが冒頭のモーリスの発言を許せなかったのは、その背景に「山盛りのローストビーフとプディングをたらふく食べて、けっきょく眠気に誘われて、いつもより一時間早く寝てしまう。そんなものですよ。クリスマスなんて」という彼の考えがあることを知ったからであり、クリスマスにしかご馳走を食べられない人々がいることをモーリスがまるで顧慮していないように感じたからである。つまり、この作品は他愛もない恋愛物語であるように見えながらも、マクルワート夫人を登場させることで、実はクリスマスの慈愛精神という大切なテーマを扱うことに成功しているのである。そしてそれは、クリスマス・ストーリーは、本来、クリスマスの慈愛精神を扱うのが一番良い（『自伝』二〇章）という作者の考えの反映でもある。

さらに、『高慢と偏見』がエリザベスとダーシーの幸福な結婚生活を予感させるのに対して、イザベルとモーリスの将来については一抹の不安を感じてしまう。というのも、モーリスはケンブリッジを出たものの聖職に就くつもりはないと明言しているし、農場経営――トロロープの父親は失敗した――に野心を燃やしているからである。彼はイザベルの父親の跡を継いで教区牧師になるのだろうか。それともイザベルとともに農場経営をするつもりなのだろうか。イザベルはそれを受け入れるのか。物語の結末は次の波乱の始まりかもしれない。

「メアリー・グレズリー」（原題：Mary Gresley, *ET* 所収）

「メアリー・グレズリー」の語り手は、ひとりの編集者である。新聞や雑誌では論説文の筆者がしばしば「我々」と自称することがあるが、この語り手も「我々」を使用して語る。新聞や雑誌の論説のように公共性の高いものであれば、読者との連帯感を演出するために「我々」という主語が有効に作用することも考えられるが、小説は基本的には個人的体験を語るものである。もちろん、トロロープはそれを承知の上でこのような手法を選択したはずだし、その挑戦は報われたといってよいだろう。というのも、「メアリー・グレズリー」に限らず『ある編集者の語る物語』に収められた作品ではすべてこの手法が採用されているのだが、「トルコ風呂」（『電信局の娘』所収）や「ぶち犬亭」（『ピラミッドに来た女』所収）に見られるように「現実と虚構の境界が揺らいでいる不思議」（『電信局の娘』の「解説」より）な文学空間を作ることに成功しているからである。では、「メアリー・グレズリー」ではどうだろうか。若い娘のとらえどころのない魅力に翻弄されてしまった五〇男が、そのようにきわめて個人的な体験を「我々」を用いてどう語るのか。読者は冒頭からその語りに出会う。

　作品の冒頭には「我々はメアリー・グレズリーよりかわいい娘や美しい婦人はいくらでも知っているが、娘さんだろうがご婦人だろうが、あんなに表情の豊かな女性は見たことがない」（傍点筆者）という一文が置かれている。メアリーには副牧師をしている婚約者がいたが、収入が乏しいために結婚は無期限延期となっていた。そこで彼女は「自分の持つ才能を使えば、もしかすると結婚までの待機期間を短縮するか、あるいは完全に解消できるかもしれない」と小説を書くことを思いついたのだった。もちろん、小説家としての実績などまるでないのだが、語り手はこの若い娘をなぜ自分は指導することにしたのか、その理由を延々と書き連ねる。スウィフト、スターン、サッカレーを引き合いに出してまでして、「我々は彼女に恋していたし、この場合の愛情は健全で自然なものだ」（傍点筆者）と正当化しようとするのだ。

このような内容を「我々」を主語として語られても読者としては戸惑うばかりだが、語り手はそういう読者を説き伏せるかのようにますます饒舌になる。小説には様々な妙味があるが、この作品の場合、だれに責められたわけでもないのに、編集者が「なぜ、この娘をほっておけないのか」を問わず語りに話す様子が何よりの魅力であろう。そして、「我々（私たち）」という一人称複数形の語り口や視点について検討する貴重な材料を提供してくれる作品でもある。

「女主人ボッシュ」（原題：La Mère Bauche, *TACI* 所収）

公務出張にもとづいて短篇を執筆することの多かったトロロープだが、「女主人ボッシュ」は、休暇旅行の産物である。一八五九年九月に妻のローズ、長兄のトマス、義兄のジョン・ティリーとピレネーに出掛け、この作品の舞台であるヴェルネ温泉を訪れていることが記録に残っている。旅行という共通体験をすることで、妻や兄弟との絆がより深まったであろうことが想像されるが、トロロープが描いたのは逆に家族の崩壊をテーマとする作品であった。

ピレネーの観光案内のような冒頭部分に続いて、ボッシュ夫人が経営するホテル、彼女の厳しく理不尽な客あしらいの様子、そして外見が紹介される。彼女は、年齢は六〇歳くらいで、首が短く、帽子の下からはほつれた髪が顔を出し、もじゃもじゃの眉毛で、その下にはいつも緑の眼鏡をかけていた。そして、人々は、彼女の本性はその眼鏡の下に隠されていると思っていた。

この作品にはもうひとり、特徴的な外見を持つ人物が登場する。それはテオドール・カンパンという名の元大尉で、湯治客として滞在するうちに気難しいボッシュ夫人の信頼を得て、いまでは良き友人、相談相手となっていた。彼の特徴は、黒光りするまで磨き上げられ、真ん中あたりに金のようにピカピカ光る真鍮製の帯金のついた義足だった。

緑の眼鏡のボッシュ夫人と、黒光りする義足のカンパン大尉、尋常ならざる風体のこのふたりが若い男女の恋路を邪魔し、悲劇へと追い込んでゆく。

主人公のマリー・クラヴェールはボッシュ夫人にとっては商売仇の娘だったが、夫人はその父親が亡くなると「情け深い」ことに彼女を引き取ることにした。夫人にはアドルフという息子がおり、マリーとその息子は長じるにつれて恋心を抱くようになり、やがて結婚を約束する。しかし、ボッシュ夫人はこれに猛烈に反対して、マリーに大尉との結婚を勧める。マリーは自らの意思を通そうと懸命の努力をするが、煮え切らないアドルフの態度に絶望し、大尉との結婚を了承する。そして、その結婚式の日に自ら命を絶つ。

トロロープは女手ひとつで家計を支えた母親を見て育ったせいか、芯が強く、外からの力に容易には屈しない女性を描くのが得意である。ヴィクトリア朝において、女性は男性の従属物として「家庭の天使」であることを求められたが、たとえばシャーロット・ブロンテはそのような社会通念の枠を超えようとする作品を残した作家のひとりである。郵政省の官吏でもあったトロロープが、その時代の男性優位社会の真ん中にいたことは否定できないが、彼が短篇作品で描いた女性たちは、男性の従属物という立場に満足するような女性たちだけではない。マリーは確かに死ぬが、それを敗北の死と断定するのは早計であろうし、トロロープも憐れみを誘うような書き方はしていない。彼女の死後、ボッシュ夫人が腑抜けたように寝たきりの老婆となったことを読者に伝え、大尉とアドルフのその後については「そんなことはどうでもいい」と冷たく突き放してこの話は幕となる。

眼鏡や義足を使った人物造形、そして女主人公の自死という結末。この作品では、いつものトロロープの作風とは異なる一面が顔を出している。

「ジョージ・ウォーカーのスエズの七日間」（原題：George Walker at Suez, *TAC2* 所収）

ヴィクトリア時代においてインドはイギリスにとって最も重要な植民地であったが、アフリカ大陸南岸を回る航路はたいへんな困難と時間を伴った。地中海と紅海を結べば安全にかつ短時間に行き来できることはだれの目にも明らかだったが、イギリスは運河ではなく、鉄道で結ぶことを選択した。郵便物も当然その鉄道によって運ぶことになるわけだが、その方法、特に所要時間をめぐってエジプトとの交渉役に付いたのがトロロープだった。一八五八年二月のことである。交渉相手はエジプト交通省のヌバール・ベイ、のちの総理大臣ヌバール・パシャであった。彼は召使いを連れ、パイプとコーヒーをもってトロロープの泊まるホテルを訪れたようだが、この作品のマフムト・アル・アクバーの描写にもそれは反映されている。

なお、一八五八年にアレクサンドリアからカイロまでの鉄道が完成し、翌年にはフランスの主導でスエズ運河の建設が始まった。のちに本格的にエジプトの占領に乗り出すイギリスだが、その最初の段階でトロロープというひとりの作家が関わっていたのは、興味深い歴史的事実である。

「ジョージ・ウォーカーのスエズの七日間」は、このようにたいへん重い任務とは裏腹に実にとぼけた話である。一人称の語り手ジョージ・ウォーカーは信頼できる語り手とはとても言えず、プライドの高さと狭量さが彼の判断をいつも歪めてしまっている。たとえば、ウォーカーは共同経営者たちが咽頭炎ぐらいでカイロでの療養を勧めたのは、自分を会社の中枢から追い出すための策略ではないかと疑っているが、その同僚たちがセント・バーソロミュー病院（名門の病院である）の医師と二回も食事会をしていることから判断して、ウォーカーの病気は本人が思っている以上に重く、同僚たちはそれを心配して長期療養を勧めたと考えるほうが自然である。

「人違い」がこの作品の要点だが、そもそもウォーカーは単なる商事会社の共同経営者のひとりにすぎず、エジプトには何の所縁もないのだから、マフムト・アル・アクバーから声をかけられた段階で、すぐに人違いだとわかったはずだ。しかし、彼は通訳の英語力を理由にして、本当のことがうまく伝わらなかったかのようにごまかしている。さらに、そのアラブ人の人間としての品格の高さを伝える際に、その反対の例として同僚のジャドキンスをことさらに引き合いに出している様子は見苦しくさえある。

トロロープの短篇において、一人称の語り手は常に曲者である。この作品も改めてそれを教えてくれるものであった。

㈢　おわりに

この解説を書くにあたり、参考にした書物は以下のとおりである。

John Sutherland ed., *Anthony Trollope: Early Short Stories* (Oxford World's Classics, 1994), *Anthony Trollope: Later Short Stories* (Oxford World's Classics,1995). ＊訳者一同、翻訳に当たり同書の「注」を参考にしたことを付記しておく。

Anthony Trollope, *An Autobiography* (Oxford World's Classics, 1999). ＊本文中では『自伝』と表記した。

N. John Hall, *Trollope: A Biography* (Oxford University Press, 1883).

R. C. Terry ed., *Oxford Reader's Companion to Trollope* (Oxford University Press, 1999).

本書は『電信局の娘』、『ピラミッドに来た女』に続くアントニー・トロロープ短篇集の第三巻である。本書に収められた七篇を加えて、同作家の全四二篇の短篇作品のうち二〇篇を訳出したことになる。およそ半分を世に出したことでもあり、前二巻の収録作品を示しておく。

『電信局の娘』――「帰郷」「パナマへの船旅」「マラキの入江」「バリモイのジャイルズ神父」「ロッタ・シュミット」「トルコ風呂」「電信局の娘」

『ピラミッドに来た女』――「メイヨー州コナー館のオコナー一族」「ピラミッドに来た女」「馬に乗りパレスチナを旅する」「アーロン・トロウ」「ヴェネツィアを去った最後のオーストリア人」「ぶち犬亭」

こうしてタイトルを並べるだけでも、トロロープの短篇作品が持つ豊かにして多様な世界が現れ出てくるかのようである。

最後になるが、今回も出版をお引き受けいただいた鷹書房弓プレスの寺内由美子社長に心より感謝を申し上げたい。

市川　薫

写真・地図　出典一覧

p. 9　城平圭裕氏作成

p. 14　http://www.jnht.com/site_spanish_town.php

p. 26　https://cdn.img.connect.airregi.jp/imgmgr/pictures/KR00117178/release/ALL/folder1/satokibi/b.jpg?v=1&size=pict640_480

p. 53　https://upload.wikimedia.org/wikipedia/commons/2/2d/MAstatehouse62.jpg

p. 56　http://lostnewengland.com/wp-content/uploads/2014/07/247_1887-bpl.jpg

p. 60　http://wintercenter.homestead.com/sleigh.html

p. 100　http://blog.europeana.eu/2014/01/happy-birthday-to-the-worlds-oldest-national-public-museum/

p. 112　トロロープの長編小説 *He Knew He Was Right*（1869）の挿絵。Ellen Moody, *Trollope on the Net.*（London: The Hambledon Press, 1999）

p. 135　*Routledge's Christmas Annual,* ed. by Edmund Routledge.（London: George Routledge and Sons, 1870）

p. 165　http://www.blackfacesheep.com/nip_grasington.html

p. 170　Anthony Trollope, *Orley Farm* Vol.1（London: Chapman and Hall, 1862）

p. 184　トロロープの長編小説 *Phineas Finn*（1869）の挿絵。
http://percytheslacker.blogspot.jp/2015/12/book-review-phineas-finn-by-anthony.html

p. 201　http://www.wikiwand.com/en/Christmas_tree

p. 217　Wikipedia

p. 234　Wikipedia

p. 265　Wikipedia

p. 268　Google

p. 281　Google

アントニー・トロロープ略歴

Anthony Trollope

イギリスの小説家。1815年、ロンドンに生まれる。父親は弁護士であったが、農業を始めて失敗し母親フランシスが小説や旅行記を書いて家計を支えた。アントニーは四男で、ハローとウィンチェスターのパブリック・スクールで教育をうけるが、貧しさのため惨めな学校生活を送る。19才の時、郵政省に勤務。職員として7年の下積み時代を経験した後、アイルランドに赴任して優秀な官吏として認められる。44年、この地で知り合った英国女性と結婚し、ようやく生活の安定をみる。以後一時期を除きアイルランドに20年近く留まる。余暇に筆をとって、47年処女作を発表するが世評は芳しくなかった。55年、連作長編「バーセットシャー小説群」の第一作『慈善院長』（*The Warden*）を発表して小説家としての地位を確立。職務上から地方の巡回が多く、また郵便条約締結等のため世界各地へ派遣された。67年退官、以後はロンドンおよびサセックスに居を構えて文筆生活に専念し、82年に没した。代表作にはバーセットシャー小説群のほかに、政治を扱った『総理大臣』（*The Prime Minister*）などの「パリサー小説群」がある。

編訳者　市川　薫（広島修道大学教授）
谷田恵司（東京家政大学教授）
訳　者　遠藤利昌（広島国際大学講師）
（あいうえお順）
高倉章男（元広島国際大学教授）
津久井良充（高崎経済大学名誉教授）
戸田　勉（常葉大学教授）

ジャマイカの恋人たち
アントニー・トロロープ短篇集　Ⅲ

2018年1月10日　初版発行

編訳者　市　川　　薫
谷　田　恵　司
発行人　寺　内　由美子
発行所　鷹書房弓プレス

〒162-0802 東京都新宿区改代町33－17
電　話　(03) 5261－8470
FAX　(03) 5261－8474
振　替　00100－2－148033

ISBN978-4-8034-0515-6 C0098　印刷・モリモト　製本・誠製本

アントニー・トロロープ短篇集Ⅰ

電信局の娘

都留信夫編　津久井良充編訳

貧しき者たちへの暖かいまなざしと豊かな国際性に彩られた物語世界が、時間と空間を越えた旅に読者を誘う。トロロープの短篇小説：本邦初訳

イギリスではディケンズやブロンテ姉妹と並び称されるほど人気がありながら、なぜかわが国ではあまり知られていない19世紀の大作家アントニー・トロロープ（1815―82）を初めて本格的に紹介する試み。彼の長篇がイギリスの社会や伝統に密着し、著しくイギリス的であるのに対し、その短篇は独自の国際的世界へと領域を広げている。

［収録作品］

帰郷　パナマへの船旅　マラキの入江　バリモイのジャイルズ神父

ロッタ・シュミット　トルコ風呂　電信局の娘

ISBN978-4-8034-0486-9
本体　2,800円

アントニー・トロロープ短篇集Ⅱ

ピラミッドに来た女

津久井良充・谷田恵司編訳

イギリス的なるものを超えて、社会の底辺や植民地という周縁や、世界的規模の境界線を浮き彫りにする。トロロープの短篇小説：本邦初訳

ISBN978-4-8034-0500-2
本体　2,800円

イギリスではディケンズやブロンテ姉妹と並び称されるほど人気がありながら、なぜかわが国ではあまり知られていない19世紀の大作家アントニー・トロロープ（1815―82）を初めて本格的に紹介する試み。彼の長篇がイギリスの社会や伝統に密着し、著しくイギリス的であるのに対し、その短篇は独自の国際的世界へと領域を広げている。

［収録作品］
メイヨー州コナー館のオコナー一族　ピラミッドに来た女
馬に乗りパレスチナを旅する　アーロン・トロウ
ヴェネツィアを去った最後のオーストリア人　ぶち犬亭